사막

미개척지

북장성

동장성

밀림지대

테르펜
산맥

안테르펜
왕국

슈테판

숲의사원

고르도 제

서장성

화산지대

티롤

불의사원

루푸
왕국

아펠
왕국

하톤
왕국

부르크

남장성

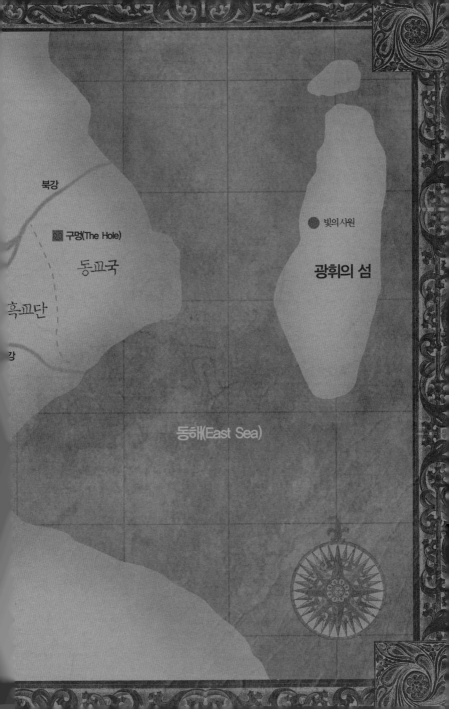

Shapiro

샤피로

쥬논 판타지 장편소설

FANTASY STORY & ADVENTURE

13

dream books
드림북스

샤피로 13(시즌 2 : 불과 어둠)
이클립스의 괴물

초판 1쇄 인쇄 / 2014년 6월 26일
초판 1쇄 발행 / 2014년 7월 4일

지은이 / 쥬논

발행인 / 오영배
책임편집 / 편집부
펴낸 곳 / (주)삼양출판사 · 드림북스

주소 / 서울특별시 강북구 솔샘로67길 92
대표 전화 / 02-980-2112 팩스 / 02-983-0660
편집부 전화 / 02-980-2116 팩스 / 02-983-8201
블로그 / blog.naver.com/dreambookss

등록번호 / 제9-00046호
등록일자 / 1999년 3월 11일

값 8,000원

ISBN 978-89-542-5827-2 (04810) / 978-89-542-3827-4 (세트)

* 지은이와 협의하에 인지는 생략합니다.
* 잘못된 책은 구입한 곳에서 바꾸어 드립니다.

이 도서의 국립중앙도서관 출판시도서목록(CIP)은 서지정보유통지원시스템홈페이지
(http://seoji.nl.go.kr)와 국가자료공동목록시스템(http://www.nl.go.kr/kolisnet)에서
이용하실 수 있습니다. (CIP제어번호: 2014019009)

Shapiro
샤피로
쥬논 판타지 장편소설
FANTASY STORY & ADVENTURE
13
이클립스의 괴물
dream books
드림북스

샤피로

Shapiro

Contents

⦿ 지난 사건들 요약

시즌 1: 두 개의 세상

〈22세〉

1월, 이건호 시점: 카이스트 4학년에 재학 중인 평범한 학생이다. 현실보다 더 생생한 악몽(?) 때문에 미쳐 버리기 직전이다.

3월, 샤피로 시점: 암흑교단의 교도이자 북부의 암귀 1713번 샤피로는 동교국 소속 성기사와 몽크들의 기습 공격을 받아 위기에 빠진다. 금단 마법 가운데 하나인 타란툴라의 원혼을 사용해서 적들을 간신히 물리치긴 하지만, 그 대가로 목숨을 잃는다. 죽음 후 샤피로는 흑고양이의 심장 마법으로 부활해서 동교국의 수습기사 프람이 된다.

11월, 샤피로 시점: 동교국에서 정식 성기사로 서임을 받은 샤피로는 파트너인 롬바와 함께 부르크 공작령에 도착한다. 그곳에서 샤피로는 암흑교단의 사제 3명을 추살하는 등 큰 공을 세운다. 하지만 샤피로의 진짜 목적은 동교국을 위해 공을 세우는 것이 아니라, 잃어버린 기억을 되찾는 것이다. 과거의 실마리를 찾기 위해 수소문을 하던 중 샤피로는 암흑교단의 4개의 머리, 즉 4대교조 가운데 한 명인 샤늘루루의 신물(붉은 여우의 다리)을 얻는다. 그즈음 부르크 공작령엔 변화의 바람이 불어닥친다. 갑작스런 공작의 서거 이후 그 후손들은 체켄파와 잘츠파로 나뉘어 본격적인 권력투쟁에 돌입하고, 샤피로도 그 소용돌이에 휘말린다. 우여곡절 끝에 잘츠파에 합류한 샤피로는 여섯 꽃잎 장미(Six—Petaled Rose) 총사단과 함께 부르크 내성에 침투한다. 그곳에서 샤피로는 상대편의 핵심 인물인 체켄 공자에게 치명상을 입히고, 이어서 이락 우화를 발견한다. 이락 우화엔 샤피로의 잃어버린 기억을 되찾을 실마리가 담겨 있다.

11월, 이건호 시점: 미국 스탠포드 대학에 유학을 가기로 결심한다.

〈23세〉

1월, 이건호 시점: 스탠포드 대학 기숙사에서 쟈오 가오린을 만난다.

1월, 샤피로 시점: 부르크 저택에 잠입했다가 함정에 빠진다. 목숨이 위험한 순간, 샤피로는 세계의 벽을 뛰어넘어 이건호와 시야를 공유하는 놀라운 경험을 한다.

2월, 샤피로 시점: 고르도 제국의 황제 버힐 4세는 내전에 휘말린 부르크 공작령을 안정시키기 위해 제국 4군단을 파병한다. 샤피로와 SPR 총사단은 황제의 압박을 피

해 잘츠 공사를 데리고 부르크 공작령를 탈출한다. 하지
만 고르도 제국 안에서 황제의 눈을 피할 곳은 없다. 샤피
로 일행은 어쩔 수 없이 서장성을 넘어 숲의 나라 안테르
펜 왕국으로 도망친다.

〈28세〉

5월, 이건호 시점: 이건호는 스탠포드 대학에서 박사 학
위를 받으며 장밋빛 미래를 꿈꾸지만, 그 꿈은 오래가지
않는다. 그의 능력을 질투한 가오린이 이건호를 요트로
유인해서 총으로 죽인다. 이건호의 약혼녀인 리나도 가
오린의 마수에 빠져 함께 죽는다.

이건호의 부모도 이미 가오린에게 죽었다. 복수에 미
친 이건호는 흑고양이의 심장 마법을 사용하여 한스 반
데어 뢰슨으로 부활한다. 한스는 미국 금융계를 지배하
는 반 데어 뢰슨 가문의 후계자다. 새로운 신분을 갖게 된
이건호는 한스의 LA 별장에서 자신의 능력을 각성하고
신인류가 된다.

7월, 이건호 시점: 이건호는 반 데어 뢰슨 가문의 선조
모비드가 남긴 책을 읽고 그 비밀을 파헤치기 위해 노력
한다. 그즈음 한스의 약혼녀인 알렉산드라가 찾아와 파
혼을 선언한다. 이건호는 담담히 파혼을 받아들이고 뉴
욕 본가로 향한다. 그의 머릿속에 약혼녀가 차지하는 비

중은 눈곱만큼도 되지 않는다. 이건호는 자신을 해치려는 숙부 벤자민의 음모를 파헤친 뒤, 숙부의 비밀기지인 세인트 바난 학교를 쓸어버리고 늑대인간 30마리를 부하로 거둔다. 알고 보니 벤자민 숙부는 중국 백화문과 손을 잡고 있다. 그리고 그 백화문에는 원수인 쟈오 가오린이 있다. 복수에 눈이 먼 이건호는 숙부를 박살 내기로 결심하고 그의 저택으로 직접 쳐들어간다. 그곳에서 숙부의 부하들을 깨부수고, 숙모인 요꼬를 공격한다. 요꼬는 차이나타운으로 도망치지만, 이건호는 무섭게 따라붙어 끝내 요꼬의 목줄기를 움켜쥔다.

8월, 샤피로 시점: 지난 5년간 샤피로는 안테르펜 왕국 서쪽에 자리한 숲의 사원에서 수학했다. 놀라운 재능으로 두각을 나타낸 샤피로는 불과 5년 만에 대법사가 되어 안테르펜 왕국으로 복귀한다. 샤피로의 명성을 들은 안테르펜의 대영주 네튬 졸보레가 샤피로를 성으로 초청하고, 샤피로는 그곳에서 '생명의 뿌리'를 찾는 일을 맡는다.

8월, 이건호 시점: 이건호는 줄리아, 루이와 함께 루이의 무인도 별장으로 바다낚시를 간다. 편안히 휴가를 즐기러 간 것처럼 위장을 했지만, 사실 이건호가 노리는 것은 무인도 별장 인근에 위치한 켄의 비밀기지다. 요꼬 숙모의 부친인 켄은 미국 동부의 섬에 실험실을 꾸며 놓고 늑대인간과 미노타우르스 등을 양성해 왔던 것. 샤피로는 켄의 기지를 박살 내고 늑대인간 128마리와 미노타우르스 18마리를 부하로 거둔다. 그즈음 보어 경은 아들인 한스(이건호)를 뤄슨 그룹의 등기 이사로 임명한다. 이사회에서 이건호는 템플 기사단의 6인회 멤버들을 만난다.

9월, 샤피로 시점: 샤피로는 여신 강림 의식을 통해 생명의 뿌리를 포획한다. 놀랍게도 생명의 뿌리는 흑고양이의 심장과 유사한 능력을 선보인다.

9월, 이건호 시점: 백화문의 청룡당주 쿠 에릭이 부하들을 대거 이끌고 미국에 진입한다. 이건호는 쿠 에릭이 탄 암트랙(기차)을 전복시키고 쿠 에릭을 포로로 잡는다. 이어서 숙부의 장인인 켄 바난을 치고 신비 소녀 미호와 만난다. 미호는 이건호와 싸우다가 정신적 충격을 받아 백치가 된다. 이건호는 켄의 부하들을 금단 마법 가운데 하나인 아나콘다의 눈으로 제압해서 부하로 거두고, 미호를 통해 춘화집을 손에 넣는다.

난잡해 보이는 춘화집 안에는 역대 최강의 신인류 6명, 즉 육존(六尊) 가운데 한 명인 십제(十帝)의 무술이 담겨져 있다. 그즈음 수세에 몰린 벤자민 숙부는 뉴욕 맨해튼에서 마지막 발악을 하고, 이건호는 숙부를 제압하는 과정에서 파혼녀인 알렉산드라와 다시 만난다. 벤자민과의 싸움을 통해 이건호의 실체(?)를 알게 된 알렉산드라는 얼굴에 철판을 깔고 파혼을 다시 취소한다. 그 무렵, 가오린의 손에 죽은 줄 알았던 옛 약혼녀 리나 제임슨이 나타나 이건호의 머리를 복잡하게 만든다.

9월, 샤피로 시점: 고르도 제국이 안테르펜 왕국을 침공한다. 고르도의 황제 버힐 4세는 제국의 주력인 무엘크 공작, 아베크 공작, 호른 백작을 모두 움직여 대대적인 전쟁을 시작한다. 특히 호른 백작이 지휘하는 레인보우 형제들의 압도적인 무력 앞에 안테르펜 왕국은 공포에 잠긴다. 척후로 나선 샤피로는 적막한 숲에서 레인보우 형제 가운데 둘째인 오렌지를 만나 비참하게 패한다. 분노에 휩싸인 샤피로는 미친 척하고 생명의 뿌리를 먹고, 그 결과 세상의 모든 나무와 일체가 되는 신비로운 경험을 한다.

10월, 샤피로 시점: 샤피로는 생명의 뿌리에 타란툴라의 원혼을 더해 새로운 마법 '카멜레온의 원한'을 만들어 낸다. 이어서 생명의 뿌리에 킹 카라인의 숨결을 융합해서 '포이즌 트리'를 창안한다. 능력이 업그레이드된 샤피로는 적진에 홀로 침투해서 호른 백작을 붙잡는다. 아나콘다의 눈으로 호른의 정신을 제압한 샤피로는, 호른을 이용해서 적 병력을 둘로 쪼갠다. 그 후 레인보우의 둘째 오렌지와 다섯째 블루를 죽여 복수에 성공한다.

10월, 이건호 시점: 춘화집에서 십제의 유학인 파륜석화 술법과 일목권, 풍법, 십제검을 얻는다. 리엔조 가문의 초대를 받아 이탈리아로 간다.

11월, 샤피로 시점: 안테르펜 왕국의 우페나 대습지에서 대규모 전투가 벌어진다. 고르도 제국의 아베크 공작이 이 전투에서 샤피로의 계략에 걸려 크게 패퇴한다. 무엘크 공작도 후퇴한다.

11월, 이건호 시점: 이건호는 바티칸시티에서 교황을 알현하고 바티칸의 수호자가 된다. 이어서 성베드로 성당 지하 도서관에서 모비드의 책 초판본을 읽는다. 한편으로 이건호는 까마귀 모임을 통해 여러 가문의 후계자들과 안면을 튼다. 이렇듯 인맥을 넓힌 것은 이건호에게 좋은 일이었으나, 베네치아에서 리나를 다시 만난 것은 큰 충격으로 남는다. 이건호는 자신이 지난 5년간 한 번이 아니라 두 번 연속해서 죽었다는 사실을 깨닫고는 큰 혼란에 빠진다. 또한 스탠포드 학생 시절, 자신이 그토록 사랑했던 여자가 리나가 아니라 다른 사람이었다는 사실을 깨닫는다.

이건호의 과거를 장악한 수수께끼의 여인은 놀랍게도 반 데어 뤼슨의 선조인 모비드와 꼭 닮아 있었다. 여러 가지 복잡한 사건들이 한꺼번에 터져 머리가 깨질 듯이 아픈 가운데, 이건호는 아프리카로 가서 흑마법사들의 아지트를 뒤지게 되고, 그곳에서 악마 부활 의식이 거행되었던 흔적을 찾는다. 얼마 후 흑마법사들과 싸우게 된 이건호는 적들이 사용하는 마법이 샤피로 세상의 마법과 유사하다는 점을 알게 된다. 또한 적의 우두머리인 사자가면과 마사 리엔조의 숨겨진 관계를 파악한다. 놀랍게도 사자가면은 마사의 친부였다. 아프리카 사건을 마무리한 뒤, 이건호는 뉴욕으로 돌아와 자신의 과거를 파헤치는 일에 집중한다.

12월, 이건호 시점: 십제검을 5편까지 완성한다. 마지막 6편인 '시간검'은 아직 익히지 못한다. 대신 십제검과 카멜레온의 원혼, 그리고 현대의 미사일 개념을 혼합하여 새로운 권능, 즉 '발키리의 원혼'을 창안한다. 그러면서 한편으로 이건호는 과거에 스탠포드 대학에서 함께 공부했던 고든을 찾는다. 고든은 미국의 방산 업체인 노스럽그루먼에 입사하여 버터플라이(카메라를 장착한 초소형 무인항공기)를 개발한 천재 연구원이다.

12월 25일, 이건호 시점: 크리스마스를 맞아 포세이돈 나이트클럽을 방문한 이건호는 줄리아, 알렉산드라와 아옹다옹하다가 분위기에 휩쓸려 두 여자와 동시에 키스한다.

〈29세〉

1월, 이건호 시점: 한스의 친누나 미센을 만난다. 때마침 일본의 삼각위원회에서 초청장이 날아온다. 세계 여러

신입류 집단이 함께 모여 최근 등장한 흑마법사들에 대한 대책 회의를 열자는 것이 삼각위원회의 제안이었다. 회의 장소는 일본의 요코하마. 이건호는 보어 경과 함께 요코하마로 가서 회의에 참석한다. 요코하마의 한 카페에서 백화문도들과 맞닥뜨린 이건호는 그들 5명을 거리낌 없이 죽인다. 그다음 미리 준비해 간 사자가면을 뒤집어쓰고 백화문을 급습한다. 이 기회에 백화문을 깨부순 다음, 모든 일들을 흑마법사들에게 뒤집어씌우겠다는 것이 이건호의 계획이다. 세밀하게 계획을 세운 이건호는 백호부당주 쟈오 위엔(가오린의 부친)을 죽이고 문상 왕 쑤이의 목을 자른다.

또한 무상 쟈오 팡저우, 현무당주 허 위엔을 납치한다. 이 과정에서 이건호는 왕 쑤이와 바흐다나가 문지기, 즉 동일인이라는 사실을 깨닫는다.

전용 비행기를 타고 미국으로 복귀한 이건호는 나비와 여왕벌, 개미 등의 곤충을 길들이는 능력을 새로 개발한다. 그 와중에 뉴욕 맨해튼의 산 페르민 클럽으로 가서 가르시아 가문의 가디언들과 격돌한다. 그곳에서 육존 가운데 한 명인 세르히오와 싸우게 된 이건호는 세르히오의 '공간 삭제' 권능을 경험한다. 1월 말에는 알렉산드라, 줄리아와 함께 방콕을 거쳐 홍콩으로 여행을 간다.

2월, 이건호 시점: 홍콩의 랑함 호텔에서 왕 쑤이의 딸이자 백화문의 주작당주인 왕옥과 접촉한다. 중국 남부 샤먼의 남보타 사찰로 간 이건호는 그곳에서 왕옥과 맞부딪친다. 왕옥을 통해 바흐다나, 샤늘루루, 검은 고양이의 관계를 듣게 된 이건호는 심각한 혼란을 느낀다. 하지만 그 와중에도 왕옥을 조정해서 백화문의 온건파를 부추기는 작업을 잊지 않는다.

2월, 샤피로 시점: 빛의 사원의 우두머리 컨이 예지몽으로 바흐다나(왕 쑤이)의 죽음을 깨닫는다.

『시즌 1: 두 개의 세상』完

시즌 2: 불과 어둠

2월, 샤피로 시점: 붉은 여우 다리의 폭발로 샤피로가 아홉 번째 죽음을 맞이한다. 매로 부활한다.

〈과거〉

4월, 샤피로 시점: 샤피로, 프란츠 시 애너하임 거리의 푸줏간에서 몸을 추스른다. 본 마우스의 도움을 받아 몸을 일으키고는 푸줏간 주인 핌스턴과 매니저 세미르 형제를 만난다.

6월, 샤피로 시점: 필립이라는 노인이 시체 3구와 만드라고라 뿌리 5개를 푸줏간에 배달한다. 저녁에 핌스턴이 세미르와 걸터, 샤피로를 불러 회의를 열고는 필립의 요구 사항을 전한다.

핌스턴의 스승 누보로부터 헬 하운드의 등장 소식을 듣는다. 헬 하운드의 공격을 받는다. 샤피로, 헬 하운드를 피해 도망치다가 헬 하운드 조직의 팔장로와 마주친다. 샤피로가 본색을 드러내 팔장로의 화기를 흡수한다.

핌스턴이 필립(설로인)과 기무정관을 납치한다. 뇌수술을 통해 기무정관의 정신연령을 낮춘 뒤, 그리즐리의 화살에 대해서 캐낸다. 샤피로는 누보의 셋째 제자가 된 뒤 위대한 탈라히 세트 가운데 쥬퍼를 선물 받는다.

에바 공주와, 공주를 호위하는 안텔롭(기사), 뮤트(황궁마법사)를 만난다. 저녁에 프란츠 후작의 성으로 들어간다.

〈현재 29세〉

2월, 이건호 시점: 산 페르민 근처에서 샤늘루루(가짜 리나)와 바이올렛(미셴)을 만난다. 그녀들을 죽였다가 되살린다. 샤늘루루에게 모리나라는 이름을, 바이올렛에게 미셴이라는 이름을 하사한다. 샤늘루루에게 이반이 남긴 에메랄드 반지(러시아 드네르프의 총수를 의미하는 인장)를 선물 받는다.

세르히오의 초대를 받는다. 알렉산드라의 전화를 받고 코라 디 리엔조의 소식을 듣는다. 과거를 읽어서 코라와 에르쿨이 함께 있는 모습을 본다.

스페인 메노르카 섬의 별장에 도착한다. 가짜 에르쿨의 부추김을 받아 이비자 섬의 클럽으로 향한다. 암네시아 클럽에서 거품 파티가 열리는 동안 지하 감옥에서 가디언 에이(A)와 가디언 아이(I)를 괴멸시키고 후안 가르시아와 미리엄 가르시아를 포로로 잡는다. 바람의 솜노(빛의 사원의 신인, 문지기)를 붙잡은 다음, 그의 뇌 속에 굴레 식물을 심어 노예로 만든다. 문지기가 다른 차원의 사람이나 물건을 현 차원으로 전송할 수 있다는 사실을 알게 된다.

아침 식사 중에 구울과 거미인간, 흑마법사의 공격을 받는다. 파드리그 해링턴과 크리스토프 바이어가 부상을 입는다. 어둠의 족속 스티처(Stitcher)를 소환해서 가디언 케이(K) 11명을 해치운다. 에르쿨의 상처를 치유해서 가주들로 하여금 가르시아 가문을 의심하도록 유도한다. 에르쿨을 포로로 붙잡는다. 템플 기사단의 다섯 가문이 '메노르카 연합'을 결성한다.

〈과거〉

6월, 샤피로 시점: 헬 하운드의 2차 습격을 받는다. 누보의 마법으로 프란츠 성을 탈출한다.

수도 바아란에 도착한다.

제1화
샤피로 미구에라스토 남작

광기의 화염이 나를 휘감고
지옥불이 나를 에워싸고
검고 붉은 두 개의 태양이 나란히 내 심장에 틀어박혀
온몸이 활활 타올랐다.
나는 마침내 반신(半神)이 되었다.

‥이클립스의 샤피로‥

Shapiro

Chapter 1

샤피로 일행이 몬순 제국 수도에 도착한 지 벌써 2년이 지났다. 6월의 날씨는 벌써부터 한여름을 연상시켰다. 하늘 한복판에 떡 버틴 태양은 힘자랑이라도 하듯이 이글거리는 뙤약볕을 내리쬐었다.

바람이 불지 않아 공기는 텁텁했다.

몬순 제국의 수도 바아란!

대륙에서 가장 번화한 도시 바아란은 여전히 권력 투쟁의 한복판에 놓여 있었다. 황제가 중병에 걸려 의식을 잃은 것이 28개월 전이었다. 이 28개월이란 기간 동안 바아란에선 헤아릴 수 없이 많은 암투와 암살이 자행되었다. 제국의 고위 관리가 황궁에 입궐하는 도중에 괴한들에게 납치를 당해 목이 잘리는 경우가 몇 차례나 반복되었다. 도시 뒷골목에선 파벌 간의 국지전이 심심치 않게 벌어졌다. 황좌를 차지하기 위한 치열한 암투는 다량의 피를 불렀다. 죽음의 사신이 휘두르는 낫은 신분의 높고 낮음을 가리지 않았다. 바아란의 하수구에선 하루가 멀다 하고 암살당해 버려진 귀족의 시체가 발견되었다. 백주대낮에 벌어진 기사들의 싸움에 휘말려 무고한 백성들도 죽어 갔다. 황족도 죽고, 귀족도 죽고, 일반 백성도 죽었다. 노예들도 죽었다. 심지어 말 못 하는 가축까지 죽었다.

나이 지긋한 노인 몇 명이 빛바랜 담벼락에 기대앉았다. 노인들은 습관처럼 넋두리를 늘어놓았다.

"요새 참 살기가 팍팍하지?"

"에효오! 그러게 말이야."

"이거 하루 빨리 내분이 종결되고 차기 황제가 옹립되어야지, 이러다 우리 같은 백성들은 다 죽어나가겠어."

노인들의 말이 곧 민심이었다. 몬순 제국의 백성들은 당장에라도 권력 싸움이 끝나고 차기 황제가 결정되기를 희망했다. 그러면 이 지긋지긋한 내전도 끝날 것이라 믿었다.

하지만 희망의 여신은 쉽게 다가오지 않았다. 황제의 자리를 노리는 3개의 세력이 서로 팽팽하게 맞서고 있기 때문이었다. 저울추가 어느 한 쪽으로 기울지 않아 권력 다툼

이 길게 이어졌다.

"아무래도 쉽게 끝날 싸움이 아닌 것 같아. 앞으로 10년은 더 가겠어."

노인들 가운데 한 명이 절망적인 견해를 내어놓았다.

"어이쿠! 10년!"

동료 노인들의 입에서 탄식이 흘렀다.

그것으로 대화가 끊겼다. 수도 바아란의 골목 분위기는 우중충한 날씨보다 더 무겁게 가라앉았다.

"아니야, 아니야. 내 생각은 달라. 이렇게 팽팽한 상황이 오래갈 수는 없거든. 조만간 어느 한쪽으로 힘이 확 쏠리고 승패가 결정 날 게야. 얌얌얌. 맛있다."

수도 바아란 동부 지구의 번화한 거리.

땅딸보 네크로맨서 핌스턴은 돼지 갈빗대에 붙은 살점을 맛있게 뜯으면서 자신의 정치적 견해를 피력했다. 그러곤 동생 세미르를 빤히 바라보았다.

'내 말에 호응 좀 해 주지?'

핌스턴의 얼굴엔 이런 말이 쓰여 있었다.

하지만 꺽다리 네크로맨서 세미르는 일절 반응하지 않았다. 세미르는 정치에 별 관심이 없었다.

텅!

세미르가 도마 위에 돼지갈비 한 짝을 소리 나게 올려놓

앗다. 그다음 묵묵히 고기를 손질해서 불판에 올렸다.

빨간 핏물을 머금은 갈비가 지글지글 소리를 내면서 익었다. 핏물은 곧 갈색 육즙이 되었다. 맛있는 향기가 모락모락 피어올랐다.

"히야, 이 황홀한 냄새!"

네크로맨서 걸터가 익어 가는 갈빗살을 보며 침을 뚝뚝 흘렸다. 걸터의 다리 밑에는 그렇게 흥건히 모인 침이 벌써 한 바닥이었다.

"걸터 형, 침만 흘리지 말고 부채질 좀 잘 해. 육즙이 빠져나오기 전에 잘 구워야지."

세미르가 걸터에게 핀잔을 주었다.

"응, 알았어."

팔랑팔랑

걸터는 화로 밑 통풍구에 부채를 살살 부쳐 화력을 키웠다. 불이 너무 세면 고기가 타 버리고, 불이 약하면 육즙이 말라 맛이 없었다. 걸터는 적당한 화력으로 돼지갈비를 정성껏 구웠다.

갈빗대 하나를 뚝딱 해치운 핌스턴이 슬그머니 손을 뻗었다.

한 대 더 먹으려는 속셈.

"안 돼!"

쉬잉! 세미르가 핌스턴의 손을 향해 다짜고짜 식칼을 휘둘렀다.

"워매?"

핌스턴의 이마에 핏줄이 섰다.

"이런 무식한 놈! 형의 손모가지를 자를 셈이냐? 어떻게 그렇게 무지막지하게 식칼을 휘둘러? 하마터면 손이 잘릴 뻔했잖아."

"흥! 도둑고양이 같은 손이라면 잘라 버려야지."

세미르는 당당했다.

"뭐? 너 그게 형에게 할 소리야?"

열이 받은 핌스턴이 양팔 소매를 걷어붙였다.

하지만 세미르가 있는 힘껏 식칼을 내리쳐 도마의 한 귀퉁이를 잘라 버리자 슬쩍 꼬리를 말았다.

"그래, 알았어. 치사해서 안 먹는다. 에이, 퉤!"

핌스턴은 바닥에 침을 탁 뱉고는 푸줏간 밖으로 나갔다.

영양만점 핌스턴 푸줏간

가게 한쪽 벽에는 이런 글씨가 멋스럽게 적혀 있었다. 핌스턴은 손가락으로 그 글씨를 가리켰다.

"야! 여기 간판에 뭐라고 적혀 있는 줄 알아? 영양만점 핌스턴 푸줏간이야! 세미르 푸줏간이나 걸터 푸줏간, 샤피로 푸줏간이 아니라 핌스턴 푸줏간이라고! 핌스턴 푸줏간!

그럼 이 가게의 주인이 누구겠어? 당연히 이 핌스턴 님이 시지. 그런데 내 가게에서 내가 내 고기를 먹는데도 눈치를 봐야 해? 세상이 아무리 각박해졌다지만 이런 법이 어디 있어? 엉?"

"흥!"

밖에서 핌스턴이 고래고래 소리를 질러도 세미르는 눈 하나 깜짝하지 않았다.

"걸터 형, 아까운 고기가 다 타잖아. 저기 저 시끄러운 인간은 신경 쓰지 말고 고기 굽는 일에만 집중해."

"알았어, 알았어."

걸터는 후다닥 고기를 뒤집고 다시 부채질을 했다. 맛있는 냄새가 연통을 타고 흘러나가 거리에 퍼졌다.

"킁킁킁!"

"어디서 이런 좋은 냄새가 나지?"

지나가던 행인들이 코를 벌름거렸다.

그중 몇몇이 냄새를 쫓아 푸줏간으로 다가왔다.

가게 입구에 앉아 있던 소년 6명이 벌떡 일어나 손님을 맞았다.

"어서 오십쇼, 손님!"

"영양만점 핌스턴 푸줏간에 오신 것을 환영합니다."

소년들은 가게 문 앞에 두 줄로 늘어서 허리를 90도까지 숙였다. 손님 응대 교육을 철저하게 받은 티가 났다.

모자를 쓴 중년 사내가 물었다.

"여긴 푸줏간인가, 아니면 음식점인가?"

소년 한 명이 냉큼 대답했다.

"영양만점 핌스턴 푸줏간은 정육점과 레스토랑을 겸하고 있습니다. 질 좋은 생고기를 구매하셔도 되고, 이곳에서 직접 구워 드셔도 됩니다."

"허어! 정육점과 레스토랑을 겸한다고? 거참 희한하군."

중년 신사가 눈을 동그랗게 떴다.

소년이 당돌하게 되물었다.

"아하! 손님께서는 이 근처에 처음 오시나 보군요? 그렇다면 생소하게 느끼실 수도 있습니다만, 한번 발상의 전환을 해 보시기 바랍니다. 갓 도축한 질 좋은 고기가 가장 많은 곳이 어디겠습니까? 바로 대형 푸줏간 아니겠습니까?"

"그야 그렇지."

"그럼 그 푸줏간에서 싱싱한 고기를 바로 구입해서 불에 구워서 드시면 얼마나 맛있겠습니까? 저희 영양만점 핌스턴 푸줏간은 손님들께 그런 서비스를 제공하고 있답니다."

"허어! 그래."

소년의 설명엔 막힘이 없었다.

중년 신사는 자신도 모르게 그 말에 빠져들었다. 그러곤 일행과 함께 영양만점 핌스턴 푸줏간 안으로 들어섰다.

지금은 오후 4시.

아직 저녁을 먹기엔 이른 시간이었다. 하지만 연통을 통해 흘러나오는 고기 굽는 냄새를 맡다 보니 어느새 뱃속이 아우성을 쳤다.

"여기 손님 네 분 들어가십니다."

소년들이 중년 신사 일행을 가게 안으로 모셨다.

핌스턴은 그 모습을 흐뭇하게 바라보았다.

"허허! 푸줏간과 레스토랑을 하나로 합친 것은 정말 좋은 아이디어야. 샤피로 녀석, 정말 머리가 좋아."

핌스턴은 동생과 싸웠던 것도 어느새 잊었다. 나날이 번창하는 가게를 보자 먹지 않아도 배가 불렀다.

핌스턴을 비롯한 오온 지파의 네크로맨서들이 수도 바아란에 처음 자리를 잡은 것은 2년 전의 일이었다. 당시 네크로맨서들은 뒷골목 한 구석에 조그맣게 푸줏간을 냈다. 시체를 위장하기에 푸줏간만 한 것도 없어서 일단 가게를 열긴 했는데, 위치가 그리 좋지 않아서 장사는 잘 되지 않았다.

그때 샤피로가 아이디어를 냈다.

"푸줏간과 레스토랑을 겸하면 어떨까요? 손님들이 고기를 직접 고른 뒤, 즉석에서 구워 먹도록 하는 거죠. 식사 시간에 고기 굽는 냄새를 피우면 손님들도 저절로 모여들 테고요."

"옳거니!"

핌스턴은 무릎을 딱 쳤다.

그 후 가게는 대박이 났다. 영양만점 핌스턴 푸줏간은 불과 6개월 만에 뒷골목을 벗어나 번화가 한복판으로 자리를 옮겼고, 다시 1년이 지나자 인근 점포 여섯 곳을 통째로 사서 초대형 레스토랑으로 탈바꿈했다.

핌스턴은 팔짱을 끼고 간판을 올려다보았다. '영양만점 핌스턴 푸줏간'이라고 적힌 큼지막한 간판을 보는 것만으로도 마음이 뿌듯했다.

"역시 우리 막내가 복덩어리야."

핌스턴의 입에선 샤피로에 대한 칭찬이 흘러나왔다.

귀가 밝은 세미르가 가게 안에서 그 소리를 들었다.

"흥! 그걸 이제 아셨나? 그걸 아시는 분이 우리 샤피로의 생일상에 손을 대려고 해?"

입으로 투덜거리면서도 세미르의 손은 쉬지 않았다. 능숙하게 돼지 뼈를 바르고 힘줄을 피해 연한 부위만을 골라내었다.

2년 전, 오온 지파의 네크로맨서들은 샤피로를 처음 만났다.

당시의 샤피로는 제대로 몸도 가누지 못하는 반편이였다. 걷는 것은 고사하고 일어나 앉기도 어려웠다. 게다가 머리를 크게 다쳐서 과거에 대한 기억을 모두 잊어버렸다고 했다. 당연히 제 생일이 언제인지도 몰랐다.

네크로맨서들은 불쌍한(?) 샤피로를 위해서 생일을 정해 주었다.

"우리가 샤피로 너를 막내로 받아들인 것이 6월 20일이다. 그러니까 이제부터 네 생일은 6월 20일로 하자."

맏형 핌스턴이 이렇게 결정했다.

그 후 1년이 지나고 2년이 되었다. 오늘은 샤피로가 생애 두 번째 생일을 맞는 날이었다.

"막내의 첫 번째 생일은 우리가 자리를 잡느라 바빠서 제대로 챙겨 주지 못했지. 그러니 이번 생일이라도 잘 챙겨 줘야지."

이것이 네크로맨서들의 공통된 의견이었다.

세미르는 새벽부터 도축장에 나가 싱싱한 고기를 골라왔다. 소고기와 돼지고기 모두 푸짐하게 준비되었다.

걸터는 양계장에 들러 닭 몇 마리와 칠면조 한 마리를 잡았다.

마지막으로 핌스턴은 뒷골목 하수구에 버려진 시체 열 구를 주워 샤피로의 생일선물로 준비했다.

"흥! 막내 생일에 고작 시체 열 구가 뭐람."

세미르가 가게 밖의 핌스턴을 향해 눈을 흘겼다.

걸터가 맞장구쳤다.

"그러게 말이여. 요샌 시체값이 완전 똥값이여. 그저 하수구만 한 번 훑으면 시체 서른 구도 찾아내건만, 사랑하는 막내의 생일 선물로 고작 열 구가 뭐여? 저건 완전 성의가 없는 것이여."

네크로맨서들이 이곳 푸줏간을 운영한다는 사실은 외부에 절대 알려져서는 안 될 비밀이었다. 그래서 세미르와 걸터는 모기 앵앵거리는 소리보다 더 작게 수군거렸다.

하지만 핌스턴은 그 조그만 소리를 전부 들었다.

"흥! 시체 열 구가 어디가 어때서?"

부아가 치민 핌스턴이 이렇게 투덜거렸다.

Chapter 2

푸줏간에선 연신 맛있는 냄새가 풍겼다.

"에라, 여기 있다가는 배만 더 고파지겠구나."

핌스턴은 등을 돌려 휘적휘적 걸었다.

"아이고, 어디 가십니까?"

"핌스턴 님, 안녕하세요?"

땅딸보 핌스턴이 배를 쭉 내밀고 거리를 걷자 번화가의 상인들이 알은체를 했다. 핌스턴은 '그동안 내가 인맥 관리를 잘했구나.' 라고 생각하며 흐뭇하게 웃었다.

핌스턴이 휘적휘적 걷는 사이 번화가가 끝나고 일반 주택가가 나왔다. 핌스턴이 발걸음을 멈춘 곳은 담장이 높게 둘린 대저택 앞이었다.

샤피로 미구에라스토 남작

저택 입구엔 이런 명패가 보였다.

'미구에라스토'는 이곳 지명이었다. 남작의 저택 대문은
2.5미터 높이의 굵은 철창살로 되어 있었는데, 철창살 안
쪽엔 풀 플레이트(Full Plate: 전신 갑옷)를 걸친 기사 두 명
이 경비를 서는 중이었다.

투구 사이로 얼핏 드러난 기사들의 눈에서 붉은 기운이
일렁거렸다.

'아무도 없겠지?'

핌스턴은 주변을 휙 둘러보았다.

다행히 인적이 없었다.

핌스턴은 저택 가까이 다가섰다.

철컹!

기다렸다는 듯이 철창살 문이 열렸다. 기사들은 오른팔
을 접어 가슴에 대고는 핌스턴을 향해 고개를 꾸벅 숙였다.

"오냐, 어디 보자."

핌스턴은 오른쪽 기사에게 다가가 투구 창을 위로 들었
다. 그러곤 핏발이 선 기사의 눈꺼풀을 까뒤집어 상태를 확
인했다.

투구가 열리면서 기사의 얼굴이 드러났다.

핏기가 전혀 없는 회색빛 얼굴에 푸른빛이 감도는 입술, 붉은 기운이 일렁거리는 눈동자······

정상적인 사람이라면 이런 모습일 수 없었다. 샤피로 남작의 저택을 지키는 이 기사는 살아 있는 사람이 아니라 죽은 지 2년이 넘는 시체였다. 핌스턴의 스승 누보가 죽은 기사의 시체를 되살려 이곳 저택의 경비로 세워 놓은 것이다. 그 후 누보는 제자 핌스턴에게 기사들의 관리를 맡겼다.

그래서 핌스턴은 가끔씩 샤피로의 저택에 들려 기사들의 몸 상태를 점검하고 그들의 눈꺼풀을 열어 에너지를 체크했다.

"1호는 아직 에너지가 많이 닳지 않았네. 좋아."

이어서 핌스턴은 왼쪽 기사의 눈을 까뒤집었다.

이 기사는 눈꺼풀 속에 하얀 빛깔이 감돌았다.

"이런! 2호는 에너지를 다시 채워 줘야겠구먼. 이대로 방치했다간 일주일 안에 에너지가 바닥나겠어."

핌스턴은 기사들의 투구를 제자리에 돌려놓고는 저택 안으로 들어갔다.

처척!

기사들이 핌스턴의 등을 향해 고개를 숙였다.

저택 입구를 통과해 80미터쯤 걷자 으리으리한 저택 본채가 보였다. 지상 3층, 지하 1층의 웅장한 건물이었다. 본

채 건물 앞에는 다양한 조각품으로 장식된 분수대와 화려한 정원이 펼쳐졌다.

"에고, 다리야. 많이 걸었더니 다리가 아프네."

핌스턴은 잰걸음으로 본채에 다가섰다.

건물 입구.

배불림 형태의 대리석 기둥이 입구 양쪽에 위치했고, 그 기둥 앞면엔 머리 없는 여인의 조각상이 새겨져 있었다. 조각상은 두 손을 X자로 포개어 가슴에 얹었고 등에는 날개가 달린 모습이었다.

핌스턴이 조각상을 지나쳤다.

그러자 놀랍게도 대리석 조각상이 꿈틀 움직였다. 조각상들은 핌스턴에게 인사라도 하듯 무릎을 살짝 굽혔다.

놀랄 일은 그뿐만이 아니었다. 핌스턴이 가까이 다가오자 건물 입구의 나무 문짝이 두툼한 눈꺼풀을 들어 눈을 떴다. 옹이처럼 보였던 것이 알고 보니 이 괴상한 나무 문짝의 눈이었다.

"핌스턴 님, 어서 오십시오."

심지어 나무 문짝은 말도 했다.

"음. 그래."

핌스턴은 짧게 고개를 끄덕여 인사를 받았다.

구구궁! 소리와 함께 문이 활짝 열렸다.

저택 내부는 어두웠다. 천장은 까마득히 높았고, 바닥은

차가웠다. 높은 천장에 뚫린 조그만 창문에서 빛살이 희미하게 떨어지다가 스르륵 자취를 감추었다. 집 전체에서 냉기가 흘렀다.

삐그덕삐그덕, 걸터가 부리는 스켈레톤 하녀 미니가 가까이 다가와 핌스턴에게 고개를 숙였다.

"샤피로 남작은?"

핌스턴의 물음에 미니가 고개를 좌우로 가로저었다. 아직 황궁에서 퇴궐하지 않았다는 뜻이었다.

핌스턴은 짜증을 냈다.

"에잉! 아직도 퇴궐을 안 했어?"

미니는 묵묵히 서 있었다.

핌스턴이 미니에게 잔소리를 늘어놓았다.

"그건 그렇고, 집안 꼴이 이게 뭐냐? 너는 스켈레톤이라 상관이 없지만 샤피로는 엄연히 살아 있는 사람이잖아. 그런데 집 분위기가 이렇게 싸늘해서야 어디 귀부인들이 따르겠냐? 안 그래?"

뜬금없는 호통에 미니가 해골을 갸우뚱거렸다.

핌스턴은 손을 휘휘 저었다.

"그만하자. 내가 너랑 무슨 얘기를 하겠냐? 에잉! 그렇게 서 있지 말고 어서 따끈한 차나 내오너라. 그리고 날씨가 쌀쌀하니 벽난로에 불도 지펴 놔."

덜그럭덜그럭 움직이는 스켈레톤 하녀의 뒷모습을 바라

보면서 핌스턴은 혀를 찼다.

"막내도 참 어이가 없군. 남작의 지위에 이런 좋은 저택을 하사받았으면 좀 꾸미고 살지. 그럼 어여쁜 귀부인들도 줄줄이 따를 테고. 그러다 보면 내게도 콩고물이 좀 떨어질 것 아냐? 그런데 집안 꼴이 이게 뭐냐고. 쯧쯧쯧!"

핌스턴이 투덜거리거나 말거나 미니는 제 할 일만 했다. 미니가 벽난로에 장작을 넣어 불을 지폈다. 김이 모락모락 나는 국화차도 한 잔 대령했다.

"국화차냐? 뭐, 그런대로 먹을 만하군."

핌스턴은 벽난로 앞 푹신한 가죽 의자에 기대앉아 차를 홀짝홀짝 마셨다. 그렇게 30분이 지나고 1시간이 흘렀다.

"어이, 차나 한 잔 더 줘라."

핌스턴이 손짓을 했다.

스켈레톤 하녀 미니가 국화차를 한 잔 더 내오자 핌스턴은 그것도 홀랑 마셔 버렸다. 샤피로는 그때까지도 나타나지 않았다.

"막내의 퇴궐 시간이 몇 시더라? 아하암! 내가 너무 일찍 왔나?"

핌스턴은 길게 하품을 했다. 벽난로에서 전해지는 따뜻한 온기에 핌스턴의 눈꺼풀은 점점 더 무거워졌다.

Chapter 3

핌스턴이 벽난로 앞에서 꾸벅꾸벅 졸기 시작할 무렵, 샤피로는 황궁을 나서는 중이었다. 그는 느긋하게 걸어 가마에 올라탔다.

"남작님, 저택으로 뫼실까요?"

몬순 황궁 호위청 소속 시종들이 샤피로에게 물었다.

샤피로는 말없이 고개만 끄덕였다.

4명의 시종들이 가마를 번쩍 들었다.

'샤피로 남작님은 어떻게 이렇게 가벼우시지?'

시종들이 매번 느끼는 것이지만, 샤피로는 지나치게 가벼웠다.

'하긴, 해골처럼 마른 저 얼굴 좀 봐.'

'그러게 말이야. 아무리 문관이라지만 너무 허약해서. 쯧쯧쯧!'

시종들은 속으로 혀를 차며 발걸음을 옮겼다.

몬순 황궁은 총 여덟 개의 구역으로 나뉘어져 있었는데, 샤피로가 주로 출입하는 곳은 제국의 대신들이 집무를 보는 제3구역이었다. 황제가 머무는 제1구역, 황후를 비롯한 황족들이 머무는 제2구역, 그리고 대신들이 집무를 보는 제3구역은 몬순 황궁에서 특별히 관리하는 곳으로, 말과 마차의 접근이 일절 허용되지 않았다. 이곳이 바로 황궁 내성에 해당했다.

황궁에선 내성에 출입하는 신하들을 위해 가마를 제공했다.

샤피로를 태운 가마는 제3구역부터 제8구역까지 5개의 관문을 차례로 통과했다. 마지막 제8구역에 도착하자 황궁 밖으로 통하는 튼튼한 성문이 보였다.

시종들은 샤피로를 성문 밖에 내려주었다. 여기까지 가마를 태워 주는 것이 시종들의 임무였다.

성문밖에는 샤피로를 위한 마차가 준비되어 있었다.

"남작님, 이제 퇴궐하십니까?"

샤피로에게 고용된 늙은 마부가 주인을 향해 꾸벅 고개를 숙였다.

"음."

가마에서 내린 샤피로는 차분하게 발걸음을 옮겨 마차에 올라탔다.

예전의 샤피로를 기억하는 사람이라면 깜짝 놀랄 일이다. 불과 2년 전만 해도 샤피로는 거동이 불가능했다. 걷는 것은 고사하고, 척추를 펴고 앉을 수도 없었다. 심지어 목도 가누지 못해 갓난아이나 다름없었다.

온몸의 근육이 모두 말라붙은 탓이었다.

한데 지금 샤피로는 스스로의 힘으로 걷는다. 턱이 높은 마차에 올라탈 수 있을 뿐 아니라 적당한 속도로 뜀박질하는 것도 가능했다.

2년 사이에 다리에 근육이 붙은 것은 아니었다.

샤피로는 음그리체!

이 특이한 체질은 단 한 톨의 양기도 용납하지 않았다. 양기가 전혀 없이 온몸에 음기만 가득한 탓에 근육이 생길 여지가 없었고, 제대로 몸을 가누는 것이 불가능했다.

그래서 샤피로는 다른 해결책을 찾았다.

'네크로맨서의 마법이라면 어떻게 될 거야.'

이렇게 생각한 샤피로는 시체에서 추출한 생체 조직으로 가느다란 섬유조직을 만들었다. 그다음 그 섬유조직으로 천을 짜서 자신의 팔다리를 감쌌다.

마법이 걸린 섬유조직이 근육을 대신했다. 샤피로가 걸을 땐 두 다리에 두른 섬유조직이 연동 작용을 이루어서 걸음걸이를 만들어 주었다. 팔을 움직이고 싶을 땐 팔뚝에 부착된 섬유조직이 움직임을 만들었다.

팔다리가 자유로워진 다음엔 손가락과 발가락 차례였다.

샤피로는 손가락 마디마디에 섬유조직을 부착했다. 피부색과 똑같은 섬유조직이 근섬유 역할을 대체했다.

덕분에 샤피로는 펜을 쥐고 글씨를 쓸 수 있었다. 찻잔을 들고 차를 마시는 것이 가능해졌다. 조금 더 연습하자 조그만 바늘구멍에 실을 끼울 수도 있게 되었다.

발가락을 꼼지락거릴 수 있게 되자 걷는 동작이 좀 더 자연스러워졌다.

목도, 허리도 제대로 움직였다.

심지어 샤피로는 이 섬유조직을 얼굴에도 부착했다. 그 때부터 샤피로는 다양한 표정을 지을 수 있게 되었다.

활동이 자유로워진 샤피로는 네크로맨서들을 대표해서 황궁에 들어갔다. 에바 공주가 힘을 써 준 덕분에 샤피로는 곧바로 남작에 제수되었다.

처음에 네크로맨서들은 핌스턴을 얼굴마담으로 내세우려고 했다. 핌스턴을 통해 몬순 황궁에 뿌리를 내리겠다는 것이 그들의 계획.

사실 핌스턴 외에는 다른 대책이 없었다. 핌스턴을 제외한 나머지 네크로맨서들은 작위를 받기엔 여러모로 부족했다.

우선 누보는 나이가 너무 많았다. 세미르는 눈치가 없고 뻣뻣한 데다 인상도 험악해서 도저히 귀족 사회에 어울리지 않았다. 걸터는 완전히 푼수였다. 네크로맨서들 가운데 그 누구도 걸터를 귀족감으로 생각하지 않았다.

결국 네크로맨서들은 만장일치로 핌스턴을 지목했다.

"핌스턴, 그나마 네가 제일 낫구나."

누보가 말했다.

"제가요?"

핌스턴이 얼굴을 붉혔다.

사실 픰스턴도 작위를 받기에 적합한 외모는 아니었다. 그는 땅딸보 푸줏간 주인 역할이 잘 어울릴 뿐 귀족과는 거리가 멀었다.

더군다나 픰스턴 본인도 귀족의 자리를 불편하게 여겼다. 픰스턴은 하루 종일 황궁에 갇혀서 집무를 보는 것이 싫었고, 귀족입네 하고 예의를 차려야 하는 것도 마음에 들지 않았다.

누보가 제자의 심정을 눈치채고는 못을 박았다.

"픰스턴, 어쩔 수 없는 것 알지? 나나 세미르, 걸터는 황궁에 적합하지 않아. 그러니 네가 우리를 대신해서 황궁에 들어가야겠다."

"네에, 스승님."

픰스턴은 내키지 않는 마음을 억지로 억눌렀다.

그때 샤피로가 네크로맨서들의 눈에 띄었다.

그 무렵 샤피로는 몇날 며칠을 방 안에 틀어박혀 끙끙거리다가 인공 근섬유를 만들어 낸 참이었다. 그러곤 그 근섬유를 이용해서 걸음마 연습을 하던 중이다.

"샤피로, 너 걷는구나!"

세미르가 눈을 휘둥그레 떴다.

"뭐? 샤피로가 걷는다고?"

"그게 참말이여?"

누보와 걸터도 깜짝 놀랐다.

오직 핌스턴만이 다른 말을 했다.

"옳거니, 샤피로! 나 대신 네가 황궁으로 들어가면 되겠다."

"뭣이?"

네크로맨서들이 일제히 핌스턴을 바라보았다.

핌스턴은 어깨를 으쓱했다.

"왜? 내 말이 틀려? 우리들 중에 가장 귀족적으로 생긴 사람이 누구야? 저기 저 샤피로잖어."

딴은 그러했다.

"그건 그렇지. 우리 막내가 귀족적으로 생겼지."

"듣고 보니 핌스턴의 말이 맞네."

네크로맨서들은 핌스턴과 샤피로를 번갈아가며 보다가 고개를 주억거렸다.

샤피로는 그렇게 엉겁결에 귀족이 되었다.

샤피로 미구에라스토 남작!

이것이 샤피로의 새 이름이었다.

제2화
바이올렛의 등장

Chapter 1

샤피로가 작위를 하사받은 것이 벌써 2년 전.

지난 2년간 샤피로는 사황자를 돕는 핵심 두뇌 역할을 했다. 샤피로의 뛰어난 지략과 네크로맨서들의 활약 덕분에 사황자는 권력 암투에서 밀리지 않았다. 몇 차례의 암살 위기도 무사히 넘겼다.

이런 일들을 겪으면서 사황자는 점점 더 샤피로를 신뢰하게 되었다. 사황자가 샤피로에게 퍼른 기사단을 붙여준 것은 그 때문이었다.

퍼른 기사단!

몬순 제국 서북부 산악지대를 질타하는 강인한 기사들의

집합체!

문장은 황금 숫양!

샤피로의 마차 주변엔 바로 그 퍼른 기사단 소속의 기사 8명이 호위 중이었다. 선두에 2명이 섰고, 마차 양옆에 4명, 후미에 2명이 배치되었다.

8명의 호위는 그리 많은 숫자가 아니었다. 사황자는 샤피로의 존재를 가능한 숨기길 원했다. 샤피로가 사황자 진영에서 두뇌 역할을 하고 있다는 사실은 극비 중의 극비였다. 그러니 샤피로에게 많은 수의 호위를 붙여 줄 수는 없었다.

그렇다고 호위를 전혀 붙이지 않을 수도 없었다. 요새 몬순 제국 수도의 치안은 완전히 무너진 상태라 도처에 강도들이 들끓었다.

'꾀주머니인 샤피로 남작이 강도들에게 변이라도 당하면 곤란하지.'

이렇게 생각한 사황자는 샤피로에게 퍼른 기사 8명을 붙여 주었다.

퍼른 기사들은 털이 하얀 백마를 타고 마차 주변을 경계했다. 그들은 모두 은빛 갑옷에 세로로 길쭉한 방패를 들었으며, 황금 수실이 매달린 창을 옆구리에 장착했다. 갑옷의 가슴 부위엔 포효하는 사자가 양각되었다. 길쭉한 방패 중앙엔 뿔이 둥글게 휘어진 황금 숫양을 새겼다.

포효하는 사자는 몬순 황실을 대표하는 네 마리 짐승 가운데 하나였다.

황금 숫양은 제국 서북부의 명문인 퍼른 후작가를 의미했다.

사자를 가슴에 새기고 황금 숫양으로 방패를 장식했으니 세상에 두려울 것이 없을 터, 웬만한 강도들은 이 문장만 보고도 도망을 칠 것이다. 퍼른 기사들은 가슴을 쫙 펴고 머리를 꼿꼿이 세운 채 말을 몰았다.

하지만 그들의 자신감은 오래가지 못했다.

마차가 다리를 건너 한적한 길로 접어들었을 때, 일단의 무리들이 나타나 퍼른 기사단의 앞을 막았다.

반들거리는 악어가죽 옷을 입은 자들이었다.

총 5명.

괴한들의 얼굴은 잘 보이지 않았다. 턱에서 시작해서 입과 코, 뺨을 완전히 뒤덮은 악어가죽 마스크 때문이었다.

마스크 한복판엔 [θ] 표시가 음각으로 새겨져 있었다.

"으윽!"

"헬 하운드다."

퍼른 기사들이 잇새로 신음을 토했다.

괴한들의 정체는 다름 아닌 헬 하운드의 마법사들이었다. 지옥의 사냥개 헬 하운드를 소환해서 부리는 무시무시한 마법사들!

기사들의 대표가 곁눈질로 뒤를 살폈다. 여차하면 후퇴하려는 의도였다.

"큭!"

하지만 이미 퇴로가 막힌 상태였다. 방금 건너온 다리엔 어느새 헬 하운드의 마법사 5명이 등장해 팔짱을 끼고 섰다.

퍼른 기사는 8명.

헬 하운드의 마법사는 10명.

솔직히 기사 8명이 힘을 합쳐도 불의 마법사가 소환한 헬 하운드 한 마리를 상대할까 말까였다.

'그런데 무려 10명의 마법사라니!'

'으으으!'

기사들의 눈동자가 불안하게 흔들렸다.

불의 마법사들이 장갑을 벗었다. 검게 번들거리는 악어가죽 장갑을 벗자 새하얀 손가락이 드러났다.

마법사들의 손가락은 길고 마디가 굵었다. 그 뭉툭한 손가락 끝이 치치치칙! 소리를 내면서 발갛게 달아올랐다. 마치 손끝에 용암이라도 머금은 듯한 광경이었다.

환한 빛을 토하는 손가락은 이내 풍선처럼 **빵빵하게** 부풀었다. 유리 세공업체에서 발갛게 달궈진 유리에 바람을 집어넣어 부풀리는 것처럼, 마법사들의 손가락은 사람 머리통보다 더 크게 부풀며 빛을 토했다.

강렬한 빛 덕분에 손가락 속이 투명하게 들여다보였다. 풍선처럼 부푼 손가락 안에선 괴상한 생명체가 꿈틀거렸다.

마법사들의 손가락이 크게 부풀수록 괴 생명체도 점점 더 크게 자라났다. 크기가 커질수록 괴 생명체의 윤곽이 또렷하게 잡혔다.

송아지에 버금가는 크기!

뾰족한 주둥이와 강인해 보이는 턱!

힘차게 쫑긋 선 2개의 귀!

가늘고 길게 뻗은 다리!

흉측하게 번들거리는 이빨!

괴 생명체의 정체는 헬 하운드였다. 꺼지지 않는 불꽃을 내뿜는 지옥의 사냥개가 등장했다. 이 무시무시한 악마 개 열 마리가 동시에 소환 대기 상태에 들어간 것이다.

"으으으!"

퍼런 기사들이 본격적으로 식은땀을 흘렸다.

─나와라!

마법사들이 일제히 손가락을 터뜨렸다.

드디어 헬 하운드 소환!

지옥의 사냥개들은 마법사들의 손가락을 찢고 튀어나왔다. 그다음 4개의 다리를 쫙 펴 대지를 딛고 섰다. 헬 하운드의 온몸에선 수십만 개의 털이 스르륵 일어나 불꽃을 내뿜었고, 헬 하운드의 두 눈은 불덩이를 품은 듯 뜨겁게 타올랐다.

크르르르! 크르르!

헬 하운드 열 마리가 머리를 낮추고 낮게 으르렁거렸다.

기사들을 태운 말들이 히히힝 울부짖으며 소란을 피웠다. 공포에 질린 말들은 앞발을 들고 푸르륵푸르륵 거친 콧김을 내뿜었다.

"워워워!"

"진정해라, 진정해."

퍼런 기사들이 말들을 진정시키려 애썼다.

소용없는 일이었다. 흥분한 말들은 헬 하운드를 피해 뒷걸음질 치다가 서로 부딪쳤다.

"모두 말을 버려라. 공포에 질린 말들은 오히려 방해만 된다."

선두의 기사가 명령을 내렸다.

훈련을 잘 받은 퍼런 기사들은 명령에 따라 말을 버리고 진형을 갖추었다. 방패로 앞을 막고, 방패 사이로 창끝을 내밀어 공격 자세를 취했다.

고삐 풀린 말들이 제멋대로 날뛰다가 한 방향으로 우르르 도망쳤다.

크왕!

헬 하운드 한 마리가 그대로 점프해서 기사들을 뛰어넘더니, 도망치는 말의 목덜미를 물었다.

말의 목에서 살점이 한 움큼 떨어졌다. 피가 팍 튀었다. 그 피는 곧 증발되어 한 줌의 수증기로 변했다. 헬 하운드에게 물린 말의 몸에선 시뻘건 불길이 번졌다.

히히힝!

말들이 기겁을 하며 다시 방향을 틀었다.

그 앞엔 이미 또 다른 헬 하운드가 기다리고 있었다. 헬 하운드는 펄쩍 뛰어올라 선두에서 달려오는 말의 머리를 앞발로 찍었다. 헬 하운드의 발톱이 닿기도 전에 불길이 덮쳐 말의 온몸을 휘감았다.

벌써 두 마리째 즉사!

Chapter 2

히이이힝!

말들이 기겁을 하며 울부짖었다. 놀란 말들은 이제 도망도 치지 못하고 바짝 얼어붙었다. 말 한 마리가 제자리에 우뚝 서자 뒤따르던 말들도 일제히 멈췄다.

크르르!

헬 하운드 몇 마리가 무시무시한 이빨을 드러낸 채 말들에게 다가섰다. 겁에 질린 말들은 풀썩 주저앉아 꼼짝도 못했다.

마법사 2명이 손을 들었다.

—그만!

—너희들의 먹이는 그 말들이 아니다. 저기 있는 인간들을 공격해.

불의 마법사들은 입으로 말하는 대신 뇌파로 의사를 전달했다.

마법사들의 뇌파가 헬 하운드를 자극했다.

말을 공격하던 헬 하운드들이 일제히 고개를 돌려 퍼른 기사단을 노려보았다.

크르르르! 흉포한 소리가 낮게 깔렸다.

기사들은 방패 뒤에 몸을 감춘 채 침을 꿀꺽 삼켰다.

처음에 슬금슬금 다가서던 헬 하운드들이 어느 순간 폭발적으로 도약했다. 커컹! 소리와 함께 헬 하운드 세 마리가 동시에 점프해서 기사들의 머리 위로 떨어졌다.

"위다!"

기사들이 황급히 방패를 치켜들었다. 몇몇은 머리 위로 창을 내질렀다. 길쭉한 방패가 서로 부딪치면서 진형이 허물어졌다.

그 위로 헬 하운드 세 마리가 덮쳤다.

방패에 둔중한 충격이 가해졌다.

"큽!"

헬 하운드의 무게를 견디지 못한 기사 한 명이 무릎을 꿇었다. 기울어진 방패를 타고 시뻘건 화염이 번져 기사의 몸에 옮겨 붙었다.

"크악! 살려줘!"

몸에 불이 붙은 기사가 땅바닥에 나뒹굴었다.

일반적인 불은 이렇게 데굴데굴 구르면 꺼지기 마련인데, 헬 하운드의 불은 도무지 꺼질 줄을 몰랐다. 기사의 살이 지글지글 타오르고 하얗게 뼈가 드러났다.

"으으으, 안 돼!"

그 끔찍한 모습에 동료 기사들이 뒷걸음질 쳤다.

허물어진 진형의 틈을 노리고 또 다른 헬 하운드가 달려들었다. 영악한 헬 하운드는 육중한 체구를 소리 없이 날려 기사의 목을 물었다.

"끄악!"

기사가 자지러지게 비명을 질렀다.

동료 기사들이 도울 새도 없었다. 기사의 몸 전체가 시뻘건 화염에 휩싸여 활활 타올랐다. 뜨거운 열기에 눈을 뜨기도 어려웠다. 온몸이 불길에 휩싸인 기사는 비틀비틀 몇 걸음을 떼다가 결국 무릎을 꿇었다.

"뭉쳐라! 한곳에 뭉쳐서 방패로 막아야 산다."

기사들 가운데 누군가가 소리쳤다.

"모두 뭉치자!"

그 소리를 들은 기사들이 둥근 원진을 갖추고 방패로 앞을 막았다.

헬 하운드들이 다시 육탄 돌격했다.

기사들은 살이 타들어 가는 듯한 고통을 참으며 빠르게 창을 찔렀다.

깨갱!

헬 하운드 한 마리가 창에 찔려 비명을 질렀다.

그 사이 나머지 헬 하운드들이 창을 피해 기사들의 방패를 온몸으로 들이받았다. 두꺼운 나무가 뚝 부러지는 소리가 났다. 불똥이 사방으로 튀었다.

"크아악!"

선두에서 방패를 들던 기사 몇 명이 다시 불길에 휩싸여 고꾸라졌다. 그들은 바닥을 나뒹굴며 괴로워하다가 이내 활활 타올라 재가 되었다.

이제 살아남은 기사는 단 2명뿐.

헬 하운드 네 마리가 동시에 생존자들에게 달려들었다.

헬 하운드들은 집단 사냥에도 능숙했다. 앞에서 두 마리가 좌우로 스텝을 밟으며 공격 자세를 취해서 기사들의 시선을 끄는 사이, 나머지 두 마리가 기사들의 뒤를 덮쳐 목덜미를 물었다.

"크악!"

"아, 안 돼!"

쓰러진 기사들의 몸 위에 헬 하운드가 올라탔다. 지옥에서 소환된 사냥개들은 뾰족한 주둥이로 기사들의 목을 물어뜯었다.

푸른 기사 8명이 전멸하기까지 걸린 시간은 불과 10분.

"으으으, 살려 주세요! 살려 주세요."

늙은 마부는 마차에서 뛰어내려 땅바닥에 넙죽 엎드리더니 불의 마법사들을 향해 정신없이 빌었다.

불의 마법사들은 마부에게 눈도 돌리지 않았다. 그대로 마부를 지나쳐 마차에 다가섰다. 대신 마법사들의 뒤를 쫓아오던 헬 하운드 한 마리가 늙은 마부의 머리통을 향해 아가리를 쫙 벌렸다.

와득!

헬 하운드의 턱 힘은 악어보다 더 강했다. 늙은 마부의 두개골쯤은 단숨에 으깨 버리기에 충분했다. 호두 껍데기 으깨는 소리와 함께 마부의 뇌수가 터졌다. 불쌍한 마부의 몸에 불이 붙었다.

그 모습을 본 불의 마법사들이 비릿하게 웃었다. 마법사 가운데 한 명이 마차 문을 거칠게 열었다. 그러곤 고개를 갸웃했다.

―이것 봐라? 벌벌 떨고 있을 줄 알았는데 의외로 의젓한 걸.

동료 마법사가 마차 안의 샤피로를 들여다보고는 엄지로 밖을 가리켰다.

―놈을 밖으로 끌어내.

―그러지.

불의 마법사가 손을 뻗어 샤피로의 멱살을 움켜쥐었다.

샤피로는 조용한 눈으로 상대를 바라보았다.

─으헉!

순간 불의 마법사는 오싹한 기분을 느꼈다. 심장이 멎을 듯한 오한이 마법사의 척추를 훑고 지나갔다.

놀란 마법사가 샤피로의 몸에서 손을 떼었다. 아무런 감정도 실리지 않은 샤피로의 눈빛에 등골이 싸했다.

─왜 그래?

마법사의 등 뒤에서 동료가 물었다.

─아니야. 아무것도 아니야.

불의 마법사는 다시 한 번 샤피로를 바라보았다.

분명 평범한 귀족이었다. 몸이 비쩍 마르고 무척 약해 보였다. 불의 마법사는 머리를 좌우로 흔들어 털고는 마음을 고쳐먹었다.

'내가 겁을 먹었다고? 불의 마법사이자 헬 하운드의 소환자인 내가 이 하찮은 귀족 나부랭이에게 겁을 먹어?'

부끄러움이 곧 분노로 변했다. 불의 마법사는 다시 손을 뻗어 샤피로를 멱살을 쥐고는 강하게 잡아당겼다.

샤피로의 신체는 일반인보다도 더 허약했다. 네크로맨서 마법으로 만들어 낸 인공 근섬유는 신체를 간신히 움직이는 정도일 뿐, 강한 완력을 주지는 못했다. 샤피로는 종잇장처럼 맥없이 딸려와 마차 밖으로 내동댕이쳐졌다. 얼굴을 땅바닥에 처박고도 샤피로의 표정은 변하지 않았다.

'역시 약하구나! 내가 괜히 겁을 먹었어.'

화가 난 불의 마법사가 샤피로의 가슴에 발을 얹어 놓았다.

—요런 시건방진 놈!

마법사가 발을 지그시 누르자 샤피로의 가슴 부위에서 하얗게 연기가 치솟았다. 먼저 샤피로의 의복이 타들어 갔다. 이어서 샤피로의 가슴에서 인두로 지지는 것처럼 치지직! 소리가 났다. 주변에 살 타는 냄새가 진동했다. 이대로 조금만 더 시간이 흐르면 샤피로의 몸뚱어리에 불이 옮겨 붙을 것이다.

그때였다.

"그만 멈춰요."

마법사의 등 뒤에서 낭랑한 음성이 들렸다.

Chapter 3

"그만 멈추라고요."

목소리는 가냘프면서도 힘이 있었다.

"뭐라고?"

방해를 받은 불의 마법사가 신경질적으로 고개를 돌렸다.

그는 어찌나 화가 났던지 뇌파를 사용하지 않고 목소리를 그대로 드러냈다.

마법사의 이글거리는 시선이 멈춘 곳.

어린 소녀 하나가 서 있었다.

소녀의 나이는 정확하게 유추하기 힘들었다. 체격을 보면 13살이나 14살 정도였는데, 얼굴은 대략 18세 전후로 보였다. 소녀는 금빛 머리카락을 두 갈래로 땋아서 가슴 앞으로 길게 늘어뜨린 모습이었다. 머리 위에는 길이가 50센티미터나 되는 뾰족한 모자를 썼다. 의복은 눈에 띄게 고급스러웠다. 티끌 하나 없는 순백색 외투에 자주색 실로 수를 놓은 복장은 소녀의 신분이 높음을 드러내 주었다.

소녀가 다시 명령했다.

"그 발 치우세요."

그러는 와중에도 샤피로의 가슴에선 지글지글 살 타는 소리가 들렸다.

불의 마법사는 마뜩치 않은 표정으로 소녀를 노려보았다. '네가 뭔데 내게 명령이냐?' 라는 속마음이 마법사의 얼굴에 여과 없이 드러났다.

잠시 대치 상태가 이어졌다.

마법사의 얼굴에 흉포한 기세가 어렸다.

그러자 소녀의 등 뒤에서 키가 장대처럼 큰 노인이 유령처럼 나타났다. 하얀 가죽옷을 입은 노인이었다.

대나무처럼 깡마른 체격에 눈 아래가 거무튀튀한 노인의 등장에 불의 마법사들이 눈을 동그랗게 떴다. 그들은 일제히 무릎을 꿇고 머리를 조아렸다.

　—칠장로님!

　—제자들이 칠장로님을 뵙습니다.

　불의 마법사들이 보내는 뇌파가 노인의 머릿속에 생생하게 울렸다.

　노인의 정체는 헬 하운드 조직의 칠장로!

　노인이 눈을 부라리자 사납게 으르렁거리던 헬 하운드들도 바짝 엎드려 꼬리를 살랑거렸다. 헬 하운드 가운데 몇 마리는 아예 배를 까뒤집고 헥헥거리며 아양을 떨었다.

　칠장로는 불덩이 같은 눈으로 마법사들을 노려보았다.

　—네놈들이 감히 내 말을 어기고 공주님께 항명을 해?

　쩌렁쩌렁한 뇌파가 불의 마법사들의 뇌를 뒤흔들었다.

　—아, 아닙니다. 저희가 어찌 칠장로님의 말씀을 어기겠습니까?

　—저희가 잘못했으니 제발 용서해 주십시오.

　불의 마법사들이 땅에 바짝 엎드렸다. 그들의 이마에 구슬땀이 흘러내렸다. 그만큼 칠장로를 두려워한다는 뜻이었다.

　칠장로는 한동안 노여움을 거두지 않다가 겨우 마음을 억눌렀다.

—용서를 빌 대상은 내가 아니다. 여기 계신 공주님께 사죄드려라.

오만방자하던 불의 마법사들이 즉각 소녀에게 머리를 조아렸다.

"공주님, 용서하십시오."

"다시는 공주님의 명령을 허투루 듣지 않겠습니다."

다들 뇌파를 사용하지 않고 입으로 사과했다.

"응?"

공주라는 말에 샤피로가 고개를 돌렸다.

낯선 소녀가 샤피로의 눈에 들어왔다. 처음 보는 얼굴이었다.

몬순 황실엔 황자도 많고 공주도 많아서 그들의 얼굴을 일일이 외우고 있기란 불가능했다. 특히 요새처럼 권력 암투가 심할 때는 황족들이 꽁꽁 숨어 있기에 더더욱 얼굴을 보기 어려웠다.

물론 그 많은 황족들을 모두 머리에 담아 둘 필요도 없었다. 어중이떠중이 황족에게 신경을 쓰느니 그 시간에 핵심 인물들을 한 번 더 살펴보는 편이 나았다.

하지만 이 맹랑해 보이는 소녀는 어중이떠중이 황족 같지는 않았다. 상대가 힘없는 공주라면 오만하기 이를 데 없는 헬 하운드의 마법사들이 이렇게 고개를 숙일 리 없었다. 샤피로는 빠르게 머리를 굴렸다.

'헬 하운드와 친분이 있다면 역시 삼황자 쪽인가? 삼황자에게 한 배에서 난 친여동생이 한 명 있다고 했지?'

샤피로의 짐작대로라면 이 소녀가 바로 샤늘루루 공주일 것이다.

공주의 나이는 24세.

성격은 은둔형.

샤늘루루 공주는 바깥출입을 거의 하지 않는 것으로 유명했다. 황실에서도 그녀의 얼굴을 아는 사람은 거의 없었다. 배다른 형제인 사황자도 샤늘루루 공주의 얼굴을 평생 딱 두 번밖에 보지 못했다고 하니 말 다했다.

그렇게 숨어 지낸 덕분에 샤늘루루 공주를 주목하는 사람은 아무도 없었다. 황족들도, 그리고 대신들도 샤늘루루의 존재를 잊고 지냈다.

단 한 사람.

사황자는 샤늘루루에게 신경을 많이 썼다.

언젠가 사황자가 샤피로에게 이런 말을 던졌다.

"이봐, 샤피로 남작."

"네, 사황자님."

"셋째 형은 그렇게 똑똑한 사람이 아니거든. 그건 내가 잘 알아. 한데 황좌를 차지하기 위한 권력 투쟁이 시작된 이후로 셋째 형이 확 달라졌단 말이지. 아무래도 셋째 형의 곁에 아주 영리한 꾀주머니가 있는 것 같아. 지금 내 곁에 샤피로 남작이 있는 것처럼 말이야."

샤피로가 물었다.

"그 꾀주머니가 누굽니까?"

사황자는 씁쓸하게 미소를 지었다.

"흐응! 그게 누군지 알면 벌써 암살을 시도했겠지. 한데 전혀 파악을 못 했어."

"그렇습니까?"

"다만 내가 짐작하는 사람이 하나 있기는 한데 말이야……."

사황자가 말끝을 흐렸다.

샤피로는 사황자가 입을 열 때까지 가만히 기다렸다.

잠시 후 사황자가 고개를 숙여 조그맣게 속삭였다.

"내게 에바 공주가 있는 것처럼 셋째 형에게도 친동생이 하나 있거든."

"네."

"그녀의 이름은 샤늘루루. 아주 얌전하고 조용한 녀석인데…… 아무래도 그 애가 마음에 걸리네."

사황자가 전한 말은 여기까지였다. '이만큼 알려 줬으니 이제 샤피로 네가 뒷조사를 해서 샤늘루루를 제거해라.'라는 것이 사황자의 뜻이었다.

그 날 이후 샤피로는 샤늘루루 공주에 대한 뒷조사에 착수했다. 하지만 얻는 것이 별로 없었다. 심지어 공주의 얼굴도 제대로 파악하지 못했다.

한데 그 샤늘루루가 샤피로의 눈앞에 등장했다. 샤피로는 고개를 들어 상대를 자세히 살폈다.

일단 샤늘루루의 외모는 평범했다. 보기 드물게 귀엽고 예쁜 소녀기는 했으나, 에바 공주처럼 숨 막히는 아름다움을 가지지는 못했다. 체격도 왜소해서 이제 고작 13살 정도로밖에 보이지 않았다.

하지만 샤늘루루 공주의 눈동자는 유난히 깊었다. 그 깊은 눈은 사람을 빨아들이는 마력을 지녔다.

'영리해 보이는 여자다. 역시 사황자의 짐작이 맞았어. 샤늘루루 공주가 바로 삼황자의 꾀주머니였어.'

샤피로가 샤늘루루를 파악하는 동안, 샤늘루루도 샤피로를 빤히 바라보았다.

"그자를 일으켜 앉히세요."

샤늘루루가 명령했다.

불의 마법사들의 눈썹이 꿈틀 움직였다. 그들은 외부인에게 명령을 받는 것을 극도로 싫어했다.

하지만 샤늘루루의 뒤에 시립해 있는 칠장로가 눈을 부라리자 재빨리 명령을 이행했다.

—일어나라.

불의 마법사 2명이 양쪽에서 샤피로의 겨드랑이를 잡아 일으키고는 샤늘루루 앞에 강제로 무릎을 꿇렸다.

마법사들의 손길이 스친 부위마다 살이 시뻘겋게 익었다.

그래도 샤피로는 눈 하나 깜짝하지 않았다. 통증을 느끼지 못하는 사람처럼 묵묵히 앉아 샤늘루루를 올려다보았다.

샤늘루루의 눈에 이채가 감돌았다.

"샤피로 남작이죠?"

샤늘루루가 물었다.

샤피로는 대답하지 않았다.

Chapter 4

―존귀하신 분께서 물으시지 않냐? 어서 대답해.

불의 마법사 가운데 한 명이 샤피로에게 위협적인 뇌파를 보냈다.

샤피로는 들은 체도 하지 않았다.

―크크크! 대답하기 싫으냐? 그럼 강제로라도 대답하게 만들어 주지.

불의 마법사는 다짜고짜 샤피로의 머리카락을 붙잡아 뒤로 젖혔다. 마법사의 손가락은 불에 달군 쇠 집게처럼 벌겋게 달아오른 상태였는데, 그 손가락으로 뒤통수를 움켜잡자 샤피로의 머리카락이 화르륵 타들어 가고 살갗에 벌겋게 물집이 잡혔다. 샤피로의 뒤통수에서 치이익 하고 끔찍한 소리가 들렸다.

"그만."

샤늘루루가 눈을 찌푸렸다.

불의 마법사는 그래도 멈추지 않았다.

샤늘루루의 뒤에 서 있던 칠장로가 눈을 부라렸다.

―네 이놈!

―죄송합니다.

찔끔 놀란 불의 마법사가 샤피로를 놓아주었다. 샤늘루루 공주의 명령 때문이 아니라 칠장로의 경고 때문이었다.

샤피로는 경직된 목을 빙글 돌려 근육을 풀고는 샤늘루루에게 다시 시선을 맞췄다. 물론 입술은 여전히 꽉 다문 상태였다.

"하아!"

샤늘루루가 나직하게 한숨을 내쉬었다.

"이렇게 입이 무거운 사람을 상대하려니 피곤하네요. 마지막으로 묻겠어요. 이번에도 답이 없으면 헬 하운드의 마법사들에게 당신을 넘길 수밖에 없으니까 잘 생각해요. 샤피로 남작이 맞죠?"

잠시 뜸을 들였다가 샤피로가 고개를 끄덕였다.

불의 마법사가 샤피로의 뒤통수를 후려쳤다.

―건방진 놈! 고개만 끄덕이지 말고 제대로 대답해라.

샤피로는 느릿하게 입술을 열었다.

"맞습니다. 제가 샤피로입니다."

"좋아요. 이제야 대화가 되는군요."

샤늘루루는 만족스럽게 고개를 끄덕이고는 품에서 종이 한 장을 꺼냈다.

—이리 주십시오.

칠장로가 그 종이를 받아 샤피로에게 날렸다. 얇은 종이가 나비처럼 펄럭펄럭 날아와 샤피로의 무릎에 살포시 떨어졌다.

샤피로는 종이에 쓰인 글을 훑어보았다.

"어떤가요?"

샤늘루루가 물었다.

샤피로는 고개를 갸우뚱했다.

"내용이야 예상했던 바입니다만, 제게 여기에 서명을 하라는 겁니까?"

"맞아요. 손가락을 깨물어 피를 낸 다음 그 서약서에 서명하면 돼요."

샤늘루루가 샤피로에게 준 것은 사황자를 배신하고 삼황자에게 충성을 맹세하겠다는 서약서였다.

샤피로가 되물었다.

"이건 그냥 평범한 종잇조각 같지는 않군요. 혹시 맹세의 마법이 걸려 있는 종이입니까? 서명자가 맹세를 어기면 죽음의 사신이 찾아오는 그런 거?"

"호오! 맹세의 서약서를 알고 있다니 제법 견문이 넓네요. 과연 넷째 오라버니의 꾀주머니다워요."

샤늘루루가 옅게 미소 지었다.

삼황자가 샤늘루루를 베일 뒤에 감춰 둔 것처럼 사황자도 샤피로의 존재를 겉으로 드러내지 않았다. 샤피로가 사황자 진영의 두뇌라는 사실을 아는 사람은 거의 없었다. 한데 샤늘루루는 샤피로의 모든 것을 파악하고 있는 듯했다.

샤피로가 공주를 빤히 올려다보았다.

샤늘루루는 그런 샤피로를 내려다보면서 미세하게 웃었다. '너는 내 상대가 아니다.'라고 자신하는 듯한 미소였다.

"훗!"

샤피로의 입술이 살짝 비틀렸다.

"응?"

이번엔 샤늘루루가 고개를 갸우뚱거렸다.

"왜 웃죠?"

"그냥 웃었습니다."

"웃음에는 이유가 있죠. 그게 뭔가요?"

샤늘루루는 집요했다.

―공주께서 물으신다. 어서 대답해.

불의 마법사가 샤피로를 윽박질렀다. 그냥 뇌파로만 윽박지른 것이 아니라 샤피로의 옆구리를 발끝으로 푹 찔렀다.

치익!

발끝이 살짝 닿았을 뿐인데 인두로 지진 듯 화상을 입었다.

그래도 샤피로는 눈 하나 깜짝하지 않았다. 여유 있는 미소와 함께 대답했다.

"제가 웃은 이유가 궁금하십니까? 공주마마 외에도 제게 맹세의 서약서를 들이밀 사람이 또 있어서 웃었습니다."

"뭐라고요?"

의외의 대답에 샤늘루루가 고개를 갸웃했다.

샤피로가 말을 이었다.

"아하! 어쩌면 그 사람은 저뿐만이 아니라 공주마마께도 맹세의 서약서를 들이밀지 모르겠네요. 저는 사황자 저하의 꾀주머니이고, 공주마마는 삼황자 저하의 두뇌니까 저와 공주마마를 동시에 붙잡으면 한 번에 두 마리 토끼를 잡는 셈이지 않습니까?"

짝짝짝짝!

샤피로의 말이 떨어지기 무섭게 나무 위에서 박수 소리가 들렸다.

―웬 놈이냐?

불의 마법사들이 황급히 고개를 들었다.

아름드리나무 위, 몸에 착 달라붙는 옷을 입은 여자가 가느다란 나뭇가지에 앉아 두 발을 까딱거리고 있었다. 20대로 보이는 미인이었다.

—저기다.

불의 마법사 가운데 한 명이 나무 꼭대기를 향해 손가락을 뻗었다. 그 즉시 그가 소환한 헬 하운드가 뛰어올라 나무를 탔다.

컹컹컹컹!

송아지만 한 크기의 사냥개가 발톱으로 나무를 찍으며 빠르게 뛰어올라가는 모습이 참으로 놀라웠다.

"헬 하운드가 나무도 잘 타네요."

감정 표현이 없던 샤를루루 공주도 그 모습에 감탄했다.

—그렇지요. 참으로 용맹하고 쓸모가 많은 애완견들이랍니다.

칠장로가 자랑스러운 듯 고개를 주억거렸다.

하지만 얼마 지나지 않아 칠장로의 얼굴이 굳었다. 불의 마법사들도 일제히 안색을 굳혔다. 나무를 타던 헬 하운드가 비명을 지르며 추락했기 때문이었다.

그것도 그냥 추락이 아니었다. 헬 하운드는 시커먼 잿덩이로 변해 지상에 떨어지더니 강제로 소환이 취소당했다.

"컥!"

헬 하운드를 소환했던 불의 마법사는 마나가 뒤틀려 입에서 피를 토했다.

조금 전 나무 위에서 무슨 일이 있었는지 도무지 파악이 되지 않았다. 사나운 헬 하운드 한 마리가 척척 나무를 타고 올라가는 모습을 보았건만, 다음 순간 그 멀쩡하던 사냥개가 갑자기 재가 되어 추락했다.

칠장로가 손을 들었다.

—나오너라.

칠장로의 펄럭이는 망토 뒤에서 거대한 헬 하운드가 모습을 드러냈다.

물소보다 더 커다란 체격에 사각형으로 잘 발달한 턱!

입 안 빼곡히 박혀 있는 이빨!

전신에 돋아난 1미터가 넘는 긴 털!

그중에서도 압권은 이마에 돋은 털이었다. 회오리 모양으로 배배 꼬여 뿔의 형태를 갖춘 기다란 털은 보는 것만으로도 위압적이었다. 그 끝에서 4미터에 달하는 긴 불줄기가 치솟았다. 덕분에 이 괴물 헬 하운드는 이마에 4미터가 넘는 긴 화염의 뿔을 매달고 있는 듯한 형상이었다.

괴물 헬 하운드의 등장에 일반 헬 하운드들은 다리 사이로 꼬리를 말고 낑낑거렸다.

칠장로가 손으로 나무 위를 가리켰다.

괴물 헬 하운드가 뿔을 검처럼 휘둘렀다.

기다란 화염이 날카로운 검날이 되어 아름드리나무를 잘랐다. 거대한 수목이 굉음을 내며 쓰러졌다. 나무의 잘린 단면은 시커멓게 그을려 있었다.

나뭇가지 위에 앉아 있던 미녀가 풀쩍 뛰어올라 땅에 착지했다.

그 즉시 괴물 헬 하운드가 몸을 날렸다. 육중한 체격답지 않게 몸놀림이 벼락처럼 빨랐다.

크헝!

몸이 먼저 뛰쳐나가고, 뒤늦게 포효가 울렸다.

사람들의 귀에 포효가 들릴 즈음, 괴물 헬 하운드는 여자에게 달려들어 화염의 뿔로 배를 쑤신 상태였다.

아니, 쑤신 것처럼 보였다.

Chapter 5

커헝!

거대한 헬 하운드가 아스라한 잔영을 남긴 채 벼락처럼 달려들었다. 헬 하운드의 이마에서 솟구친 4미터 길이의 화염은 한 자루의 날카로운 창이 되어 여인의 배를 관통했다.

—오오오!

—역시!

불의 마법사들이 그 모습을 보고 감탄했다.

하지만 칠장로의 얼굴은 와락 일그러졌다.

—안 돼! 피해!

칠장로는 필사적으로 뇌파를 보냈다. 자식보다 더 아끼는 괴물 헬 하운드에게 보내는 뇌파였다.

하지만 그 뇌파가 헬 하운드에게 전해지기도 전, 여인의 손이 십자로 교차했다. 그 새하얀 손끝에서 피어오른 시뻘건 뇌전 두 가닥이 괴물 헬 하운드를 그대로 강타했다.

순간적으로 괴물 헬 하운드의 피부와 살이 발갛게 달궈지는 것처럼 보였다. 반투명해진 살을 통해 헬 하운드의 뼈가 고스란히 들여다보였다.

크깨갱!

마치 하늘에서 떨어지는 벼락을 맞은 듯 괴물 헬 하운드가 펄쩍 뛰었다. 그다음 앞발이 푹 꺾이면서 땅바닥에 얼굴을 거칠게 처박았다.

괴물 헬 하운드의 주특기인 화염의 창 공격도 통하지 않았다. 화염의 창에 배에 꽂히기 전, 여인은 공간이동이라도 하듯이 번쩍 사라졌다가 괴물 헬 하운드의 바로 옆에 나타났다.

여인의 보라색 머리카락이 황홀하게 펄럭였다. 여인의 손이 괴물 헬 하운드의 옆구리를 살짝 쓰다듬고 지나갔다.

보드라워 보이는 여인의 손길이 스친 순간, 괴물 헬 하운드의 몸통에 다시 한 번 벼락이 내리꽂혔다.

번쩍! 하고 시뻘건 광망이 번뜩인다 싶었다.

다음 순간 괴물 헬 하운드의 입에선 거친 신음과 함께 허연 연기가 피어올랐다. 내장이 타면서 발생한 연기였다. 괴물 헬 하운드의 털은 온통 타 버려서 피부에 눌어붙었고, 살 갗에선 번쩍번쩍 스파크가 튀었다.

여인이 다시 싹 사라졌다. 그다음 괴물 헬 하운드의 머리 맡에 나타나 손을 아래로 내리찍었다.

여인의 손아귀 안에서 핏빛 뇌전이 모습을 갖추었다. 기다 란 칼처럼 형상화된 뇌전은 괴물 헬 하운드의 두개골을 향해 그대로 내리꽂혔다.

―안 돼!

칠장로가 황급히 몸을 날렸다. 칠장로의 손끝에서 출발한 불의 채찍은 어느새 30미터 길이로 늘어나 여인의 몸뚱어리 를 휘감았다.

―이제 끝났다.

불의 마법사들은 이 채찍에 얻어맞아 여인이 한 줌의 재로 변할 것이라 생각했다. 헬 하운드 조직 칠장로의 무력은 그 만큼 막강했다. 마법사들은 칠장로를 굳게 믿었다.

하지만 그들의 판단은 이번에도 어긋났다.

보라색 머리카락의 여인이 피식 비웃었다. 그러곤 또 사라 졌다.

칠장로가 휘두른 화염의 채찍은 빈 허공만 훑고 지나갔 다.

다음 순간 여인이 칠장로 옆에 불쑥 나타나 양손을 십자 로 교차했다. 2개의 핏빛 뇌전이 칼날처럼 뭉쳐 칠장로의 목과 허리를 동시에 베었다.

　—으헉!

　깜짝 놀란 칠장로가 황급히 채찍을 회수해 방어막을 만들었다. 30미터 길이의 채찍이 고무줄처럼 돌돌 말려 2개의 방패가 되었다. 그 방패가 칠장로의 목과 허리를 동시에 방어했다.

　방패 위에 여인이 방출한 뇌전의 칼날이 작렬했다.

　빠카카캉!

　화염의 방패가 크게 출렁거렸다. 방패 위에선 시뻘건 불꽃과 핏빛 뇌전이 하나로 뒤엉켜 맞부딪쳤다. 주변으로 불똥이 확 튀었다. 눈을 뜰 수 없을 만큼 스파크가 난무했다.

　까드드득! 빠캉캉!

　칠장로의 허리 부근에서도 강렬한 충돌이 발생했다. 여인이 휘두른 뇌전의 칼날은 칠장로가 만들어 낸 화염의 방패를 뚫고 안으로 파고들어 칠장로의 허벅지를 깊게 베었다.

　"크악!"

　칠장로가 비명을 질렀다. 그것도 뇌파가 아니라 입으로 직접 비명을 질렀다. 너무나 놀라고 기겁을 해서 칠장로는 입으로 비명을 지르고도 그 사실을 인지하지 못했다.

　여인이 또다시 사라졌다가 불쑥 나타났다.

　이번엔 칠장로가 아니라 불의 마법사들이 목표였다. 여인의 손끝에서 출발한 시뻘건 뇌전의 칼날이 불의 마법사들의 머리를 노리고 날아들었다. 그 공격이 어찌나 빨랐던지 불의 마법사들은 제대로 막지도 못했다. 마법사 가운데 한 명이 "어, 어!" 하다가 이마에 뇌전을 얻어맞았다.

날카로운 뇌전의 칼날은 상대의 두개골을 익은 감자 썰듯이 손쉽게 뚫고 들어갔다. 마법사의 두개골 안에서 강력한 전기가 파파팍 튀었다. 젤리처럼 말랑말랑한 뇌가 이 엄청난 고압전기를 견딜 리 없었다.

"끄헉!"

불의 마법사는 이마와 입에서 동시에 허연 연기를 쏟으며 고꾸라졌다.

―이 악독한 마녀!

칠장로가 다시 이를 악물고 달려들었다. 화염의 채찍이 몇 겹의 원을 만들며 여인의 주변 사방팔방을 동시에 후려쳤다.

칠장로가 이렇게 광범위 공격을 펼친 이유는 이 보라색 머리카락의 여인이 어디로 순간이동을 할지 몰라서였다. 그래서 일단 주변을 몽땅 불태워서 여인이 피할 공간을 미리 봉쇄하려 들었다.

여인은 피하지 않았다. 두 손을 교차해서 뇌전의 칼 두 자루를 뽑아낸 다음, 그 뇌전의 칼을 빙빙 돌려 방어막을 만들었다.

핏빛 방어막이 반구 형태로 형성되어 여인의 몸 주변을 완전히 에워쌌다. 반투명한 방어막 위로 스파크가 팍팍 튀었다.

그 위에 칠장로가 휘두른 채찍이 떨어졌다.

핏빛 방어막이 출렁거리며 칠장로의 공격을 막아냈다.

―이이익!

칠장로가 어금니를 악물었다.

무쇠도 녹일 만큼 강한 화염을 내뿜었건만 여인의 방어막을 뚫지 못했다. 칠장로의 가슴이 서늘해졌다.

'대체 이 괴물 같은 계집은 누구란 말인가?'

잠시 이런 생각을 하느라 칠장로가 약간의 빈틈을 보였다.

여인은 그 기회를 놓치지 않았다. 갑자기 방어막을 회수하더니 칠장로의 빈틈을 노려 손을 뻗었다.

번쩍!

지상에 핏빛 벼락이 쳤다.

여인의 손을 떠나 눈 깜짝할 사이에 공간을 가르고 날아간 뇌전의 화살은 칠장로의 가슴에 그대로 꽂혔다.

"크학!"

칠장로가 피를 토하며 뒤로 날아갔다. 칠장로는 세 차례나 데굴데굴 굴러 나뭇등걸에 세차게 등을 부딪쳤다.

여인도 무사하지는 못했다. 방어막을 거두고 공격으로 전환한 탓에 화염의 채찍에 한 방 얻어맞았다.

화르륵!

여인의 팔뚝과 가슴, 목에 구렁이가 지나간 것처럼 시뻘건 흔적이 남았다.

여인은 마나를 끌어 모아 몸에 열독이 퍼지지 않게 막은 다음, 다시 칠장로에게 달려들었다.

─지독한 년!

─모두 저 마녀를 막아라!

불의 마법사들이 몸을 돌보지 않고 여인에게 달려들었다. 그 가운데 일부는 칠장로를 몸으로 감싸며 인간 방패가 되었다.

컹컹컹!

헬 하운드들도 여인을 향해 아가리를 쩍 벌리고 달려들었다.

─흥! 어딜 감히!

여인이 뇌파로 이렇게 외쳤다.

음성 대신 뇌파를 사용하는 것은 불의 마법사들의 특징!

─네년의 정체는 혹시?

헬 하운드 소속 불의 마법사 가운데 한 명이 입을 쩍 벌렸다.

또 다른 불의 마법사가 소리쳤다.

─이클립스의 일곱 별 가운데 하나! 뇌전의 마녀 바이올렛이다!

그 말에 다들 안색이 굳었다.

―헉!

―이클립스!

이클립스(Eclipse: 일식)는 태양교의 한 지파에서 갈라져 나왔으나, 그 후 이단으로 지정되어 태양교와 피비린내 나는 종교전쟁을 벌인 그 무시무시한 단체를 의미했다.

여인이 히죽 웃었다.

―이제야 내 정체를 알아차렸구나? 그럼 너희들 모두 죽은 목숨이란 사실도 깨달았겠지?

―맙소사! 진짜 이클립스의 바이올렛이다!

―이클립스의 일곱 별이 아직까지 살아 있었다니! 으아아!

불의 마법사들의 얼굴이 창백하게 질렸다.

Chapter 6

―이클립스의 일곱 별이 다시 세상에 나타났다.

―으아아아! 모두 피해라. 어서 이 사실을 총단에 알려야 해!

마법사들의 심장이 덜컥 내려앉았다.

전투 의지는 이미 사라지고 없었다.

상대는 이클립스였다. 고작 1,000명도 되지 않는 소수 인원만으로 수천만 신도를 거느린 태양교와 맞서 싸운 그 독종들이었다.

이클립스의 사제들 가운데 약자는 없었다. 특히 이클립스가 모든 역량을 동원해 키워 낸 일곱 별은 그 개개인이 끔찍할 정도로 막강하다고 했다. 헬 하운드의 장로들도 이클립스의 일곱 별에 비할 바는 아니었다. 수석장로를 비롯한 일부 상위권 장로들이라면 모를까, 칠장로와 같은 하위권 장로들로는 어림도 없었다.

태양교가 자랑하는 수많은 인재들이 이클립스 일곱 별에게 저격당해 목숨을 잃었다. 10여 년 전 태양교가 전력을 다해 이클립스를 토벌했을 때, 이클립스의 일곱 별은 피하지 않고 오히려 태양교의 교황청으로 뛰어들었다고 했다. 그곳에서 이클립스의 일곱 별은 태양교의 사제 수백 명을 죽인 뒤 유유히 탈출했다.

그 정도로 막강한 곳이 이클립스였다.

그러다가 6년 전 이클립스는 내분으로 인해 자멸했다. 이클립스의 일곱 별도 그때 모두 죽었다는 소문이 돌았다.

한데 전멸한 줄 알았던 일곱 별 가운데 생존자가 나타났다. 제아무리 헬 하운드의 마법사들이라고 해도 바이올렛 앞에선 몸이 움츠러들었다.

—모두 도망쳐라!

—여긴 내가 막을 테니까 칠장로님을 모시고 어서 도망쳐!

─지금 저 마녀와 맞서 싸울 때가 아니야. 어서 총단에 이 사실을 전해야 한다고!

불의 마법사들이 전략을 바꿨다.

마법사들 가운데 2명이 희생양으로 나서서 바이올렛의 앞을 막았다. 그 사이 나머지 7명이 칠장로를 부축하고 도주했다.

─흥! 어딜 도망치려고?

바이올렛이 하얗게 이빨을 드러냈다. 그녀의 손이 앞으로 뻗자 손끝에서 핏빛 벼락 두 가닥이 솟구쳤다. 독사처럼 대가리를 쳐든 전기 덩어리는 앞을 가로막은 마법사 2명의 목덜미를 그대로 뚫어 버렸다.

"켁!"

"끄르륵."

불의 마법사 2명이 그대로 뒤로 넘어갔다. 죽음의 순간엔 그들도 뇌파가 아니라 입으로 비명을 질렀다.

끄허헝!

깨갱!

소환자가 죽자 헬 하운드 두 마리도 구슬픈 비명을 지르며 소환 취소를 당했다.

2명의 희생자가 잠시 시간을 버는 동안 나머지 불의 마법사들은 칠장로를 부축해서 50미터 밖으로 도망쳤다.

─내 손을 피할 수 있을 것 같으냐?

바이올렛의 몸이 휙 사라졌다. 그다음 50미터 저편에서 불쑥 나타나 다짜고짜 손을 휘둘렀다.

번쩍! 번쩍! 번쩍! 눈이 따가울 정도로 강렬한 빛이 세 번 연달아 명멸했다. 지상에 세 줄기 벼락이 뻗었다.

"껵!"

—너무 빨라!

날아오는 벼락에 머리통을 직격 당한 불의 마법사 2명이 동시에 입을 쩍 벌리고 고꾸라졌다.

그중 한 명은 얼굴 한복판에 벼락을 얻어맞아 비명도 제 대로 지르지 못하고 뒤로 넘어갔다. 강렬한 뇌전은 마법사의 얼굴을 새까맣게 태워 버렸다.

희생자 2명이 시간을 버는 동안 불의 마법사 5명이 칠장 로를 부축하고 또 도망쳤다. 마스크 사이로 마법사들의 눈 동자가 격렬하게 흔들렸다. 다들 공포에 질린 표정이었다.

—흐응! 어디까지 도망치나 보자.

바이올렛이 또다시 손을 썼다.

쿠르릉!

이번엔 하늘이 움직였다. 우중충하던 하늘에 시커멓게 먹 장구름이 몰려든다 싶더니 그대로 벼락이 내리쳤다.

"켁!"

불의 마법사 또 한 명이 죽었다.

그러자 칠장로가 부축을 뿌리치고 몸을 180도 돌렸다.

—저리 비켜라! 내 저 마녀와 함께 죽으리라!

칠장로의 새하얀 머리카락이 하늘로 치솟아 일렁거렸다. 그의 두 눈은 시뻘건 광망을 토했다.

—칠장로님!

불의 마법사들이 안타깝게 외쳤다.

—내가 저 마녀와 함께 죽을 것이니 너희는 어서 총단으로 복귀해서 이 사실을 알려라. 이클립스의 일곱 별이 다시 세상에 나타났다고 꼭 전해야한다.

—크흑! 장로님!

불의 마법사 4명은 눈물을 흘리며 몸을 돌렸다.

칠장로가 바이올렛의 앞을 막아섰다.

바이올렛이 요염한 미소와 함께 다가왔다. 그녀의 두 손에서 벼락의 칼날이 1미터 길이로 자라났다. 바이올렛은 핏빛 칼날 두 자루를 양손에 나눠지고 성큼성큼 걸었다.

그 압도적인 위압감에 칠장로의 가슴이 벌렁거렸다.

—크으읏!

칠장로가 입술을 꽉 깨물었다. 그는 두 손을 가슴께로 모아 빙글 돌렸다. 칠장로의 손바닥 사이에 붉게 타오르는 구체가 형성되었다.

이것은 평범한 불덩이가 아니었다. 지옥의 불로 만든 화염구였다.

—같이 죽자, 이 마녀야!

칠장로는 스스로를 그 화염구의 제물로 바쳤다.

지옥의 불은 인간을 제물로 바쳐야 제 힘을 낸다. 그리고 가치가 뛰어난 제물을 바칠수록 더더욱 강력해진다.

화르르륵!

칠장로를 잡아먹은 지옥의 화염구는 눈 깜짝할 사이에 20 미터 크기로 부풀어 주변을 휘감았다.

그 끔찍한 열기에 주변 식물이 재로 아스러졌다.

—죽어랏! 이 마녀!

칠장로는 거대한 불덩어리 안에서 온몸을 불사르며 악을 썼다.

처음에 20미터 크기였던 지옥의 화염구는 바이올렛에게 다가오면서 더 크게 부풀어 지름 40미터의 구체로 확장되었다.

화염구가 이렇게 크다보니 피할 곳이 없었다. 게다가 지옥의 화염구가 빠르게 자전을 하는 탓에 강한 흡입력까지 발생했다.

휘류류류류—

주변 사물들이 화염구 안으로 빨려들어 한 줌의 재로 변했다. 바이올렛도 주춤주춤 화염구로 빨려 들어갔다.

—이거 제법이네.

바이올렛의 이마에 비로소 진땀이 흘러내렸다.

바이올렛은 지옥의 화염구를 향해 양손을 번갈아 가며 내

쳤다. 그녀의 손끝에서 출발한 핏빛 벼락이 연속해서 날아가 화염구를 두드렸다. 이 연속 공격은 비록 어마어마한 크기의 화염구를 깨뜨리지는 못했지만, 대신 접근 속도를 늦췄다.

—크아아악!

화염구 안에서 몸이 타들어 가던 칠장로가 다시 악을 썼다. 주춤거리던 화염구가 핑그르르 돌아가면서 다시 가속이 붙었다.

—쳇!

바이올렛의 얼굴이 일그러졌다. 그녀는 핏빛 벼락을 연달아 후려쳐서 화염구의 접근 속도를 다시 늦췄다. 그러면서 서서히 뒤로 후퇴했다.

거대한 지옥의 불이 무섭게 자전을 하면서 다가오고, 그 위로 핏빛 낙뢰가 무수히 떨어지는 장면은 실로 장관이었다. 마치 불의 신과 벼락의 여신이 맞서 싸우는 듯했다. 인근 지역은 눈 깜짝할 사이에 잿더미로 변했다.

바이올렛이 벼락을 뿜기를 수백 번, 아니 수천 번!

—크훗!

바이올렛은 젖 먹던 힘까지 쥐어짜 벼락을 후려쳤다. 그녀의 이마가 땀투성이가 되었다.

그 끈질긴 연쇄 공격이 빛을 발했다. 무섭게 다가오던 지옥의 화염구가 마침내 힘을 잃기 시작했다.

그즈음 스스로를 제물로 바친 칠장로는 수명이 다해 한

줌의 재로 변했다. 제물을 잃은 지옥의 화염구는 서서히 에너지가 떨어졌다. 40미터 크기의 화염구가 조금 시간이 지나자 30미터로 줄어들었다. 회전 속도도 눈에 띄게 감소했다.

그래도 아직까지 무시할 순 없었다. 바이올렛은 핏빛 낙뢰를 연달아 터뜨리면서 후퇴를 거듭했다.

직경 30미터 크기의 화염구가 다시 20미터로 줄었다.

조금 더 시간이 흐르자 직경 10미터로 축소되었다. 그러다 마침내 지옥의 화염구가 힘을 다했다.

팍!

무시무시한 불덩이가 드디어 꺼졌다.

지금까지 바이올렛이 후퇴한 거리가 무려 250미터.

화염구가 휩쓸어온 그 250미터 영역은 새까맣게 타 버려서 아무것도 남지 않았다. 풀도 타고, 나무도 타고, 바위도 새까맣게 그을렸다.

—헉헉헉! 나를 이렇게까지 고생시키다니 제법이야. 헬 하운드의 똥강아지 놈들도 그동안 놀고만 있지는 않았네.

바이올렛은 거칠게 숨을 몰아쉬었다.

지옥의 화염구와 맞서 싸우는 동안 이미 불의 마법사들은 자취를 감춘 상태였다. 그들의 뒤를 쫓으려고 해도 강한 불길에 흔적이 지워져서 불가능했다. 그나마 칠장로를 해치운 것이 유일한 위안이었다.

—쳇! 헬 하운드 놈들을 몰살시킬 수 있다고 자신했는데,

이거 만만히 보다가 낭패를 당했잖아. 이거, 이거, 오롬 녀석에게 비웃음을 당할 생각을 하니 기분이 더럽네.

바이올렛은 눈을 찌푸렸다.

그러다 무슨 생각을 했는지 미소를 지었다.

―호호호! 하지만 성과가 전혀 없는 것은 아니지. 헬 하운드의 장로 하나를 죽였고, 거기다 삼황자의 꾀주머니인 샤늘루루 공주와 사황자의 꾀주머니인 샤피로 남작을 포로로 잡았으니 당초 목표는 달성한 셈이잖아. 어랏?

기분 좋게 웃던 바이올렛의 얼굴이 와락 구겨졌다. 포로로 잡았다고 생각한 샤피로와 샤늘루루가 감쪽같이 사라졌기 때문이다.

바이올렛은 나무 꼭대기로 순간이동을 해 주변을 살폈다. 소용없었다. 인근을 샅샅이 뒤져보아도 샤피로와 샤늘루루 공주의 흔적은 찾을 길이 없었다.

"이런 쌍!"

바이올렛은 자신도 모르게 욕설을 뱉었다.

그것도 뇌파가 아니라 입으로 직접.

제3화
이클립스

Chapter 1

바이올렛이 분통을 터뜨릴 무렵, 샤피로는 사냥에 나섰다.

짧은 주문과 함께 샤피로의 엄지와 중지가 둥근 원을 그렸다. 샤피로는 그 원 사이로 후욱, 바람을 불었다.

그러자 풀숲 저 멀리 뿌옇게 안개가 끼었다. 갑자기 나타난 안개는 숲을 축축하게 물들이며 넓게 퍼졌다.

바이올렛을 피해 도망치던 불의 마법사들이 그 안개 속으로 뛰어들었다. 불의 마법사들은 바이올렛의 등장에 놀란 터라 주변에 무슨 일이 벌어지고 있는지 깨닫지 못했다. 숲에 때 아닌 안개가 끼었고, 그때부터 풀벌레 소리 하나

들리지 않는다는 사실도 인식하지 못했다. 4명의 도주자들은 그저 두근거리는 심장을 억누르며 죽어라 달릴 뿐이었다.

―헉헉헉!

시간이 조금 흐르자 마법사들의 숨이 가빠졌다. 시간이 좀 더 흐르자 다리에 쇠사슬을 매단 듯 몸이 무거웠다. 불의 마법사들이 도주를 멈추고 잠시 숨을 몰아쉬었다.

―하악! 하악! 하악! 이거 이상하게 힘이 부치는군.

―그러게 말이야. 헉헉!

마법사들만 지친 것이 아니었다. 헬 하운드들도 혀를 길게 내밀고 목에서 가래 끓는 소리를 냈다.

―이럴 때가 아니야. 헉헉! 칠장로님께서 벌어 주신 시간을 헛되이 낭비하면 안 돼.

―헉헉! 그래. 어서 총단에 이 사실을 알려야지.

불의 마법사들은 무거운 몸을 억지로 일으켰다.

헬 하운드 한 마리가 앞장서서 길을 열었다. 그러다 갑자기 앞으로 푹 고꾸라졌다. 앞 다리를 꽁꽁 묶은 하얀 줄 때문이었다.

커헝!

헬 하운드는 몸에 불을 일으켜서 이 가느다란 줄을 태워 버리려고 시도했다.

실패였다. 강한 불길에도 줄은 불타지 않았다. 오히려 헬 하운드의 목 주변에도 하얀 줄이 돋아나 꽉 조였다.

깨갱!

헬 하운드가 비명을 토했다.

—뭐야?

—적의 공격이닷!

불의 마법사들은 그제야 심상치 않은 사태를 알아차렸다. 마법사 가운데 한 명이 달려와 헬 하운드의 목에 파고드는 줄을 움켜잡았다. 불의 마법사는 손에서 강한 열기를 뿜어 헬 하운드를 구하려고 들었다.

하지만 이번에도 줄은 끊어지지 않았다.

이건 보통 줄이 아니었다. 죽은 시체에서 추출한 뼈를 강하게 압축하고 또 압축하여 만들어 낸 뼈의 정화였다.

—땅개 놈들이다!

불의 마법사가 버럭 소리를 쳤다.

동료들이 맞받아쳤다.

—주변에 네크로맨서가 있다.

—놈들을 찾아.

—감히 땅개 주제에 우리에게 덤비다니, 이놈들, 다 죽여 버릴 테다.

불의 마법사들은 오만했다. 평소 그들은 다른 마법사들을 몇 수 아래로 보고 무시해 왔다. 특히 네크로맨서들은 '땅개'라고 부르며 인간 취급도 하지 않았다.

한데 그 하찮은 자들이 감히 불의 마법사들을 공격하다니!

—주변을 뒤져서 땅개 놈들을 샅샅이 찾아내!

불의 마법사들은 지금 도주 중이라는 사실도 잊고 주변 수색에 나섰다. 송아지만 한 헬 하운드 세 마리가 컹컹 짖으며 풀숲을 헤집었다.

안개 낀 숲에서 불길이 화르륵 치솟았다.

그 와중에도 첫 번째 헬 하운드의 목에 돋아난 뼈의 정화는 점점 더 강하게 조여들었다.

깨갱! 깨개갱!

미친 듯이 발버둥 치던 헬 하운드는 이윽고 눈이 돌아갔다. 혀를 길게 빼어 물고 하체에서 오물을 흘렸다.

—안 돼!

헬 하운드의 주인이 악을 썼다.

그즈음 안개의 농도가 좀 더 짙어졌다. 적을 찾아 숲으로 뛰어든 세 마리의 헬 하운드들이 짙은 안개에 파묻혔다.

음습한 안개에 갇히자 헬 하운드에게도 변화가 생겼다. 우선 사냥개들이 뿜어낸 화염이 빠르게 축소되었다.

헬 하운드들은 그 사실을 인식하지 못했다. 그저 네크로맨서들을 찾아 코를 킁킁거리며 수색했다.

그러던 와중, 앞장서서 숲으로 뛰어든 헬 하운드 한 마리가 펄쩍 뛰어올랐다.

깨갱!

눈에 뾰족한 가시가 박힌 탓이었다. 헬 하운드는 미친 듯이 발악하며 데굴데굴 굴렀다. 이어서 나머지 두 마리도 펄쩍 뛰어오른 다음 땅바닥에 나뒹굴었다.

깨개개갱!

커컹! 커컹!

이들 두 마리의 눈에도 하얀 가시가 박혀 있었다.

헬 하운드들은 앞발을 휘저어 눈에 박힌 가시를 뽑으려고 시도했지만 개의 신체 구조상 쉽지 않았다.

그러자 이번엔 초고열을 내뿜어 가시를 태워 버리려고 들었다.

이 역시 잘 되지 않았다. 뼈의 정화로 만든 가시는 지옥의 불길에도 쉽사리 타지 않았다. 그저 촛농이 녹아드는 것처럼 조금씩 녹아 갈 뿐이었다.

틱!

안개 속에서 샤피로가 손가락을 튕겼다.

샤피로의 가슴에 자리한 화상은 어느새 감쪽같이 사라졌다. 대신 그 자리에 푸른 해골 15개가 문신처럼 드러나 이빨을 딱딱 맞부딪쳤다.

몸에 새겨진 문신이 스스로 턱을 움직여 딱딱딱 소리를 내는 모습이 실로 기괴했다. 해골 15개가 딱딱 거리며 읊조리는 소리가 음울한 주문이 되어 네크로맨서 마법을 구현했다. 해골의 눈에선 푸른 안광이 번뜩였다.

주문이 땅으로 파고들었다. 오래전 숨이 멎어 숲 속에 파묻힌 시체들이 땅 속 깊은 곳에서 꿈틀꿈틀 움직였다. 그 시체들로부터 추출한 뼈의 기운이 강하게 농축되어 가시처럼 돋아났다.

해골 문신들은 손발이 척척 맞았다. 15개의 해골 문신 가운데 8개는 주변 시체로부터 뼈의 정화를 추출하는 주문을 외웠다. 해골 4개는 그렇게 모인 뼈의 정화를 구체화해서 가시로 만드는 역할을 담당했다. 나머지 3개의 해골이 가시를 쏘아내 헬 하운드의 눈을 찔렀다. 이렇게 해골들이 힘을 합치자 마치 능숙한 네크로맨서 15명이 동시에 마법을 펼치는 것과 같은 효과를 내었다.

네 마리의 헬 하운드들이 쓰러지자 불의 마법사들이 당황했다.

—네크로맨서가 한두 놈이 아니다.

—놈들이 사방에서 동시에 우리를 공격하고 있어.

—이 더러운 땅개 놈들! 조직적으로 함정을 파 놓았어. 어서 이 자리를 벗어나야 해.

불의 마법사들이 이렇게 외쳤다.

말은 이렇게 했지만 다들 마음이 내키지 않았다.

'위대한 불의 마법사인 우리가 하찮은 네크로맨서들을 피해 도망을 치다니!'

이건 말도 안 되는 일이었다. 자존심이 상한 불의 마법사들은 말과 달리 도망을 치지 않았다.

그 와중에도 해골 문신들이 딱딱딱딱 이빨을 맞부딪치며 주문을 계속 외웠다. 헬 하운드의 눈알에 박힌 가시가 눈 속에서 점점 자라나 시신경을 건드렸다.

커커커컹!

깨갱! 깨개갱!

헬 하운드들이 미친 듯이 날뛰었다. 사냥개들이 입에 피 거품을 물고 두 눈을 까뒤집은 모습이 실로 끔찍했다.

―이런 젠장!

머리 꼭대기까지 화가 난 불의 마법사가 두 손을 마구 휘저었다. 그의 손바닥에서 솟구친 불덩이가 사방으로 날아가 나무를 후려치고 풀숲에 떨어졌다.

한데 불이 붙지 않았다.

이 정도 날뛰었으면 화염이 번져 주변을 환하게 밝혀야 정상이건만, 축축하게 젖은 숲은 단 한 점의 불똥도 허용하지 않았다.

이건 말이 안 되는 현상이었다. 네크로맨서들이 제아무리 여럿이 뭉쳐 주문을 외운다고 해도 지옥의 불을 이렇게 손쉽게 꺼 버릴 수는 없었다.

―뭔가 이상하다.

―이런 일은 있을 수가 없어.

불의 마법사들은 비로소 이상함을 깨달았다.

우선 주변에 흐르는 공기부터가 이상했다. 깊은 숲 속은 단 한 점의 화기도 용납하지 않겠다는 듯 철저하게 음기로만 가득했다.

용맹한 헬 하운드들이 저렇게 맥없이 쓰러진 것도 모두 이 때문이었다. 헬 하운드들이 내뿜는 불길은 어이 없이 힘을 잃고 푸시식 꺼졌다. 그 틈을 노려 뼈의 정화가 헬 하운드의 몸속으로 강하게 파고들었다.

헬 하운드의 눈알을 뚫고, 신경을 타고, 뇌까지 침습한 뼈의 정화는 날카로운 가시가 되어 두개골 속을 휘저었다.

제아무리 강력한 지옥의 사냥개라고 해도 이런 꼴을 당하고 살 수는 없었다. 헬 하운드들은 구슬픈 비명과 함께 소환이 취소당했다.

네 마리 헬 하운드가 모두 사라지자 불의 마법사들은 겁이 덜컥 났다.

—이건 네크로맨서 마법이 아니야. 다른 마법이 섞여 있어.

—누, 누구냐? 혹시 이클립스?

불의 마법사의 입에서 '이클립스'라는 끔찍한 이름이 나왔다. 다들 심장이 터질 듯 요동쳤다.

—으아아아!

불의 마법사 가운데 정신력이 약한 자가 괴성을 지르며

숲으로 뛰어들었다. 그의 온몸에서는 뜨거운 열기가 방출되었다. 마법사는 자신의 모든 힘을 개방해 온몸의 모든 땀구멍에서 화염을 쏟아내었다.

하지만 그 발악은 오래가지 못했다. 불의 마법사가 뿜어낸 화염은 음습한 안개에 닿자 스르륵 녹아 없어졌다. 그의 손바닥에서 치솟던 화염도 피시식 힘을 잃었다.

'불을 피우지 못하는 마법사는 더 이상 불의 마법사가 아니다.'

이런 생각이 마법사의 뇌리를 사로잡았다.

—으아악! 나는 더 이상 불을 일으킬 수 없어. 으아악! 이건 악몽이야. 이건 꿈이라고!

숲으로 뛰어든 마법사는 이렇게 악을 쓰며 주저앉았다.

그때였다.

"퀵!"

마법사의 목덜미에 하얀 뼈의 정화가 날아와 깊게 틀어박혔다. 불의 마법사는 두 손으로 목을 감싸 쥐었다. 시뻘건 피가 낭자하게 흘러 마법사의 두 손을 벌겋게 물들였다.

—안 돼!

—멈춰!

나머지 3명의 동료들이 마법사 주변으로 우르르 모였다.

짙은 안개 속, 샤피로가 또다시 손가락을 튕겼다. 샤피로의 가슴에 새겨진 해골 문신들이 더 빠르게 이빨을 맞부딪쳤다.

허공에 3개의 고리가 돋아났다. 뼈의 정화로 만들어진 고리는 불의 마법사들의 목 주변에 돋아나 동시에 조였다.

"케엑!"

"크헙!"

"컥!"

갑작스러운 공격에 불의 마법사들이 눈을 부릅떴다. 목이 갑자기 조이자 마법사들의 눈알이 앞으로 쏟아져 나올 것 같았다.

눈알에 시뻘겋게 혈관이 돋았다. 마법사들의 목과 이마엔 붉고 푸른 핏대가 지렁이처럼 솟구쳤다.

—크윽! 끊어져라!

—크아아악!

불의 마법사들은 손에서 불을 일으켜 목을 조이는 고리를 끊으려고 들었다.

불가능했다. 마법사들의 손끝에서 치솟은 화염은 이내 피시식 소리를 내며 꺼져 버렸다. 양의 기운이라고는 단 한 점도 없는 이 괴상한 숲은 조그만 불꽃조차 용납하지 않았다.

그 와중에도 뼈의 고리는 점점 더 작게 오므라들었다.

마침내 뼈의 고리가 지름 10센티미터 크기로 줄어들자 불의 마법사들의 목에서 핏물이 터졌다.

꾸륵, 꾸르륵!

불의 마법사들은 목에서 피거품을 내뿜으며 고꾸라졌다.

그러자 비로소 샤피로가 등장했다. 유령처럼 나타난 샤피로의 앞에 불의 마법사 4명이 나뒹굴었다.

마법사 가운데 한 명은 뼈의 가시에 목이 찔려 숨이 멎은 상태였다. 나머지 3명은 뼈의 고리에 목이 조여 목숨이 간당간당했다.

샤피로는 무표정하게 그 모습을 굽어보았다. 그러다 뇌파로 중얼거렸다.

—너희들을 그냥 보내 줄 수는 없지. 이클립스의 재등장은 아직 세상에 알려지면 안 돼.

—뭐, 뭐라고?

숨을 할딱이던 불의 마법사가 핏물 가득한 눈으로 샤피로를 올려다보았다. 조금 전 샤피로의 가슴을 발로 짓밟으며 괴롭히던 마법사였다.

—너, 너는!

불의 마법사가 샤피로의 얼굴을 알아보았다.

—그래. 나다.

샤피로는 가볍게 손을 저었다.

그러자 놀라운 일이 발생했다. 헬 하운드 소속 불의 마법사가 평생 연마하고 키워 온 불의 기운이 몸에서 쑤욱 빠져나가 샤피로의 손으로 빨려들었다.

불의 기운이 빠져나가자 마법사들의 몸이 미이라처럼 바짝바짝 마르기 시작했다. 피부는 푸석푸석하게 변해 흩어져 갔고, 근육은 모두 사라져 살갗이 뼈에 달라붙었다. 뼈와 뼈 사이를 이어 주던 힘줄도 불의 기운과 함께 모두 빠져나갔다. 덕분에 불의 마법사들은 손가락 하나 까딱할 수 없었다. 심지어 그들은 눈꺼풀도 제 뜻대로 움직이지 못했다.

샤피로는 숨 한 번 들이쉬는 것만으로도 적들의 기운을 모두 흡수했다. 평생 연마한 마나를 빼앗긴 불의 마법사들은 두 눈 부릅뜬 채 숨을 거두었다.

오직 한 명.

샤피로는 자비(?)를 베풀어 생존자 하나를 남겨 놓았다. 샤피로가 손가락을 튕기자 안개 속에서 스켈레톤 한 구가 일어섰다.

"데려가."

샤피로의 명이 떨어졌다.

스켈레톤은 불의 마법사를 질질 끌고 안개 속으로 자취를 감추었다.

휘이잉

숲 속에 서늘한 바람이 불었다. 미이라가 된 시체 세 구가 푸스슥 흩어져 가루로 휘날렸다. 푸석푸석해진 뼈도 더 이상 버티지 못하고 가루로 변했다.

생사람이 미이라로 변하고, 그들의 살이 흩어지고, 뼈가 가루가 되는 이 끔찍한 광경에 놀라지 않을 사람이 누가 있을까!

굵직한 나무 뒤.

길고 뾰족한 모자를 쓴 소녀가 두 눈을 동그랗게 떴다. 어찌나 놀랐던지 소녀의 입에선 비명도 나오지 않았다. 소녀는 두 손으로 자신의 입을 막은 채 떨리는 심장을 겨우 억눌렀다.

샤피로가 소녀를 돌아보았다.

샤피로는 평소처럼 담담했다. 많은 사람을 죽이고도 얼굴 표정 하나 변하지 않았다.

그래서 더욱 무섭고 끔찍했다.

"으으으으!"

소녀가 학질이라도 걸린 듯 부들부들 떨었다.

샤피로가 소녀를 향해 손을 뻗었다.

"이제 그만 가시죠. 샤늘루루 공주님."

소녀의 정체는 샤늘루루.

몬순 제국의 공주이자 삼황자의 두뇌 역할을 하는 바로 그 샤늘루루였다. 황실의 존귀하신 분이 이제 포로로 전락했다.

Chapter 2

몬순 제국의 수도에서 100킬로미터가량 떨어진 지역.

얕은 강이 굽이져 흐르는 곳에 봉긋하게 언덕이 솟았고 그 위에 오래된 성 하나가 자리했다.

한눈에 보기에도 그리 중요한 성채는 아니었다.

그 사실을 증명이라도 하듯이 낡고 허물어진 성벽은 수리를 하다가 중단한 상태였다. 성벽 위에서 보초를 서던 궁수들은 군기가 빠져 대낮부터 술판을 벌이는 중이었다. 이끼가 가득한 성벽 위 첨탑 꼭대기엔 빛바랜 삼각 깃발이 바람에 나부꼈다. 흔들리는 깃발이 너무 낡아 그 안에 무엇이 새겨져 있는지는 잘 보이지 않았다. 하지만 깃폭 안을 자세히 들여다보면 희미하게 형체가 드러났다.

이 깃발에 새겨진 동물은 뱀이다. 그것도 일반 뱀이 아니라 머리가 둘 달린 쌍두사였다. 쌍두사는 입에서 불을 뿜고 있었다.

불을 뿜는 쌍두사의 깃발!

이것이 의미하는 바는 결코 간단치 않았다.

몬순 제국의 역사는 4개의 가문에서 비롯되었다.

너른 평원 지역을 질타하는 위풍당당한 사자의 가문!

산악지대에 발톱을 박고 몸을 웅크린 드래곤의 가문!

밀림을 배경으로 2개의 대가리를 꼿꼿이 세운 뱀의 가문!

마지막으로 푸른 파도 위에 올라타 하늘로 물을 뿜는 신비로운 고래의 가문!

오랜 옛날, 몬순의 평원과 산악지대, 밀림과 해양을 장악한 4개의 가문은 서로 연합해서 하나의 왕국을 세웠다. 시간이 흐르면서 그 왕국이 점점 더 영토를 넓혔고, 마침내 거대한 제국으로 번성했다.

이것이 몬순 제국의 건국 역사였다.

몬순 제국을 세운 4개의 가문은 서로 결혼을 하고 피를 섞어서 이제 완전히 하나가 되었다. 하지만 그들은 자신들의 뿌리를 잊지 않았다. 몬순 황실은 '田' 자 모양의 사각틀 안에 사자와 드래곤, 쌍두사와 고래를 새겨 제국의 문장으로 삼았으며, 네 마리 신비로운 동물을 상징하는 4개의 무력 단체를 만들었다.

포효하는 사자를 상징으로 삼는 '철사자 기사단'

웅크린 드래곤을 상징으로 택한 마법사들의 모임 '드래고니안'

쌍두사를 문장으로 택한 어쌔신 집단 '트윈 헤드 스네이크'

물을 뿜는 고래를 가슴에 새긴 '웨일스 기사단'

이상이 몬순 제국의 주력 부대였다.

이들 무력 단체들 가운데 철사자 기사단은 황태자를 지지했다. 그들은 철갑 두른 말을 타고 검과 방패로 중무장한 채 황태자 주변을 철벽처럼 에워쌌다.

묵직한 해머와 도끼로 무장한 웨일스 기사단은 삼황자의 편에 섰다. 황태자의 철사자 기사단과 삼황자의 웨일스 기사단은 서로 앙숙이 되어 으르렁거렸다.

제국을 대표하는 두 기사단이 각각 황태자와 삼황자의 그늘에 자리를 잡는 동안, 드래고니안 소속 마법사들은 사황자와 손을 잡았다.

이제 남은 하나는 암살자 집단인 트윈 헤드 스네이크!

다들 트윈 헤드 스네이크의 행보를 주목했다. 어쎄신들의 선택에 따라 승자와 패자가 갈릴 가능성이 높았다.

한데 이 어쎄신 무리가 감쪽같이 자취를 감췄다.

황태자가 명을 내렸다.

"트윈 헤드 스네이크를 내게 가져와라! 그들을 품에 안아야 무례한 셋째 놈과 시건방진 넷째 놈을 꺾을 수 있다."

뉘 명령이라고 어길까.

철사자 기사단이 제국의 수도 뒷골목을 샅샅이 뒤졌다. 집 하나하나 검문하고 또 검색했다. 하지만 어디에서도 트윈 헤드 스네이크의 종적을 찾을 수는 없었다.

"오라버니에게는 트윈 헤드 스네이크가 필요해요. 그들을 찾아오세요."

샤늘루루 공주가 삼황자를 위해서 이렇게 명령했다.

웨일스 기사단 소속 중기병들이 정보 길드를 족쳐서 트윈 헤드 스네이크의 종적을 탐문했다. 하지만 삼황자 파벌도 아무런 성과를 내지 못했다.

"내게는 트윈 헤드 스네이크가 필요하오. 드래고니안의 마법사들이여, 나를 도와주시오."

사황자가 마법사들에게 부탁했다.

드래고니안 소속 마법사들이 마법을 부려 수도 인근을 샅샅이 뒤졌다. 하지만 그 어디에서도 트윈 헤드 스네이크는 나타나지 않았다.

그렇게 신비하게 사라진 쌍두사의 깃발이 수도에서 불과 100킬로미터 떨어진 낡은 성에 내걸렸다.

성의 주인은 포멀 남작.

포멀은 수도의 권력 암투를 피해 낙향한 사람이었다. 고향의 낡은 성에 숨어서 자라처럼 목을 움츠린 포멀 남작을 두고 사람들은 비겁자라 손가락질했다. 포멀 남작을 따르는 병사도 얼마 없었다. 남작이 금전적으로 부유한 것도 아니었다. 수도의 그 누구도 포멀 남작에게 신경 쓰지 않았다.

게다가 지리적으로도 포멀 남작의 성은 중요성이 떨어졌다.

이곳은 곡창지대도 아니고, 군사적 요충지도 아니었다. 병참 보급을 위한 기지로 활용하기에도 적합하지 않았다.

성채도 부실했다. 수리할 곳은 많고 수리할 가치는 없었다.

포멀 남작이 힘이 없다는 사실을 백성들이 먼저 알았다. 영지민들은 세금을 잘 내지 않았다. 남작의 명령도 귓등으로 듣고 무시했다.

영지의 재정이 어려워진 탓에 성의 보수는 꿈도 꾸지 못했다. 그렇지 않아도 낡은 성은 점점 더 부실해져서 이제는 누가 봐도 주인 없는 폐허처럼 보였다.

반쯤 썩어 삐꺽거리는 성문이 듣기 싫은 소리를 내면서 열렸다. 누군가 성 안으로 들어왔다.

성문을 지키는 병사는 어디로 갔는지 보이지 않았다. 그저 성벽 위 따뜻한 양지에 앉아 술판을 벌이던 병사들이 고개를 쑥 내밀고 성문을 바라보았을 뿐이다.

성 안으로 들어온 사람은 보랏빛 머리카락을 엉덩이까지 길게 늘어뜨린 미인이었다.

술에 취해 게슴츠레하던 병사들의 눈빛이 한순간 날카롭게 빛났다. 그들의 눈빛이 잘 벼린 칼날을 보는 듯 눈부셨다.

이 병사들의 정체는 트윈 헤드 스네이크의 어쌔신들!

비록 지금은 주정뱅이 병사로 위장하고 있지만, 그들이

본 힘을 드러내면 어지간한 기사들은 상대도 되지 않는다. 마법사들도 암살할 수 있다.

어쌔신들이 눈을 빛내는 순간, 보랏빛 머리카락의 여인이 고개를 들었다. 여인의 차가운 눈이 80미터 이상 떨어진 성벽 위를 정확하게 쏘아보았다.

'이크!'

어쌔신들이 황급히 눈을 돌렸다.

세상에 무서울 것이 없다는 트윈 헤드 스네이크이건만, 저 여인을 마주할 때면 심장이 오그라들었다.

—흥!

여인이 코웃음을 쳤다.

그녀의 정체는 바이올렛! 이클립스 일곱 별 가운데 하나인 바이올렛이 삐꺽거리는 성문을 활짝 열고 안으로 들어갔다.

성은 낡고 좁았다.

무너진 건물을 손보지 않아 쓸 수 있는 공간도 얼마 없었다. 바이올렛은 냄새 나는 마구간 바로 뒤의 2층 집으로 걸어 들어갔다.

이 2층 건물은 원래 포멀 남작이 외부 손님에게 제공하던 숙소였다. 그러던 곳이 지금은 트윈 헤드 스네이크의 사령부 역할을 했다.

건물 1층 왼쪽 방들은 트윈 헤드 스네이크의 어쌔신들이 사용했다. 오른쪽 방들은 포멀 남작의 직계 식솔들이 머물렀다.

바이올렛은 또각또각 발걸음을 옮겨 2층으로 올라갔다.

아무도 바이올렛을 막지 않았다.

건물 2층에 올라가자 탁 트인 공간이 나왔다.

벽을 허물어 넓게 자리한 이 공간은 의외로 화려하게 꾸며져 있었다. 벽난로에선 나무 장작이 탁탁 소리를 내면서 온기를 내었고, 회색빛 낡은 벽돌엔 우아한 그림이 줄지어 전시되었다. 벽난로 옆엔 질 좋은 나무로 짠 커다란 원탁 테이블이 보였다.

테이블 위에선 맛있는 향기가 모락모락 피어올랐다.

구운 오리와 찰랑이는 포도주.

달콤한 과즙을 머금은 계절 과일.

바이올렛은 원탁 테이블로 다가가 의자에 털썩 앉았다.

맞은편에서 포도주를 기울이던 사내가 슬쩍 목례를 했다. 쾌활해 보이는 인상에 황금빛 구레나룻이 인상적인 사내였다.

—갔던 일은 잘 안 되셨습니까?

구레나룻 사내가 뇌파로 물었다.

목소리 대신 뇌파를 사용하는 것은 불의 마법사들의 습성이었다.

바이올렛이 차갑게 눈을 찌푸렸다. 그녀는 눈앞에서 빙글빙글 웃는 사내가 마뜩치 않았다.

—실패했다.

바이올렛은 순순히 실패를 인정했다.

사내가 의외라는 듯 고개를 갸웃거렸다.

—어라? 실패라고요? 이클립스의 일곱 별 가운데 하나인 바이올렛 스승님의 입에서 실패라는 단어를 들을 줄은 몰랐습니다. 그건 스승님과 어울리지 않는 단어인데요? 후후후.

사내의 얼굴에 비웃음이 떠올랐다. 말로는 스승님이라고 높여 불렀지만, 사내의 태도는 스승을 대하는 제자의 태도와는 거리가 멀었다.

'이놈이 감히!'

바이올렛은 울컥 치미는 화를 억누르며 답했다.

—나라고 실패가 없겠느냐? 이번엔 정말 변명의 여지가 없는 실패였지. 삼황자의 꾀주머니인 샤를루루 공주도 놓쳤고, 사황자의 두뇌인 샤피로 남작도 놓쳤으니 내가 무슨 할 말이 있을까? 그마나 위안이라면 헬 하운드의 장로 한 명을 쳐 죽인 것뿐이지.

—흐음!

금발머리 사내가 다리를 꼬고 앉아 손가락으로 테이블을 톡톡톡 두드렸다. 그다음 빙그레 웃었다.

―스승님께서 샤늘루루 누님과 샤피로 남작을 놓친 것은 분명 큰 실책이네요. 이번 기회에 셋째 형님과 넷째 형님에게 타격을 입혀 드리려고 했는데, 아무래도 계획을 바꿔야겠어요. 하지만 스승님, 너무 자책하지는 마세요. 헬 하운드의 장로 한 명을 해치웠으니 아주 손해는 아니잖아요.

구레나룻 사내는 샤늘루루 공주를 누님이라고 칭했다. 삼황자와 사황자도 각각 셋째 형님과 넷째 형님이라고 일컬었다.

능글능글한 이 사내의 이름은 오롬!

몬순 제국의 여덟 번째 황자였다. 권력 암투를 피해 도망쳤다는 겁쟁이 황자가 이 낡은 성에 웅크리고 있었다.

Chapter 3

어두운 방 안.

바이올렛이 벽을 마주 보고 앉아 눈을 감았다.

등 뒤의 창문에선 희미하게 별빛이 스며들어왔다. 그 옅은 빛에 바이올렛의 신체 윤곽이 잡혔다.

바이올렛은 발가벗은 상태였다. 몸에 실오리기 하나 걸치지 않고 자리에 앉아 마음을 하나로 모았다.

바이올렛이 들숨과 날숨을 반복할 때마다 부푼 가슴이

위아래로 흔들렸다. 가슴 한복판에 자리한 붉은 번개 문신
이 살아 있는 생명체처럼 꿈틀거렸다.

이 정도 집중을 했으면 몰입이 되어야 하는데, 오늘은 쉽
게 명상 상태로 들어갈 수 없었다. 바이올렛은 눈을 찌푸렸
다.

'젠장! 아무리 애를 써도 마음이 통제되지 않아.'

지금 바이올렛의 가슴속에선 폭풍이 들끓는 중이었다.
격렬한 감정의 기복을 증명이라도 하듯 바이올렛의 손이
가늘게 떨렸다. 비단 손뿐만이 아니라 몸뚱어리 전체가 와
들와들 경련했다.

집중이 깨지자 떨림이 증폭되었다.

'제기랄!'

바이올렛은 두 눈을 꽉 감았다. 그녀의 머릿속에 어젯밤
의 사건이 떠올랐다.

지난 밤.

─이것들이 대체 어디로 도망쳤지?

바이올렛은 어이가 없어 화도 나지 않았다. 그녀가 헬 하
운드의 칠장로와 맞서 싸우는 사이, 샤늘루루 공주와 샤피
로 남작이 감쪽같이 사라졌다.

목표를 잃은 바이올렛은 황당해서 뭐라 말을 할 수 없었
다. 그녀 입장에서 샤늘루루 공주는 꼭 포로로 잡아야 할

대상이었다. 샤늘루루 공주만 확보하면 삼황자의 전력을 고스란히 빼앗아 오는 것도 가능했다.

한편 샤피로 남작도 샤늘루루에 못지않게 중요했다. 샤피로는 사황자의 최측근 인물로, 최근에 그 정체가 파악되었다.

하지만 바이올렛은 다른 이유 때문에 샤피로 남작을 확인하고 싶었다.

'이름이 같은 것이 우연일까? 설마 샤피로 남작이 내가 아는 그 괴물은 아니겠지?'

바이올렛이 아는 '샤피로'는 괴물 중의 괴물이었다. 그 엄청난 자를 머릿속에 떠올리는 것만으로도 바이올렛의 솜털이 곤두섰다.

'절대 아닐 거야. 내가 아는 그 샤피로가 여기에 나타날 리 없어. 우리 이클립스의 모든 것을 앗아간 그 엄청난 괴물이 고작 남작 노릇이나 할 리 없다고.'

바이올렛은 머리를 가로저었다.

잠시 잡생각을 하는 사이 어느새 숲이 끝나가고 있었다. 샤늘루루와 샤피로의 흔적은 그 어디에서도 발견되지 않았다.

—하아! 이거 정말 놓친 것인가?

바이올렛은 질주를 멈추고 한숨을 쉬었다. 아무래도 이제 수색을 포기해야 할 것 같았다.

그때였다.

—바이올렛.

나직한 음성이 바이올렛의 뇌리에 울렸다.

—누구냐?

바이올렛은 반사적으로 몸을 180도 돌렸다. 그러면서 좌측 방향으로 10미터가량 순간이동을 했다. 오른손에는 어느새 핏빛 벼락을 하나 뽑아서 꽉 움켜쥐었다. 여차하면 벼락의 칼날을 뿌려 적의 목을 꿰뚫어 버리려는 요량이었다.

하지만 바이올렛의 손아귀 안에서 무섭게 번쩍거리던 벼락이 한순간 스르륵 흩어졌다.

—어랏? 이게 대체 무슨 일이지?

바이올렛의 몸이 딱딱하게 경직되었다. 한 가지 무서운 생각이 그녀의 뇌리를 스치고 지나갔다.

"아악! 너는 샤피로!"

바이올렛은 어찌나 놀랐던지 뇌파도 쓰지 못했다. 본능적으로 성대를 열어 쥐어짜는 음성을 내뱉었다.

바이올렛의 눈앞.

키가 크고 몸이 비쩍 마른 사내가 뒷짐을 지고 서 있었다.

샤피로였다.

예전보다 몸이 마르고 뺨이 홀쭉해졌지만, 바로 그 샤피로였다. 상상하는 것만으로도 오줌을 쌀 것처럼 무서운 사내! 도저히 인간이라고 볼 수 없는 최강최악의 괴물! 이클립스의 모든 것을 한순간에 앗아간 파괴자!

"끄으응!"

샤피로를 마주하는 순간 바이올렛은 그대로 정신을 잃었다.

바이올렛이 다시 눈을 떴을 때, 눈앞에 보인 것은 밤하늘에 박힌 빼곡한 별들이었다. 그리고 그 별빛을 가리며 웬 사내가 불쑥 얼굴을 내밀었다.

샤피로였다.

―오랜만이야, 바이올렛.

샤피로가 먼저 인사를 건넸다.

―샤피로!

땅에 누워 있던 바이올렛이 튕기듯이 일어났다. 바이올렛은 무의식중에 벼락을 일으켰다. 그녀의 오른손이 번쩍 빛났다.

하지만 기세는 전혀 사납지 않았다. 살기도 담겨 있지 않았다. 그저 흉포한 사자 앞에 노출된 어린 강아지가 겁에 질려 발톱을 세우는 정도였다.

샤피로가 바이올렛의 손을 슬쩍 바라보았다.

눈길 한 번 주는 것만으로 끝!

바이올렛이 전력을 다해 이끌어 낸 벼락의 칼날이 스르

륵 힘이 빠져 해체되었다. 바이올렛의 오른손에 집약되었
던 마나가 썰물처럼 빠져나간 탓이었다.

이것이 샤피로의 권능!

불과 관련된 모든 기운은 샤피로의 통제에서 벗어날 수
없다. 모든 화기는 샤피로의 뜻대로 움직인다. 샤피로가 빨
아들이고 싶으면 빨아들여지고, 내뱉고 싶으면 내뱉어진
다. 뒤틀어 버리고 싶으면 뒤틀리고, 꼬고 싶으면 배배 꼬
인다.

벼락도 불과 관련이 있는 기운!

당연히 샤피로의 통제에서 벗어날 수 없었다.

—으으으!

바이올렛이 몸을 떨었다. 그녀의 눈동자가 불안하게 좌
우로 흔들렸다. 솔직히 바이올렛은 이 자리에서 도망치고
싶었다.

'순간이동으로 도주할까?'

문득 이런 생각을 했다. 바이올렛이 좌우를 빠르게 살핀
것은 그 때문이었다.

하지만 이내 마음을 접었다. 바이올렛이 순간이동을 하
는 것보다 샤피로의 흡수 권능이 더 빠를 것이 자명했다.
샤피로가 의지를 일으키는 순간, 바이올렛이 평생 연마해
온 마나가 상대에게 쭉 빨려나갈 것이다. 샤피로는 눈 한
번 깜빡이는 것보다 더 빠르게 바이올렛의 마나를 갈취할

수 있다. 그럼 바이올렛은 모든 기운을 잃고 송장이 될 터였다.

바이올렛은 도주를 포기했다.

샤피로가 바이올렛을 가만히 내려다보았다. 샤피로의 눈은 마치 '바이올렛, 잔머리 굴리지 마. 그러다 죽어.' 라고 말하는 듯했다.

—으으으!

바이올렛은 재빨리 눈을 내리깔았다. 그녀의 등은 어느새 축축하게 젖었다. 온몸에 소름이 쫙 돋았다.

샤피로가 바이올렛에게 손을 뻗었다.

—오랜만인데 내가 반갑지 않나 보네?

샤피로는 바이올렛의 턱을 들어 시선을 마주했다.

—아으으! 아으으으!

샤피로의 손이 피부에 살짝 닿은 것만으로도 바이올렛의 얼굴이 하얗게 질렸다. 바이올렛은 달달 떨다 못해 눈물까지 흘렸다. 사자의 발아래 짓눌린 강아지가 꼼짝도 못 하고 엎드려 상대의 자비만 기다리는 것처럼 바이올렛도 샤피로의 처분만 기다렸다.

따지고 보면 샤피로는 바이올렛의 원수였다.

아니, 이클립스 교단 전체의 원수였다.

저 막강한 태양교와 맞서 싸우면서 단 한 발자국도 물러서지 않았던 이클립스! 오랜 종교전쟁을 겪으면서도 그 위세를 유지해 온 그 이클립스가 샤피로 단 한 명의 폭주를 막지 못하고 전멸했다.

6년 전 그 끔찍했던 악몽의 날.

샤피로는 이클립스의 2,000년 역사에 종지부를 찍었다. 이클립스 교단 모든 사제들이 평생 연마해 온 마나를 샤피로에게 갈취당하고 죽었다.

이클립스의 일곱 별이라 불리던 초강자들도 예외는 아니었다.

눈 깜짝할 사이에 화염의 드래곤을 소환해서 대지를 용암으로 만들어버리는 부크!

이클립스 일곱 별 가운데 첫째인 그 부크가 샤피로 앞에서 눈물 콧물 흘리며 살려 달라고 빌다가 결국 몸속 마나를 모두 빼앗기고 죽었다. 부크가 소환했던 화염의 드래곤도 샤피로가 숨 한 번 들이키자 샤피로의 입속으로 쑥 빨려 들어갔다.

손 한 번 휘저어 화염의 창 100개를 쏘아내던 바하라!

화염의 창 수백 개를 등 뒤에 소환해 공작새의 깃털처럼 쫙 펼쳐 놓고 전장을 휘젓던 바하라는 그야말로 일인군단이라는 말이 어울리는 초강자였다.

그 위풍당당하던 강자가 샤피로의 눈짓 한 번에 몸이 말라 고꾸라졌다. 샤피로의 온몸을 향해 내리꽂히던 화염의 창들도 샤피로의 피부에 닿자마자 눈 녹듯이 사라져 흡수되었다. 이클립스 일곱 별 가운데 둘째 바하라는 그렇게 허무하게 죽었다.

눈길 닿는 모든 곳에 화염을 일으킨다던 셋째 로물로!

로물로가 일으키는 '의념의 불'은 헬 하운드 조직이 소환하는 지옥의 불보다 더 지독하기로 유명했다. 심지어 태양교의 고위 사제들도 로물로의 불은 끄지 못한다는 소문이 돌 정도였다.

그 지독한 의념의 불도 샤피로에게는 통하지 않았다.

로물로가 샤피로의 몸에 필사적으로 불을 질렀다. 일반 불이 아니라, 로물로가 온 마음을 다해 일으키는 의념의 불이었다.

그 불이 주인보다 샤피로의 뜻을 더 잘 따랐다. 의념의 불은 샤피로에게 꼬리를 말고 빨려 들어갔다. 뒤이어 로물로가 평생 연마한 마나도 샤피로에게 흡수되었다. 미이라처럼 바짝 마른 로물로는 비틀거리다가 한 줌의 재로 흩어졌다. 죽기 전 로물로의 얼굴엔 공포가 가득했다.

Chapter 4

이클립스의 일곱 별이 차례로 스러졌다.

일곱 별 가운데 넷째인 비스코는 '이클립스의 현자'라

불렸다. 비스코는 불을 다루는 능력이 뛰어나서 일곱 별에 속한 것이 아니었다. 그의 마법이나 무력은 사실 다른 형제들에 비해 볼품이 없었다.

대신 비스코는 예지력이 뛰어났다. 그는 미래를 읽는 능력을 가졌을 뿐 아니라 성품도 온화하고 현명해서 모든 이들에게 존경을 받았다. 첫째인 부크나 둘째인 바하라, 셋째인 로물로도 비스코에게는 함부로 대하지 않고 존중해 주었다.

그래서일까?

비스코는 샤피로가 나타나기 전에 스스로 목숨을 끊었다.

─흥! 위선자!

심장에 칼을 꽂고 죽은 비스코를 내려다보면서 샤피로는 가볍게 코웃음을 쳤다. 샤피로가 손을 뻗자 비스코의 시신에 내재된 마나가 쭉 빨려와 샤피로의 몸속으로 들어갔다.

마나를 잃은 육신은 푸석푸석하게 말랐다가 팍 흩어졌다. 비스코는 제대로 시신도 남기지 못했다.

이클립스 일곱 별 가운데 다섯째는 폭발의 마왕 코렌이었다. 선천적으로 폭발 능력을 타고난 코렌은 이클립스의 일곱 별들 가운데 가장 자존심이 셌다. 코렌은 평소 첫째인 부크에게도 고개를 숙이지 않기로 유명했다.

그런 코렌이 샤피로 앞에 엎드려 두 손을 싹싹 빌었다.

샤피로의 눈길이 미치는 범위 안에서는 코렌의 폭발 능력이 작동되지 않기 때문이었다. 코렌이 아무리 애를 써도 샤피로 앞에만 서면 몸속 화기가 마음대로 움직여주지 않았다.

—살려줘. 샤피로, 제발 살려줘!

샤피로는 발아래 엎드린 코렌을 무심하게 바라보았다.

그렇게 눈길만 주었을 뿐인데도 코렌의 마나가 썰물처럼 빠져나가 샤피로에게 흡수되었다. 폭발의 마왕 코렌은 땅바닥에 엎드린 자세로 죽었다.

일곱 별 가운데 여섯째는 바이올렛!

마지막 막내가 샤피로!

악몽의 그 날, 이클립스의 제사장을 비롯하여 모든 사제와 교도들이 샤피로에게 떼죽음을 당했다. 무려 1,000명이 넘는 불의 마법사들이 샤피로에게 마나를 갈취당하고 미이라가 되었다.

오직 한 사람!

바이올렛만이 살아남았다.

바이올렛은 자신이 왜 죽지 않았는지 알지 못했다. 그 누구도 막지 못하는 괴물 중의 괴물 샤피로가 오직 바이올렛에게만 손을 대지 않았다. 바이올렛은 그 이유를 짐작할 수가 없었다. 샤피로가 동료들을 학살한 이유도 알지 못했다.

—왜? 왜?

대량살육이 벌어진 악몽의 현장에서 바이올렛은 이렇게 울부짖었다.

—대답해! 왜 나만 죽이지 않는 거냐고?

샤피로는 답이 없었다.

바이올렛이 다시 울부짖었다.

—그럼 이거라도 말해줘. 우린 동료였잖아. 함께 수련한 형제자매였잖아. 그런데 왜 이런 학살을 저지른 거지?

바이올렛은 샤피로에게 2천 년 이클립스의 역사에 종지부를 찍는 이유가 뭐냐고 따져 물었다.

샤피로는 이 질문에도 답하지 않았다. 그저 묵묵히 등을 돌려 자리를 떴다.

샤피로가 안개 속으로 사라진 뒤, 이클립스 총단엔 싸늘한 기운이 내려앉았다. 바이올렛은 그 후로 꼬박 하루를 총단에 머물렀다.

딱히 이유가 있어서 총단을 지킨 것은 아니었다. 바이올렛은 다리가 덜덜 떨리고 몸이 움직이지 않아 꼼짝 못 했을 뿐이다.

바이올렛이 겨우 일어설 수 있게 되었을 때 가장 먼저 한 일은 제사장의 집무실을 뒤지는 것이었다.

'샤피로가 왜 이런 일을 벌였지?'

바이올렛은 원인을 알고 싶었다.

샤피로의 폭주에는 분명 이유가 있을 것이고, 그것을 알아내야 바이올렛의 다음 행동을 결정할 수 있었다.

　제사장의 거처는 반폐허나 다름없었다. 총단 3층에 넓게 자리한 제사장의 집무실에는 화기를 머금은 보물들이 잔뜩 보관되어 있었는데, 그 보물들이 샤피로에게 화기를 빼앗기면서 산산이 터져 나갔다.

　—여기 어딘가에 뭔가 단서가 남아 있을 거야. 그걸 찾아야 해.

　바이올렛은 파편에 직격당해 구멍이 숭숭 뚫린 제사장의 책상을 뒤졌다.

　불에 그슬린 서류들이 서랍 안에서 뭉텅이로 쏟아졌다. 이클립스의 교리를 적은 경전들이 우수수 바닥에 떨어져 짓밟혔다.

　그렇게 한참을 뒤진 끝에 바이올렛은 편지 한 장을 찾아내었다.

　편지의 수신인은 이클립스의 제사장이었다. 그리고 제사장에게 편지를 보낸 발신인은 놀랍게도 태양교의 교황 라자로였다.

　이클립스와 태양교는 오랜 종교 전쟁을 겪은 원수 사이! 이 두 세력은 지금도 대륙 곳곳에서 맞부딪치는 중이었다.

　'그런데 태양교의 교황 라자로가 제사장님께 편지를 보냈다고? 대체 왜?'

　바이올렛의 가슴이 두근두근 뛰었다.

뭔가 음모의 냄새가 풍겼다. 바이올렛은 덜덜 떨리는 마음을 가라앉히기 위해 깊게 심호흡을 했다. 그다음 눈을 질끈 감고 편지를 펼쳤다.

털썩!

바이올렛이 자리에 주저앉았다.

—아아아!

바이올렛의 발치에 떨어진 편지에는 잉크로 쓴 글씨가 선명하게 드러났다.

친애하는 제사장께,

일전에 보낸 서신은 잘 받았습니다.

오는 7월 보름날, 태양이 하늘 중앙을 지나갈 때 귀 교단의 특수임무조가 우리 태양교의 성지에 난입할 것이라는 내용도 이해했습니다.

물론 실제로 난입을 하는 것은 단 한 사람이겠지요? 귀 교단에서 키워 낸 괴물 말입니다. 그 아이의 이름이 샤피로라지요?

태양교 교황의 이름으로 선언하건대, 그 샤피로라는 아이는 우리 태양교의 성지에서 숨이 멎을 것입니다. 제사장께서 바라시는 대로요.

다만, 성지에 들어오는 것은 샤피로 단 한 명이어야 합니다. 일곱 별 가운데 다른 자가 우리 성지에 난입한다면, 그자 또한 태양신의 분노를 피하지 못할 것입니다. 제사장께서는 이 점 명심하시고 현명한 뒤처리를 해 주기 바랍니다.

라자로력 28년 7월 2일

태양교 제24대 교황 라자로 혜 드몬스

편지의 내용은 충격적이었다.

―7월 보름! 그 전후에 무슨 일이 있었더라?

바이올렛은 지난 7월 15일 전후를 회상해 보았다.

7울 보름이 되기 일주일 전, 이클립스의 일곱 별 가운데 바이올렛을 제외한 나머지 6명이 제사장에게 불려 갔다. 그다음 6명 가운데 넷째인 비스코를 제외한 나머지 5명이 짐을 꾸렸다. 그들은 바이올렛에게 말도 없이 이클립스 총단을 떠났다.

당시 바이올렛은 '대체 무슨 일인데 우리 형제들 5명이 한꺼번에 움직이지?' 라고 의구심을 품었다. 하지만 자세한 속사정을 알아보지는 않았다. 그저 형제들이 무언가 중요한 임무를 맡았을 것이라고만 생각했다.

그로부터 열흘 뒤.

외부로 파견 나갔던 5명 가운데 4명이 돌아왔다.

첫째 드래곤 서모너(Dragon Summoner: 드래곤 소환자) 부크!

둘째, 화염의 창 바하라!

셋째, 의념의 불 로물로!

다섯째, 폭발마왕 코렌!

4명 모두 몸 상태는 멀쩡했는데 안색이 별로 좋지 않았다. 막내인 샤피로가 빠진 점도 이상했다. 분명 샤피로도 다른 형제들과 함께 임무 수행을 위해 떠났는데 그만 복귀하지 않았다.

—큰오빠, 막내는?

바이올렛이 부크에게 물었다.

부크는 입을 꾹 다물었다.

로물로가 딱딱한 얼굴로 대신 대답했다.

—막내는 아직 임무가 끝나지 않아 현장에 남았다.

—그래? 무슨 임무였는데?

바이올렛이 캐물었다.

로물로가 귀찮다는 듯 손을 휘저었다.

—바이올렛, 피곤하니까 다음에 이야기하자.

—그래. 우리 다음에 이야기하는 것이 좋겠다.

바하라도 로물로의 편을 들었다.

부크는 말없이 바이올렛의 곁을 지나쳤다. 바하라와 로물로가 그 뒤를 따랐다.

3명 모두 표정이 어두워 더는 말을 붙일 수 없었다. 바이올렛은 나머지 한 사람에게 시선을 돌렸다.

코렌은 그리 어두운 얼굴이 아니었다. 심지어 코렌은 나직하게 콧노래까지 흥얼거렸다.

—코렌 오빠.

바이올렛이 코렌을 불러 세웠다.

—나도 피곤해. 나중에 얘기해 줄게.

코렌은 바이올렛에게 손을 흔들며 자신의 숙소로 들어갔다.

그로부터 두 달.

샤피로는 여전히 복귀하지 않았다. 이클립스에선 아무도 샤피로의 이름을 언급하지 않았다. 제사장이 금지시킨 탓이었다.

바이올렛도 '샤피로가 어디서 중요한 임무를 수행 중인가 봐.'라고 단순하게 생각했다. 솔직히 바이올렛은 샤피로의 행방을 궁금해할 여유가 없었다. 제사장이 그녀에게 연달아 임무를 하달하는 바람에 눈코 뜰 새 없이 바빴다.

그리고 가을이 되었다.

행방불명되었던 샤피로가 이클립스의 총단에 복귀했다.

끔찍한 악몽이 시작되었다.

Chapter 5

이상이 과거에 벌어졌던 사건이었다. 바이올렛의 머릿속

에 6년 전의 일들이 파라락 스치고 지나갔다.

당시를 회상하는 것만으로도 바이올렛의 등골에 소름이 돋았다.

샤피로가 바이올렛에게 손을 뻗었다.

화들짝 놀란 바이올렛이 고개를 돌렸다.

샤피로의 손이 집요하게 따라붙어 바이올렛의 턱을 돌려세웠다.

—아으!

바이올렛은 재빨리 눈을 내리깔았다. 그녀는 감히 샤피로와 눈을 마주칠 엄두가 나지 않았다. 6년 전 그 날, 바이올렛은 샤피로가 벌인 이적들을 똑똑히 목격했다. 눈 한 번 마주하는 것만으로도 상대방의 마나를 쫙 흡수해버리는 그 악마의 능력! 심지어 샤피로는 수백 미터 밖까지 도망친 자들도 단숨에 잡아먹었다. 마나와 양기를 다 빼앗았으니 잡아먹은 것이나 마찬가지였다.

—으으으읏!

당시를 회상하는 것만으로도 바이올렛은 패닉 상태가 되었다. 핏빛 벼락을 후려치며 헬 하운드 칠장로를 몰아붙이던 무서운 여마법사가 샤피로 앞에선 고양이 앞의 쥐였다. 바이올렛은 결국 사타구니를 뜨뜻하게 적셨다. 샤피로가 어찌나 무서웠던지 바이올렛은 오줌을 싸고도 그 사실을 인지하지 못했다.

샤피로도 바이올렛의 실수를 모르는 척해 주었다.

—바이올렛, 요새 어떻게 지내?

샤피로가 물었다.

—아으으으!

바이올렛은 부들부들 떨기만 했다.

—네가 오늘 여기에 온 이유가 뭐야? 나와 샤늘루루 공주를 납치하려고 온 거지? 그렇다면 바이올렛도 몬순 황실의 권력투쟁에 뛰어들었단 소린데, 대체 누구를 위해서 일하는 중이야?

샤피로가 다시 물었다.

바이올렛은 여전히 입을 열지 못했다. 그녀의 위아래 턱이 저절로 맞부딪쳐 딱딱딱 소리를 냈다.

쫙!

샤피로는 다짜고짜 바이올렛의 따귀를 후려쳤다. 지금 바이올렛의 정신 상태로는 대화가 불가능하다고 생각했다.

—아악! 사, 살려 줘! 아니, 죽여줘. 죽이더라도 내 마나를 흡수해서 죽이지는 마! 그건 너무 고통스러우니까 그냥 목을 베어 줘.

바이올렛이 땅에 엎드려 싹싹 빌었다.

샤피로는 바이올렛의 어깨를 붙잡아 일으켰다.

—안심해, 바이올렛. 나는 너를 죽이지 않아. 죽일 생각이었으면 6년 전에 죽였겠지. 그러니까 대답해. 지금 누구

를 위해서 일하지? 몬순의 황자들 가운데 누구와 손을 잡았어?

—으응?

바이올렛은 여전히 정신 못 차렸다.

쫘악!

샤피로가 다시 따귀를 올려붙였다.

바이올렛이 반사적으로 대답했다.

—팔, 팔황자.

—팔황자?

황태자도 아니고, 삼황자도 아니고, 팔황자란다. 그렇다면 팔황자가 아직 권력 욕심을 버리지 않았다는 소리다.

'팔황자는 모든 야망을 접고 지방에 낙향했잖아. 그런데 남 몰래 이클립스와 손을 잡고 일을 도모했단 말이지? 흐응, 이거 재미있는걸.'

샤피로는 재차 확인했다.

—그게 사실이야? 바이올렛 네가 팔황자와 손을 잡았다고?

—맞아. 거짓말이 아니야. 난 팔황자 오롬과 손을 잡았어. 제발 내 말을 믿어 줘.

바이올렛은 미친 듯이 고개를 주억거렸다.

—오롬! 그 이름까지 알고 있는 것을 보니 거짓이 아닌가 보네. 호오! 그렇단 말이지? 팔황자 오롬이 바이올렛과 손

을 잡았다고?

—그래. 오롬 황자가 나와 손을 잡았어. 나뿐만이 아니라 트윈 헤드 스네이크의 어쌔신과 포멀 남작도 오롬 황자의 편이야. 그는 여기서 100킬로미터 정도 떨어진 성채에 웅크리고 있다고.

공포에 질린 바이올렛은 묻지도 않은 이야기를 털어놓았다.

—허어! 트윈 헤드 스네이크가 팔황자 오롬의 그늘에 들어갔어? 그랬구나! 그리고 포멀 남작도 오롬 곁에 붙었고? 와아, 이거 재밌네.

샤피로가 하얀 이를 드러냈다.

과거 이클립스 총단을 전멸시킬 때도 샤피로는 저렇게 하얗게 웃었다.

—으아아아!

바이올렛은 반사적으로 몸을 작게 웅크렸다. 그러곤 한번 더 오줌을 지렸다.

다 큰 성인이 바지에 오줌을 싸는 일은 흔하지 않다. 하지만 샤피로에겐 익숙한 광경이었다.

과거 샤피로와 마주쳤던 불의 마법사들 중에는 벌벌 떨다가 오줌을 싸는 자들이 많았다. 혼자서 온갖 폼은 다 잡던 이클립스의 제사장도 샤피로 앞에서 오줌을 질질 쌌고, 태양교의 사제들도 단체로 실례를 했다. 심지어 이클립스의 일곱 별 가운데 몇 명도 오줌을 지렸다.

그만큼 샤피로가 무섭기 때문이다.

평생 쌓아 온 불의 마나가 한순간에 쑥 빨려 나가는 그 느낌이 너무나 고통스럽고 두렵기 때문이다.

샤피로는 먹이사슬의 정점을 차지한 포식자였다.

그리고 불의 마법사들은 샤피로의 먹이에 불과했다. 이클립스나 헬 하운드, 기타 여러 가지 지파에서 불의 마법을 익힌 자들, 이 모든 자들이 샤피로의 먹이가 되었다.

태양교의 사제들도 별수 없었다.

6년 전 샤피로는 태양교의 성지에서 수많은 이들의 마나를 흡수해 버렸다. 100년도 넘게 수련을 해 온 태양교의 대주교도, 마법의 천재라 불리던 추기경도, 고집불통인 이단 심판관도, 모두 다 샤피로에게 마나를 갈취당하면서 엉엉 울고, 살려 달라고 빌고, 오줌을 질질 싸고, 배를 까뒤집고 항복했다.

그러니 지금 바이올렛이 샤피로 앞에서 벌벌 떨면서 실례를 하는 것은 그리 이상한 일은 아니었다. 샤피로는 충분히 이해할 수 있었다.

'다만 대화가 자꾸 끊기는 것이 싫을 뿐이지.'

대화를 계속하려면 별수 없었다.

쫙! 쫙!

바이올렛의 고개가 좌우 왕복으로 돌아갔다.

따귀를 두 대 얻어맞자 바이올렛은 정신을 번쩍 차렸다.

—와우우! 제발 내 마나를 빨아먹지만 마. 그러면 뭐든 대답할게. 정말 뭐든지 시키는 대로 할게.

바이올렛이 또다시 바닥에 납죽 엎드렸다.

샤피로가 피식 웃었다.

—내가 시키는 대로 다 한다고?

—뭐든지 시키기만 해. 뭐든지.

바이올렛은 필사적으로 고개를 끄덕였다. 정말 그녀는 샤피로가 시키는 일이라면 뭐든지 다 할 생각이었다.

샤피로가 다시 입을 열었다.

—바이올렛, 우선 하나만 더 묻자. 왜 하필 팔황자야?

—응?

—황태자도 있고, 삼황자나 사황자도 있잖아. 이왕이면 큰 세력으로 들어가지, 왜 하필 팔황자와 손을 잡았어?

오롬은 이제 갓 스물이 된 애송이었다.

그런 애송이 주제에 이클립스의 일곱 별 가운데 하나를 끌어들이고 몬순 제국 최고의 암살조직인 트윈 헤드 스네이크를 휘하에 두었으면 충분히 칭찬해 줄 만했다.

하지만 그뿐.

세력으로 보나 실력으로 보나 오롬은 황태자의 상대가 되지 못했다. 삼황자나 사황자와 겨루는 것도 불가능했다.

'그런데 왜 바이올렛은 오롬과 손을 잡았지?'

이것이 샤피로의 질문이었다.

바이올렛이 대답했다.

—오롬은 폭발 능력을 타고났어.

—폭발 능력? 코렌과 비슷한 재능인가?

샤피로가 되물었다.

—맞아. 바로 그 능력이야.

바이올렛이 힘차게 고개를 끄덕였다.

이건 의외였다. 폭발 능력은 쉽게 타고나는 재능이 아니었다. 희귀하기로 유명한 전격계 마법사나 빙계 마법사에 비할 수는 없지만, 폭발 능력도 분명 가치가 높았다. 예전에 코렌의 콧대가 하늘을 찔렀던 것도 그가 폭발 능력자였기 때문이었다.

—호오! 몬순 제국의 팔황자가 폭발 능력을 지녔다고? 이건 생각지도 못한 일이네.

—이 사실을 아는 사람은 거의 없어. 다들 오롬의 능력에 대해서 몰라.

—한데 오롬은 어떻게 그런 능력을 타고났지? 선천적인 재능인가? 아니면 후천적으로 만들어졌나?

폭발 능력과 같이 희귀한 재능은 쉽게 타고날 수 없었다. 샤피로는 그 점을 질문했다.

바이올렛은 당연하다는 듯이 대답했다.

—당연히 선천적인 재능이지. 오롬 황자는 코렌 오빠의

외조카잖아. 코렌 오빠가 오롬의 친외삼촌이고. 그들 핏줄엔 가끔씩 폭발 능력을 가진 아이가 태어난다더라고.

—호오!

샤피로의 눈이 번쩍 빛났다.

이클립스의 일곱 별 가운데 하나이자 폭발의 마왕 코렌!

사실 코렌은 지극히 뛰어난 마법사였다. 샤피로가 워낙 괴물 같아서 그 빛에 가려졌을 뿐, 코렌의 폭발 능력은 압도적이었다.

그런 코렌에게는 누나가 한 명 있었다.

평소 코렌은 자신의 누나가 어마어마한 곳에 시집을 갔다고 떠벌렸는데, 알고 보니 몬순 제국 황제의 후궁이 된 것이었다. 그리고 코렌의 누나와 황제 사이에서 태어난 자식이 바로 팔황자 오롬이었다.

샤피로는 턱을 가만히 쓰다듬었다.

—그렇단 말이지? 오롬이 코렌의 외조카라고?

샤피로가 바이올렛을 바싹 당겨 귀에다 속닥였다.

샤피로의 입술이 귀에 접근하자 바이올렛은 꽁꽁 얼어붙었다. 그래서 처음엔 샤피로가 뭐라고 속삭이는지 듣지도 못했다.

—정신 차려, 바이올렛.

샤피로가 바이올렛의 뺨을 한 대 더 후려쳤다.

샤피로의 손은 매웠다. 몇 차례 왕복으로 따귀를 맞았더니 바이올렛의 뺨이 퉁퉁 부었다.

─아, 알았어. 정신 차리고 들을게. 제발 때리지 마. 으
으으!

바이올렛이 용서를 빌었다.

샤피로는 다시 바이올렛의 귀에 입술을 대고 속닥였다.

바이올렛은 꼼짝도 못 하고 들었다.

제4화
악마의 종 키키로

Chapter 1

타닥타닥.

벽난로가 타오르는 방 안.

핌스턴이 손가락으로 샤늘루루 공주를 가리켰다.

"샤피로, 너 쟤는 어디서 업어온 게냐? 네 취향이 저런 솜털 보송보송한 어린애였냐?"

"취향은 무슨! 누굴 변태로 알아요? 객쩍은 소리 말고 그동안 조사한 것이나 말해 봐요."

"큼! 뭐 딱히 나온 것이 있어야 말을 하지. 요새 다들 몸을 사려서 그런지 정보 캐내기가 점점 더 어려워지더라."

"그래도 요번에 제대로 한 건 물었잖아요. 모런 공작의 애첩을 후렸으니 당연히 고급 정보를 캐냈겠죠."

그 말에 핌스턴이 버럭 화를 냈다.

"야! 샤피로, 입 조심해. 그러다 나쁜 소문이 돌아서 귀부인께 해를 끼칠까 두렵다."

"귀부인은 무슨! 그저 색정이 넘치는 여우일 뿐이죠."

"야, 샤피로! 너 말 조심하라니까. 몸가짐이 조신스러운 레이디께 색정이 넘치는 여우라니, 그 무슨 망발이야?"

핌스턴이 언성을 높였다.

그즈음 샤늘루루는 기절했다 깨어나던 중이었는데, 잠결에 샤피로와 핌스턴의 대화를 엿들었다.

'응? 모런 공작이라고? 모런 공작이라면 큰 오라버니의 장인이잖아?'

샤늘루루는 처음에 자신의 머릿속이 몽롱해서 꿈결에 헛소리가 들리는 줄 알았다. 그런데 모런 공작이라는 말에 귀가 번쩍 뜨였다.

모런 공작!

현 정국을 배후에서 조종하는 거물 귀족!

황태자의 장인이자 몬순 제국 수도의 병권을 한 손에 거머쥔 실권자!

'이자들이 누구인데 모런 공작과 같은 거물을 입에 담지?'

샤늘루루는 눈을 찌푸렸다.

'아니지. 모런 공작을 직접 거론한 것은 아니었어.'

샤늘루루가 다시 곰곰이 생각해보니 이자들이 입에 담은 것은 모런 공작 본인이 아니었다. 공작의 애첩을 거론했을 뿐이다.

'그나저나 이들이 누굴까?'

샤늘루루는 살짝 실눈을 뜨고 주위를 살폈다.

벽난로 앞, 2명의 사내가 앉아 있는 모습이 보였다. 둘 중 한 명은 땅딸보에 배가 불뚝 나온 중년의 대머리였다. 다른 한 명은 뺨이 훌쭉 들어간 청년이었다. 땅딸보는 처음 접하는 얼굴이었으되, 청년의 정체는 알 수 있었다.

'샤피로 남작!'

벽난로 앞에 앉아 있는 청년은 분명 샤피로였다. 그의 얼굴을 보자 샤늘루루의 뇌가 잠시 활동을 멈췄다.

'가만! 이게 지금 어떻게 돌아가는 상황이람?'

샤늘루루는 뿌연 기억을 더듬었다. 그녀가 기절하기 전 영상이 머릿속에 떠올랐다. 손에서 벼락을 뿜어내는 마녀가 등장해 헬 하운드의 마법사들을 도륙하던 장면이 가장 먼저 샤늘루루의 뇌리를 장악했다.

사실 샤늘루루는 샤피로가 네크로맨서 마법으로 헬 하운드를 해치우는 장면도 목격했다. 하지만 희한하게도 그 기억은 그녀의 뇌리에서 삭제되고 없었다. 샤피로에 대한 공포심도 함께 삭제되었다.

샤늘루루가 고개를 갸웃거렸다.

'이상하다? 그 마녀는 어디로 가고 내가 여기에 누워 있지? 헬 하운드의 칠장로는 또 어디로 갔을까? 설마 그 마녀가 칠장로를 물리쳤단 말인가? 그리고 내가 여기 끌려왔다는 것은, 결국 그 마녀와 샤피로 남작이 한패라는 뜻?'

앞뒤 정황상 이렇게 생각할 수밖에 없었다. 숲 속에서 샤피로는 그 뇌전의 마녀와 서로 모르는 사이인 척 행동했으나, 그 행동은 거짓임에 틀림이 없었다. 샤늘루루는 그렇게 확신했다.

'아아, 그렇다면 이건 정말 무서운 일이 아닌가!'

샤늘루루의 몸에 소름이 돋았다. 그녀가 겪어 본 바에 의하면, 보랏빛 마녀 바이올렛은 정말 상상을 초월하는 마법사였다. 맨손에서 벼락을 줄줄이 뿜어내고 송아지만 한 헬 하운드를 단숨에 때려죽이던 그 마녀를 떠올리는 것만으로도 샤늘루루는 숨이 막혔다. 그처럼 강한 마녀가 사황자─샤피로가 사황자의 측근이므로─의 곁에 머무르고 있다는 것이 너무나 무겁게 다가왔다.

'이 일을 어쩐단 말이냐? 이런 위급한 상황에서 나까지 적의 포로로 잡혔으니!'

샤늘루루는 남몰래 발을 동동 굴렀다.

그때였다.

"깨어났으면 그만 일어나쇼. 괜히 기절한 척하면서 남의 대화나 엿듣지 말고."

벽난로 앞의 땅딸보 사내가 샤늘루루 공주에게 고개를 돌렸다. 땅딸보는 샤늘루루의 상태를 한눈에 파악한 듯했다.

'치잇!'

샤늘루루는 입술을 꼭 깨물었다. 그러곤 자리에서 일어나 옷매무새부터 바로잡았다.

그 맞은편.

샤피로가 샤늘루루를 빤히 쳐다보았다. 샤피로의 눈은 검푸른 심해처럼 깊고 고요했다. 사람 파악에 자신이 있는 샤늘루루지만 샤피로의 눈을 통해서는 아무것도 읽을 수 없었다.

'감정이 없는 눈이야.'

샤늘루루는 샤피로가 무척 차갑다고 느꼈다.

반면 땅딸보 사내는 정반대였다. 샤늘루루의 눈에 비친 땅딸보 사내는 대머리에 배가 불룩한 중년 아저씨였지만, 눈만큼은 활기가 넘치고 따뜻했다. 그리고 무엇보다 말이 잘 통할 것 같았다.

샤늘루루의 속마음을 짐작이라도 했는지, 땅딸보 사내 핌스턴이 샤늘루루에게 너스레를 떨었다.

"아이고, 귀하신 공주님께서 일어나셨네. 먼저 인사부터 올립죠. 저는 영양만점 핌스턴 푸줏간의 주인인 핌스턴이라고 합니다. 공주님께선 그저 핌스라고 불러 주십쇼."

핌스턴은 샤늘루루에게 자신의 애칭까지 알려 주었다. 그 편안한 태도에 샤늘루루의 경계심이 약간 누그러졌다.

"푸줏간 주인이라고요?"

샤늘루루가 물었다.

핌스턴은 자신의 배를 탁탁 두드렸다.

"그렇습죠. 영양만점 핌스턴 푸줏간이라고 수도 바아란에서 제일 잘 나가는 푸줏간이 있사온데, 제가 바로 그 가게의 주인입죠. 허허허!"

"그래요? 샤피로 남작이 푸줏간 주인과 친구라는 사실은 처음 알았네요."

샤늘루루의 말투에 비아냥거림이 담겼다. 납치를 당한 처지에 이렇게 당당한 태도를 보이는 것만 보아도 샤늘루루가 얼마나 담대한 여걸인지 짐작이 갔다. 외모는 어린 소녀 같지만 샤늘루루는 보통내기가 아니었다.

샤피로는 싱긋 웃었다.

"공주마마께서 오해를 하셨군요. 저희는 친구가 아닙니다."

"뭬야?"

옆에서 듣던 핌스턴이 버럭 화를 냈다.

"야, 이 배은망덕한 놈아! 네가 왜 나랑 친구가 아니야? 너 내가 푸줏간 주인이라 창피한 게냐?"

샛대질만 하는 것이 아니라 목까지 시뻘겋게 변한 것으로 보아 핌스턴은 정말로 샤피로에게 서운한 모양이었다.

샤피로가 어깨를 으쓱했다.

"당연히 친구가 아니지요. 친구는 서로 동급을 의미하는 것 아닙니까? 저와 이분은 동급이 아닙니다. 저는 이분을 존경하고 있습니다."

"네에?"

샤늘루루의 눈빛이 변했다.

샤피로는 귀족이었다. 비록 작위는 높지 않지만 사황자의 총애를 받는 핵심 귀족 가운데 한 명이었다.

반면 핌스턴은 하찮은 푸줏간 주인에 지나지 않았다.

'그런데 샤피로 남작이 푸줏간 주인을 존경한다고?'

샤늘루루는 상대의 진심을 파악하려 애썼다.

샤피로의 말이 거짓 같지는 않았다. 만약 샤피로가 핌스턴과의 관계를 숨기고 싶다면 그저 "우리는 친하지 않습니다."라고 대답하면 그만이었다. 혹은 거꾸로 "맞습니다. 공주님 말씀대로 우린 친구입니다."라고 시인해도 샤늘루루는 둘 사이 관계를 정확하게 파악하기 어려웠을 것이다.

한데 샤피로는 핌스턴을 존경한다고 답했다. 그것도 아주 진지한 표정으로.

'뭐지? 두 사람, 진짜 어떤 관계야?'

샤늘루루의 머릿속이 복잡해졌다.

반면 핌스턴은 단순했다.

"샤피로, 너 임마! 크흑!"

감동을 받은 핌스턴은 털이 부숭부숭 난 팔뚝으로 눈가를 훔쳤다. 그러곤 그것만으로는 부족했는지 샤피로에게 와락 달려들어 꽉 끌어안았다.

샤피로는 그런 핌스턴의 어깨를 토닥토닥 두드려 주었다.

Chapter 2

"우리 아까 하던 얘기나 계속하죠. 그래서 모런 공작의 애첩에게서 어떤 정보를 캐냈나요?"

샤피로가 핌스턴에게 물었다.

"야! 샤피로."

핌스턴이 화들짝 놀랐다. 그러곤 자세를 낮춰 속닥였다.

"이런 중요한 이야기를 공주님이 계신 곳에서 하면 어떻게 해? 샤늘루루 공주님은 저기 뭐냐, 삼황자님의 측근이시잖아. 우리는 사황자님 파벌이고."

말을 하면서 핌스턴은 샤늘루루 공주의 눈치를 살폈다.

샤늘루루도 깜짝 놀라긴 마찬가지였다.

'모런 공작과 관련된 중요한 첩보를 내 앞에서 거리낌

없이 털어놓는다고? 샤피로 남작, 이자가 나를 죽일 작정을 했단 말인가?'

원래 사람은 중요한 첩보를 많이 들을수록 수명이 단축되는 법이다. 그래서 이런 말이 생겼다.

오래 살고 싶으면 귀를 닫아라.

몬순 황실 사람치고 이 격언을 모르는 사람은 없었다.

샤늘루루도 마찬가지. 그녀는 샤피로가 자신을 죽일 것이라고 확신했다. 그렇지 않고서는 모런 공작과 관련된 첩보를 이렇게 까발릴 리 없었다.

그래도 궁금한 것은 참을 수 없었다. 샤늘루루는 핌스턴의 대답에 집중했다.

샤피로가 핌스턴을 재촉했다.

"뭐 어때요. 샤늘루루 공주님은 신경 쓰지 말고 그냥 편하게 말해요. 모런 공작의 애첩이 뭐라고 하던가요?"

"그건 저……."

그래도 핌스턴이 말을 망설이자 샤피로가 한숨을 쉬었다.

"어휴, 용감한 푸줏간 주인답지 않게 왜 그래요. 이러다 날 새겠네."

핌스턴은 마지못해 입술을 떼었다.

"에라, 모르겠다. 잘 들어라, 샤피로. 이건 내가 레이디께 전해 들은 이야기인데, 황태자 파벌에서는 황제의 자리를 놓고 벌어지는 이번 권력 암투가 다음 달 안에 마무리될 것이라고 자신한단다."

샤피로가 고개를 갸웃했다.

"다음 달이면 이제 고작 40일 남았잖아요. 몇 년을 끌어 온 암투가 40일 안에 종결된다고요?"

황태자가 40일 안에 승리를 자신한다면 분명 그 이유가 있을 것이다. 샤피로도, 샤늘루루도 핌스턴의 입술만 바라보았다.

핌스턴은 그런 상황을 즐기기라도 하듯이 히죽 웃더니, 따뜻한 차로 입술을 축이고는 말을 이었다.

"놀라지 말고 잘 들어. 황태자 측에서 어마어마한 곳에 선을 댔다더라."

"어마어마한 곳이요?"

"그래! 대륙 최강을 자신하는 곳! 바로 태양교 말이다."

콰앙!

샤늘루루가 앉아 있던 의자가 뒤로 넘어갔다. 핌스턴의 말이 너무 놀라워서 자신도 모르게 벌떡 일어난 탓이었다.

핌스턴과 샤피로가 동시에 샤늘루루를 돌아보았다.

"대화를 끊어서 죄송해요."

샤늘루루는 얼굴을 살짝 붉혔다. 그러곤 쓰러진 의자를 세워 다시 착석했다.

핌스턴의 말이 이어졌다.

"레이디의 말이 거짓이 아님은 내가 보장한다. 그래서 말인데, 샤피로. 태양교와 맞서 싸우는 것은 너무 위험하지 않겠냐? 사황자님이 아무리 드래고니안 마법사들의 지원을 받으신다고 하나, 상대는 태양교야. 헬 하운드보다 훨씬 무섭고 강대한 태양교 말이야!"

핌스턴의 우려는 당연했다. 만약 태양교가 황태자를 지원하기로 마음먹었다면 몬순의 권력 싸움은 이제 결과가 정해진 것이나 마찬가지였다.

태양교는 그만큼 막강했다.

늘 침착하던 샤늘루루도 태양교라는 말에 눈꺼풀이 바르르 떨렸다.

반면 샤피로는 여전히 무표정했다. 그저 몸을 소파에 파묻고 손으로 턱을 조몰락거리는 것이 샤피로가 보인 반응의 전부였다.

"야, 샤피로!"

핌스턴이 샤피로를 불렀다.

샤피로는 핌스턴 대신 샤늘루루에게 고개를 돌렸다.

마침 샤늘루루도 샤피로를 바라보았다.

"이제 어쩌시겠습니까, 샤늘루루 공주님."

샤피로가 먼저 말문을 떼었다.

"뭘 어쩌란 말이죠?"

샤늘루루가 되물었다.

샤피로는 어깨를 으쓱했다.

"그렇게 모르는 척하신다고 해결될 문제가 아닙니다. 상대는 태양교 아닙니까?"

"그래서요?"

샤늘루루는 여전히 딴청을 부렸다.

샤피로가 직접적으로 꼬집었다.

"늑대끼리 다투던 중에 사자가 나타났습니다. 이대로 손놓고 있다가 사자에게 물려 죽으시겠습니까? 아니면 늑대끼리 연합을 해서 사자와 맞서 보시겠습니까?"

딴은 샤피로의 말이 옳았다. 황태자가 태양교와 손을 잡았다면 삼황자와 사황자의 파벌이 서로 연합해서 그에 맞설 수밖에 없었다. 그 사실을 잘 알면서도 샤늘루루는 선뜻 대답하지 못했다. 태양교가 무서운 것은 사실이지만, 사황자 파벌과 손을 잡았다가 뒤통수를 맞는 것도 용납할 수 없었다.

또 한 가지!

샤늘루루는 샤피로에게서 위험한 냄새를 맡았다.

'샤피로, 이 남자! 도저히 생각을 읽을 수가 없어.'

샤피로는 쉽게 컨트롤할 상대가 아니었다. 그렇다고 샤피로가 내민 손을 거부하기도 힘들었다.

'여기사 판을 깼다간 샤피로 남작의 말처럼 모두 다 태양교에게 잡아먹히겠지. 아아아! 이걸 어쩐담?'

샤늘루루는 결정을 내리지 못하고 입술만 꼭 깨물었다. 아무래도 오늘 협상은 아주 길어질 것 같았다.

Chapter 3

"여황제도 괜찮지 않습니까?"

핌스턴이 잠시 자리를 비운 사이, 샤피로는 샤늘루루에게 뜬금없는 말을 던졌다.

"뭐라고요?"

샤늘루루의 눈이 휘둥그레졌다. 순간적으로 '내 귀가 잘못된 것 아닐까?'라는 생각이 들었을 정도로 샤피로의 말은 충격적이었다.

샤피로가 묘한 시선으로 샤늘루루를 바라보았다.

상대의 속을 꿰뚫어 보는 듯한 그 눈빛이 영 불편했다. 샤늘루루는 평소와 다르게 화를 내었다.

"샤피로 남작, 지금 뭐라고 했어요?"

샤피로는 덤덤하게 말을 받았다.

"여황제도 괜찮지 않느냐고 여쭸습니다. 몬순 제국의 역사를 보면 그동안 두 번의 여황제가 나라를 다스렸습니다. 그러니 이제 세 번째 여황제가 나올 때도 되었지요."

"당신 지금 무슨 뜻으로 그런 말을 하는 거죠?"

샤늘루루의 안색이 싸늘하게 굳었다.

"공주마마, 제 말을 곡해해서 들으실 필요 없습니다. 그냥 곧이곧대로 들으시면 됩니다. 문득 그런 생각이 들었습니다. 이제 여황제가 탄생할 시기가 된 것 같다고. 또한 샤늘루루 공주님이라면 능히 제국을 운영할 만하시다고요."

샤늘루루는 삼황자의 측근이자 친동생이었다.

그리고 샤피로는 사황자의 꾀주머니였다.

그런 샤피로가 황당하게도 적군인 샤늘루루에게 여황이 되어 보지 않겠느냐고 제안을 했다. 이건 전혀 예상하지 못한 일일뿐더러, 샤피로의 속마음을 의심할 수밖에 없는 상황이었다.

"샤피로 남작, 지금 나를 떠보는 것인가요? 아니면 나를 흔들어서 오라버니와 사이를 갈라놓으려는 수작인가요? 이런 황당한 제안으로 나를 흔들려고 하다니, 가소롭군요."

샤늘루루의 표정에 찬바람이 쌩쌩 불었다.

샤피로는 눈 하나 깜짝하지 않았다.

"뭐, 공주마마께서 그렇게 오해하실 법도 합니다만, 한번 곰곰이 생각해 보십시오. 몬순 제국은 지금 역대 최악의 위기 상황입니다. 황태자파와 삼황자파, 사황자파, 그리고 정체 모를 파벌까지 뛰어들어서 서로의 머리끄덩이를 잡고 집안싸움을 하느라 주변을 둘러보지 못하고 있지요? 그런데 주변은 어떻습니까? 몬순 제국 주위엔 이미 제국을 집어삼키려고 침을 뚝뚝 흘리는 몬스터들이 쫙 둘러쌌단 말입니다."

"끄응!"

샤늘루루가 짧게 신음했다.

샤피로가 말을 이었다.

"공주마마께서도 이미 짐작하고 계실 겁니다. 마마의 삼황자파에서 헬 하운드를 끌어들이셨지요?"

"으음!"

샤늘루루가 또 신음했다.

"권력 싸움에서 이기려다 보니 불가피하게 헬 하운드와 손을 잡았는데, 추후에 그 사냥개들을 통제할 수단은 가지고 계십니까?"

"……."

샤늘루루는 아무런 대꾸도 할 수 없었다. 오래전부터 우려하던 바를 콕 찔린 탓에 입술이 떨어지지 않았다.

솔직히 말해서 샤피로의 지적이 옳았다. 샤늘루루 공주를 비롯한 삼황자파에서는 헬 하운드 소속 불의 마법사들을 통제할 자신이 없었다. 당장 오늘의 경우만 보아도 알 수 있었다. 불의 마법사들은 샤늘루루의 명령을 귓등으로도 듣지 않았다. 오직 칠장로에게만 충성할 뿐이었다.

'나중에 우리 삼황자파가 권력을 잡았을 때 헬 하운드 조직이 어떻게 나올까? 그들은 우리에게 뭘 요구할까?'

이 생각을 하자 샤늘루루는 현기증이 났다.

샤피로가 설득을 계속했다.

"그렇다고 삼황자파에서 헬 하운드를 멀리할 수도 없겠죠? 라이벌인 저희 사황자파는 바람의 마법사와 흙의 마법사, 그리고 물의 마법사들을 대거 영입했거든요. 게다가 서부의 퍼런 백작가와 동부의 프란츠 후작가의 지지를 받고 있고요. 또 다른 라이벌인 황태자파는 어떻습니까? 그들은 철사자 기사단에 이어서 태양교까지 끌어들였습니다. 그러니 삼황자 저하께선 싫건 좋건 헬 하운드에게 의지할 수밖에 없지요. 하면 공주마마께 다시 묻겠습니다. 삼황자 저하는 그렇다고 치고, 과연 황태자 저하는 태양교를 통제할 수 있을까요? 아니면 태양교에 덜컥 잡아먹힐 확률이 높을까요?"

"음!"

샤늘루루가 짧게 신음했다.

샤피로는 그 앞에서 여유롭게 팔짱을 꼈다.

"미래를 생각하지 않고 당장 눈앞의 권좌에 눈이 멀어 태양교를 끌어들인 것은 황태자 저하의 실수입니다. 통제할 방안도 없이 헬 하운드의 사냥개들을 불러들인 것도 삼황자 저하의 실책입니다. 제가 모시는 사황자 저하도 황태자 저하나 삼황자 저하에 비해 나을 것이 없습니다. 과연 이런 분들께 몬순 제국의 미래를 맡기실 수 있습니까? 가런한 백성들을 생각해 보십시오. 그리고 몬순 제국의 역대 선조들을 떠올려 보십시오. 그럼 공주마마께 길이 보일 것입니다. 지금 마마께서 시급하게 해야 할 임무는 태양교와 헬 하운드를 궁중 암투에서 배제시키는 것입니다. 그 욕심 많은 자들에게 몬순 제국을 통째로 넘겨줄 생각이 아니시라면요."

샤피로의 혀는 기름칠을 한 듯 매끄러웠다. 하지만 너무나 큰 허점이 있어 신뢰할 수 없기는 마찬가지였다.

샤늘루루는 냉철하게 그 점을 지적했다.

"샤피로 남작이 이렇게 달변가인줄 몰랐네요. 정말 설득력 있게 말을 잘 하는걸요. 하지만 남작의 주장에는 두 가지 문제점이 있어요."

"그게 무엇입니까?"

샤피로가 물었다.

샤늘루루는 손가락을 하나 꼽았다.

"첫째, 헬 하운드는 이미 우리 몬순 황실에 깊이 들어와 있어요. 당신들 말대로라면 태양교도 조만간 황태자 오라버니의 도움을 받아 제국으로 진입하겠죠. 어쩌면 이미 들어와 있을 수도 있고요. 그런데 샤피로 남작은 그 탐욕스러운 불의 마법사들을 어떻게 제국 밖으로 내쫓을 생각인가요? 내가 헬 하운드와 교류를 단절하고 샤피로 남작과 손을 잡는다고 치죠. 한 발 더 나가 여황 자리에 욕심을 내 본다고 치죠. 그럼 샤피로 남작이 나를 여황으로 만들어 줄 수 있나요? 헬 하운드와 태양교를 물리치고요? 대답해 보세요."

샤늘루루가 허리를 꼿꼿이 펴고 대답을 강요했다. 그녀에게서 연약한 소녀의 모습은 보이지 않았다. 군주다운 위엄이 넘쳤다.

샤피로는 이것이 샤늘루루의 장점이라고 생각했다.

또 한 가지.

샤늘루루는 욕심이 전혀 없는 여자가 아니었다. 권력욕을 마음속에 은근히 감춰둔 여걸이었다. 만약 샤늘루루가 눈곱만큼의 야심도 없다면 "친오라버니인 삼황자 저하가 계신데 내가 무슨 여황이냐?"고 따져 물었을 것이다.

그런데 샤늘루루의 반응은 그렇지 않았다.

'역시 내 눈은 정확해. 샤늘루루 공주가 여황감이야.'

샤피로는 샤늘루루의 능력을 높이 샀다.

자고로 권좌를 차지하려는 자, 능력도 있고, 야심도 있고, 명분도 있고, 힘도 있어야 한다. 이어서 운도 필요하다.

샤늘루루 공주가 딱 이 조건에 맞았다. 샤늘루루는 출중한 능력을 지녔다. 권좌에 대한 야심도 마음속에 도사리고 있고, 명분도 충분했다. 샤늘루루는 황제의 직계혈통이라 정통성을 확보하기 쉬웠다. 만약 그녀가 "백성들을 위해서 헬 하운드와 태양교를 몬순 제국에서 몰아내야 한다."라는 명분을 내세운다면 신하와 백성들의 지지를 받을 수 있었다.

그러니 지금 샤늘루루에게 부족한 것은 힘!

'힘이야 내가 얼마든지 만들어 줄 수 있고, 마지막으로 운도 따르겠지. 강한 힘이 있으면 운은 저절로 쫓아오게 마련이니까.'

샤피로는 기분 좋게 웃었다.

샤늘루루가 미간을 찌푸렸다.

"왜 웃죠?"

"네?"

"이게 샤피로 남작의 대답인가요? 내게 황당한 제안을 하더니 막상 대책은 없고, 이런 상황에서 능구렁이같이 웃음으로 모면하려는 것! 이거 별로 좋은 태도는 아니네요."

샤늘루루는 진짜로 화가 난 모양이었다.

샤피로가 냉큼 사과했다.

"이거, 공주마마께서 그렇게 생각하셨다니 죄송합니다. 웃지 않고 진지하게 답변을 드리죠. 대책이 없는 것은 아닙니다. 만약 마마께서 여황이 될 결심만 하신다면 태양교와 헬 하운드를 물리치는 일은 제가 맡겠습니다."

"흥! 허풍이 심하군요. 그대가 무슨 재주로요?"

샤늘루루가 코웃음을 쳤다

공주에게 믿음을 심어주려면 이쪽도 패를 내보일 수밖에

없었다. 샤피로는 망설이지 않고 바이올렛을 언급했다.

"아까 공주마마께서도 보지 않으셨습니까? 양손에 벼락을 머금고 헬 하운드의 사냥개들을 도륙하던 전격계 마법사 말입니다."

"아! 그 벼락의 마녀!"

샤늘루루의 표정이 돌변했다. 여황이 되라는 황당한 제안 때문에 잠시 잊고 있었는데, 바이올렛의 무시무시한 마법이 샤늘루루의 뇌리에 다시 떠올랐다.

"대체 그 마녀의 정체가 뭐죠? 그리고 그 마녀와 샤피로 남작은 어떤 관계인가요?"

"그녀의 이름은 바이올렛. 이클립스의 일곱 별 가운데 여섯째입니다."

샤피로의 입에서 이클립스가 언급되었다.

샤늘루루는 입을 딱 벌렸다.

"이클립스의 일곱 별!"

이클립스의 일곱 별! 세상에 그 누가 이 유명한 이름을 모르겠는가! 샤늘루루 공주의 눈빛이 격렬하게 흔들렸다.

하지만 얼마 지나지 않아 샤늘루루의 눈빛이 평정을 되찾았다.

"샤피로 남작."

"네, 마마."

"그대가 이클립스와 관련이 있을 줄은 몰랐네요. 이클립스는 몇 년 전에 모종의 사건에 휘말려 스스로 붕괴했다고 들었거든요."

"전혀 그렇지 않습니다. 공주마마께서는 오늘 이클립스의 일곱 별 가운데 한 명을 만나 보셨지 않습니까?"

샤피로는 능청스레 시치미를 떼었다.

"그런가요? 그럼 그대의 말을 믿기로 하죠. 하지만 아직 모든 문제가 해소된 것은 아니에요. 샤피로 남작은 우리 몬순 제국의 미래를 위해서 외세를 몰아내야 한다고 열변을 토했지요? 태양교와 헬 하운드를 몰아내지 않고서는 큰일이 날 거라고 주장했잖아요."

"맞습니다."

샤피로가 고개를 끄덕였다.

"그럼 대답해 보세요. 이클립스는 외세가 아닌가요? 이클립스의 힘을 빌어서 태양교와 헬 하운드를 물리치고 나면, 그 이클립스는 누가 또 몰아내죠?"

"제가 몰아냅니다."

"거 봐요. 이클립스를 몰아낼 사람이 없…… 응? 지금 뭐라고 했어요? 샤피로 남작이 이클립스를 몰아내겠다고요?"

"네."

샤피로는 너무나 태연하게 답변했다. 그 태도가 너무나 여유로워서 샤늘루루는 어이가 없었다.

'대체 이 남자, 뭐야? 자기가 태양교와 헬 하운드, 그리고 이클립스를 모두 물리치겠다는 거야?'

하지만 저렇게 자신 있게 말하니 뭐라 반박할 수도 없었다. 샤늘루루는 한숨을 내쉬었다.

"하아! 샤피로 남작은 정말 상대하기 어려운 사람이군요. 신중한 것인지, 허풍만 가득한 것인지 도무지 종잡을 수가 없어요."

"그렇습니까?"

"어쨌거나 그건 그렇다고 치죠. 샤피로 남작이 외세를 모두 물리치고 위기에 빠진 몬순 제국을 되살린다고 쳐요. 그래도 여전히 문제가 남아요. 과연 내가 샤피로 남작을 어떻게 믿죠?"

여기까지 말한 뒤 샤늘루루는 숨을 한 번 훅 들이쉬었다. 그다음 빠르게 쏘아붙였다.

"샤피로 남작의 주장대로라면, 남작은 태양교와 헬 하운드를 물리치고 이클립스마저 쫓아낼 수 있는 어마어마한 능력자잖아요? 그런 초인이 뭐가 아쉬워서 저를 여황제로 옹립하겠다는 거죠? 그만한 능력자라면 쿠데타를 일으켜서 스스로 황제가 될 수도 있잖아요. 안 그래요?"

샤늘루루는 냉소적인 표정으로 샤피로를 노려보았다. '내가 너를 어찌 믿으랴?' 라는 속마음이 샤늘루루의 얼굴에 그대로 드러났다.

샤피로는 말없이 소매를 걷어 팔뚝을 드러냈다.

샤피로의 오른쪽 어깨 아래.

노란 빛깔의 동심원 문신이 박혀 있는 모습이 보였다. 매의 눈처럼 보이는 동심원 문신은 색이 희미해 잘 드러나지 않았다.

하지만 샤늘루루의 눈에는 너무나 또렷하게 들어왔다.

"앗! 그 문신은!"

샤늘루루는 자신도 모르게 손으로 입을 막았다.

"이제 저를 믿으시겠지요?"

샤피로가 옷소매를 다시 내리면서 물었다.

"아아아!"

샤피로를 바라보는 샤늘루루의 눈이 폭풍을 만난 듯 뒤흔들렸다.

Chapter 4

샤늘루루 공주는 깊은 밤이 되어서야 황궁으로 돌아갔다.

호위는 따로 붙이지 않았다. 샤늘루루는 샤피로와의 관계가 주변에 알려지는 것을 원치 않았다.

대신 샤피로는 뼈다귀로 만든 조그만 박쥐 한 마리를 공주에게 붙여 주었다. 만약 샤늘루루에게 불상사가 발생하면 이 박쥐가 샤피로에게 연락을 할 것이다. 그것이 아니더라도, 앞으로 이 박쥐를 통해서 샤늘루루와 의사 전달을 할 수 있다.

샤늘루루가 떠난 뒤 핌스턴과 샤피로는 푸줏간으로 향했다.

어느새 시간은 12시가 훌쩍 넘어 새벽 3시를 가리켰다.

"샤피로, 넌 이제 죽었다. 세미르와 걸터가 생일상을 차려 놓고 목이 빠지게 기다리고 있을 텐데, 12시가 지났으니 이미 생일도 끝난 것 아냐."

핌스턴이 엄포를 놓았다.

샤피로는 머리를 긁적였다.

"그러게요. 너무 늦어서 죄송하네요."

두 사람이 핌스턴 푸줏간에 도착했을 때 네크로맨서들은 벌겋게 핏발이 선 눈으로 식탁에 앉아 있었다. 걸터는 머리에 고깔을 썼고, 세미르는 광대 복장을 했다. 오직 누보 스승만이 정상적인 차림이었다.

"어이쿠! 여태 기다리셨어요?"

샤피로가 황급히 가게 안으로 들어왔다.

"주인공이 이제야 왔네."

걸터가 무표정하게 손을 뻗었다. 그는 식탁 위의 도롱뇽 시체를 붙잡아 그 입 안에 숨을 크게 불어넣었다.

삐익!

꼬리가 돌돌 말린 도롱뇽 시체가 요란한 소리를 냈다. 그러면서 말린 꼬리를 일직선으로 쫙 펼쳤다.

세미르는 식칼을 높이 들었다가 탕! 내리쳤다.

속을 빵빵하게 채운 칠면조가 세미르의 칼질에 두 토막 났다. 칠면조 뱃속에서 튀어나온 것은 뾰족뾰족하게 가시가 돋은 뼈 뭉치들이었다.

어른 손가락만 한 크기의 뼈 뭉치들은 식탁 위로 탁 튀어오르더니 뼈뼈벙! 폭발했다. 식탁 위에서 작은 불꽃놀이가 펼쳐졌다.

불꽃놀이는 예상 외로 시간도 길고 화려했다. 요란한 폭음과 함께 불꽃이 팍팍 튀었다.

걸터가 거듭 숨을 불었다.

삐익! 삑! 삑!

도롱뇽 시체가 꼬리를 말았다 폈다를 반복하며 나팔 소리를 냈다.

누보 스승은 둥근 금속 두 개를 잡아 맞부딪쳤다.

꽤애앵!

길게 울리는 종소리와 함께 세미르가 터뜨린 뼛조각들이 허공을 유영했다. 미세한 조각들은 샤피로 머리 위를 한 바퀴 선회한 다음, 식탁 위 1미터 높이에 헤쳐모여 하나의 글씨를 형성했다.

샤피로, 생일 축하해!

허공에 쓰인 글씨는 다음과 같았다.

"스승님! 세미르 사형, 걸터 사형!"

샤피로는 감격한 얼굴로 네크로맨서들을 돌아보았다.

걸터가 무표정하게 한 번 더 도롱뇽 나팔을 불었다.

삐이익!

도롱뇽 시체가 말린 꼬리를 있는 힘껏 펴면서 큰 소리를 냈다.

누보가 금속을 한 번 더 맞부딪쳤다.

요란한 소리와 함께 생일 축하 글씨가 후두둑 흩어졌다가 다시 헤쳐 모여 새로운 글씨를 만들었다.

근데 너 왜 이렇게 늦었어?

"스승님!"

샤피로가 땀을 삐질 흘렸다.

누보는 무표정하게 한 번 더 금속을 부딪쳤다.

뼛조각들이 새로운 글씨를 형성했다.

우리가 밤새 기다렸잖아.

"스승님, 죄송해요."

샤피로가 울상을 지었다.

네크로맨서들이 화가 날 만도 했다. 그들이 샤피로의 생일상을 멋지게 차려 주려고 얼마나 노력했던가? 무려 열흘 전부터 온갖 아이디어를 짜내서 폭죽도 만들고 나팔도 만들고 허공에 글씨도 새겼다.

세미르는 어제 새벽부터 도축장에 나가서 질 좋은 고기를 받아 왔고, 오후 내내 고기를 구웠다. 걸터는 고기가 맛있게 익도록 부채질을 했다. 귀여운 막내 샤피로를 위해서 온갖 정성을 들인 것이다.

그런데 아무리 기다려도 주인공이 오지 않는다.

주인공을 데려오기로 한 핌스턴도 감감 무소식이다.

그렇다고 네크로맨서들이 샤피로의 저택에 직접 찾아가 볼 수도 없었다. 귀족이 되어 황궁 출입을 하는 샤피로에게 피해가 갈까 봐 근처에 가지도 못하고 발만 동동 굴렀다.

네크로맨서들이 기다리는 중에도 시간은 계속 흘렀다.

세미르는 늦은 밤까지 푸줏간을 가득 메운 손님들 때문에 짜증이 났다.

"오늘 장사 끝났소."

세미르가 주방에서 나와 가게 문을 닫으려고 했다.

"아니, 뭐가 이렇게 일찍 끝나?"

손님 가운데 한 명이 따졌다.

"그거야 주인장 마음이지. 장사 끝났으니까 다들 나가쇼."

세미르는 손가락으로 가게 밖을 가리켰다.

술 취한 손님들이 거칠게 항의했다.

"뭐가 주인장 마음이야? 우린 못 나가. 여기서 밤새도록 고기도 더 먹고, 술도 더 먹을 거야."

"그래. 손님이 왕이잖아. 네가 뭔데 우리더러 나가라고 해?"

화가 난 세미르가 네모난 식칼을 움켜잡았다.

"이런 썅! 오늘 장사 끝났다니까! 나가! 다 나가!"

세미르는 손님들을 향해 무식하게 식칼을 휘둘렀다.

"우왁! 주방장이 미쳤다."

"사람 살려!"

흉악한 인상의 세미르가 칼을 들고 발광을 하자 손님들이 다 놀라서 도망을 갔다. 물론 음식 값도 제대로 내지 않았다.

"주인이 나가라고 하면 나갈 것이지, 웬 지랄들이야!"

세미르는 푸줏간 문 앞에서 식칼을 들고 씩씩거렸다.

종업원들이 세미르의 눈치를 살피다가 우르르 퇴근했다.

누보가 네크로맨서들을 달랬다.

"자자, 진정해라. 샤피로는 곧 올 거야. 아마도 오늘따라 퇴궐이 늦나 보지. 이제 곧 올 테니까 우리끼리라도 파티 준비를 하자."

"네, 누보 님."

걸터는 고깔모자를 쓰고 식탁 오른편에 앉았다. 식탁 위에는 걸터가 지난 열흘간 정성껏 만든 도롱뇽 나팔을 올려 놓았다.

세미르는 광대 분장을 하고 왼편에 착석했다. 뱃속에 뼈 폭죽을 숨긴 칠면조도 식탁 위에 올렸다. 각종 음식도 떡 벌어지게 차려 놓았다.

누보는 식탁 중앙을 차지했다.

그때가 밤 11시 30분이었다.

자정이 되자 종탑에서 종이 울렸다. 열두 번의 종소리가 울리도록 샤피로는 나타나지 않았다. 핌스턴도 코빼기를 비치지 않았다.

자정이 넘었으니 생일은 이미 지났다.

"쳇! 이게 뭐야."

걸터가 맥 빠진 소리를 냈다.

"크우우!"

세미르의 얼굴은 한층 더 험상궂게 변했다. 남들이 보면 세미르가 폭력을 휘두르기 직전 상태 같아 보이지만, 사실 세미르가 이런 표정을 지을 때는 울음을 꾹 참는 중이라는 사실을 네크로맨서들은 잘 알았다.

자정이 지나 1시가 되었다. 네크로맨서들도 오기가 발동했다.

"너희들은 피곤하면 들어가서 자라. 난 끝까지 샤피로를 기다리마."

누보가 잇새로 이렇게 뇌까렸다.

"누보 님, 저도 기다리렵니다."

걸터가 말을 받았다.

세미르도 포기하지 않았다.

"남자가 칼을 뽑았으니 끝을 봐야죠."

새벽 2시가 되었다. 종소리가 뎅! 뎅! 두 번 울렸다.

걸터가 고기 뒤집던 뾰족한 송곳으로 손톱을 슥슥 다듬었다. 그러면서 으스스하게 읊조렸다.

"남편이 외박을 하고 늦게 들어오면 아내들이 히스테리를 막 부리잖아. 난 이제 그 여자들의 심정을 알 것 같아."

세미르가 네모난 식칼을 높이 들었다가 쾅 내리쳤다. 멀쩡한 도마가 반으로 썽둥 잘렸다.

시간이 더 흘러 종이 다시 울렸다.

뎅! 뎅! 데에엥!

새벽 3시.

누보의 얼굴이 푸들푸들 경련을 일으켰다. 이제 그의 인내심에도 한계에 달했다. 걸터와 세미르는 말할 것도 없었다.

네크로맨서들이 막 발작을 하려고 할 때 핌스턴과 샤피로가 나타났다.

"어이쿠! 여태 기다리셨어요?"

샤피로가 머리를 긁적이며 가게 안으로 들어섰다.

'뭐? 여태 기다리셨어요?'

누보의 이마에 핏줄이 빠직 돋았다.

걸터는 어금니를 꽉 물었다.

세미르는 콧구멍을 벌름거렸다.

이대로 있다가는 샤피로에게 욕을 퍼부을 것 같았다. 걸터는 초인적인 인내심을 발휘해서 욕을 참고는, 부들부들 떨리는 손으로 도롱농을 붙잡아 힘껏 불었다. 삐익! 소리가 걸터의 한을 담아 울렸다.

세미르는 식칼을 번쩍 들어 칠면조를 내리찍었다. 칠면조의 배가 쩍 갈리며 핏물이 튀었다. 뼈의 폭죽이 허공에 솟구쳤다.

퍼펑! 퍼퍼펑! 퍼퍼퍼펑!

화려한 불꽃놀이가 파티의 시작을 알렸다.

샤피로의 뒤늦은 생일파티는 그렇게 싸늘하게 시작되었다.

처음에 툴툴거리던 걸터와 세미르도 시간이 지나면서 화가 풀렸다. 네크로맨서들은 스켈레톤 하인들의 시중을 받

으며 부어라 마셔라 새벽까지 음주가무를 즐겼다. 핌스턴
이 노래를 부르자 스켈레톤 다섯 구가 일렬로 늘어섰다. 뼈
만 남은 스켈레톤들이 노래에 맞춰 골반을 좌우로 튕기는
모습이 참으로 가관이었다.

"꺄하하하!"

걸터가 눈물을 흘리며 웃었다.

다들 박수를 치며 좋아했다.

"끄으응! 난 더 이상 못 마셔! 죽어도 못 마신다고오오~"

창문 너머 먼동이 트고 수탉이 지붕 위에서 목청을 뽐낼
즈음, 술에 불콰하게 취한 핌스턴이 가장 먼저 나가떨어졌
다.

뒤이어 세미르가 앉은 자세 그대로 뒤로 넘어갔다.

끝까지 버티던 걸터도 꾸벅꾸벅 졸다가 식탁에 머리를
처박았다.

샤피로는 멀쩡했다. 몸이 약한(?) 샤피로를 위해 다른 네
크로맨서들이 술을 대신 마셔 준 덕분이었다.

누보도 취하지 않았다. 네크로맨서들 가운데 감히 누보
에게 술을 먹일 만큼 간이 부은 사람은 없었다.

"스승님, 피곤하실 텐데 이제 그만 들어가서 쉬시죠?"

샤피로가 정중하게 권했다.

누보는 "오냐, 알았다."라고 중얼거리더니, 품을 뒤져서
조그만 나무 상자 하나를 꺼냈다.

"옛다."

누보가 던진 나무 상자가 샤피로의 손에 톡 떨어졌다.

샤피로는 고개를 갸웃했다.

"이게 뭡니까?"

"뭐긴 뭐냐. 네 생일 선물이지. 험험!"

누보가 헛기침을 했다. 마른 헛기침은 누보가 민망함을 감추기 위해 습관적으로 하는 행동이었다.

"생일 선물이요?"

누군가에게 생일 선물을 받아 보긴 처음이었다. 샤피로는 가슴 한 구석이 뭉클했다.

누보가 손을 휘휘 저으며 자리를 떴다.

"별거 아니니까 나중에 풀어 봐라. 그리고 혹시나 싶어서 하는 말인데, 저 녀석들에게는 입도 뻥긋해서는 안 된다. 알았지?"

"네, 스승님. 고맙습니다."

샤피로는 누보를 향해 고개를 꾸벅 숙였다.

Chapter 5

짙은 갈색으로 번들거리는 나무 상자는 가로 10센티미터 세로 10센티미터에 높이도 그와 비슷했다.

누보에게 처음 이 상자를 받았을 때부터 샤피로의 가슴은 두근두근 뛰었다.

긴장을 해서 그런 것이 아니었다. 샤피로의 가슴에 박힌 푸른 해골 문신들! 그 문신들이 이빨을 딱딱 맞부딪치며 요동을 쳤다.

이 문신들의 정체는 쥬퍼!

100개의 해골을 꿰어서 만든 목걸이 쥬퍼는 저 유명한 네크로맨서 탈라히의 유품이었다. 탈라히는 네크로맨서 사상 유일하게 레벨 15의 경지에 오른 절대자로, 모든 네크로맨서들의 추앙을 받는 영웅이었다.

그 탈라히가 세상에 남긴 유품은 모두 네 가지!

3개의 보석이 박힌 신비의 반지, 리암!

탈라히 본인의 정강이뼈를 뽑아서 만든 칼, 어멘스!

100개의 해골을 꿰어서 만든 목걸이, 쥬퍼!

붉은 쇠로 만든 종, 키키로!

네크로맨서들은 이상 네 가지 보물을 일컬어 위대한 탈라히 세트(Great Talahi Set)라 불렀다.

샤피로는 탈라히 세트 가운데 쥬퍼의 주인이었는데, 그 쥬퍼의 해골들이 나무 상자와 접촉한 순간부터 마구 요동을 쳤다.

"설마……."

샤피로는 혹시나 하는 마음으로 나무 상자를 열었다.

갈색 뚜껑을 열자 그 안에서 검은 연기가 뭉쳐 있는 모습이 보였다.

"이게 뭐지?"

샤피로는 잠시 망설였다. 저 연기의 정체도 모르는데 덥석 손을 넣을 수는 없었다.

그러자 푸른 해골들이 난리법석을 떨었다.

딱딱! 딱딱딱! 따따따딱!

15개의 해골이 이빨을 맞부딪치며 푸른 안광을 쏟아내자 정신이 쏙 빠졌다.

"알았다, 알았어."

샤피로는 나무 상자에 엄지와 검지를 넣었다.

검은 연기를 뚫고 들어간 샤피로의 손가락이 상자 안을 휘저었다.

안에서 무언가 딱딱한 것이 만져졌다. 촉감은 매끄러운 대리석 같았고, 크기는 달걀 정도였다.

샤피로는 엄지와 검지로 상자 안의 물건을 꺼냈다.

검은 연기가 물건과 함께 딸려왔다. 이 연기 때문에 물건의 정체를 제대로 파악할 수 없었다. 샤피로는 물건을 손바닥 위에 올려놓고 살살 더듬었다. 시커먼 연기가 샤피로의 손바닥 위에서 뭉실뭉실 뭉쳐 다녔다.

"타원형에 둥그스름한걸!"

형태는 확실히 달걀과 비슷했다.

"그리고 서늘해."

온도는 차가웠다.

촉감은 매끌매끌했다.

"대체 이게 뭐지?"

샤피로가 고개를 갸웃거리는 동안 물체가 샤피로의 손바닥 위에서 뱅글뱅글 돌았다.

"어라? 이게 저절로 움직이네?"

샤피로는 물체를 두 손으로 떠받치고는 얼굴을 가까이 접근시켰다.

샤피로의 가슴에 박힌 해골 문신들이 더 시끄럽게 딱딱거렸다. 그러다 달걀처럼 생긴 물체가 가까이 다가오자 15개의 해골들이 일제히 푸른빛을 내뿜었다.

쭈주중—!

해골의 두 눈에서 일직선으로 쏘아진 푸른빛 30가닥이 샤피로가 움켜쥔 물체를 동시에 강타했다.

그러자 놀라운 일이 발생했다. 물체를 감싼 검은 연기가 푸른빛에 스르륵 녹아 없어졌다. 검은 연기 안에서 둥그런 알이 하나 나왔다.

"역시 알이었구나."

샤피로의 짐작이 맞았다.

알의 색깔은 피를 머금은 듯 붉었다. 알 중앙엔 가느다란 실금이 일자로 쭉 그어져 있었는데, 푸른빛이 그 실금 안으로 스며들었다.

해골들이 쏘아내는 빛이 이 알을 여는 열쇠인 모양이었다. 빛이 스며들자 실금이 천천히 벌어졌다. 그러곤 그 실금 안에서 물컹하고 기분 나쁜 것이 흘러나왔다.

젤리처럼 보이는 이 선홍빛 덩어리는 사람의 혀를 닮았다. 알이 혀를 쑥 내민 모습이 보기에 기괴했다.

"알에서 혀가 나온다고? 거참!"

샤피로는 거듭 고개를 갸웃거렸다.

샤피로가 지켜보는 가운데 혀가 위아래로 날름날름 움직였다.

"이건 또 뭐야? 더럽게 움직이잖아."

날름날름! 찹찹찹!

알에서 불쑥 튀어나온 혓바닥이 샤피로의 손바닥을 쭉쭉 핥았다. 그러면서 알이 샤피로의 손바닥 위를 데굴데굴 굴러다녔다. 덕분에 혓바닥은 샤피로의 손바닥 전체를 구석구석 핥을 수 있었다.

마치 애완견이 주인의 손바닥을 핥는 것처럼 정성스럽게.

빠진 곳 없이 구석구석.

"허어!"

샤피로는 어이가 없었다. 이 괴상한 것이 손을 핥는 것도 이상했고, 그 혓바닥에서 주르륵 흐르는 침 같은 액체도 기분이 나빴다.

그래도 가만히 참고 기다렸다.

'이렇게 손을 핥는 행위가 주인을 인식하는 절차가 아닐까?'

샤피로는 문득 이런 생각을 했다.

마침내 핥는 행동이 끝이 났다. 알이 손바닥 위에서 발딱 일어섰다.

"응?"

샤피로가 눈을 살짝 좁혔다.

자세히 보니 무언가 변했다. 계란처럼 둥그렇던 알의 표면이 거북이 등껍질처럼 울퉁불퉁하게 변했고, 알의 위쪽은 좀 더 뾰족해졌으며 밑바닥은 좀 더 뭉툭해져서 전체적으로 종 모양을 갖추었다.

대리석 같던 알의 표면도 어느새 거칠게 부풀어 올라 녹슨 쇠의 느낌이 났다.

무엇보다 혓바닥이 사라진 것이 신기했다. 실금도 찾아볼 수 없었다.

"이제 종으로 변했나?"

샤피로는 종 모양의 알을 손에 쥐고 흔들었다.

―데엥!

종 치는 소리가 났다.

한데 종소리가 귀로 들리지 않았다. 샤피로의 뇌 속에서 울렸을 뿐이다.

샤피로는 한 번 더 종을 흔들었다.

—데에엥!

이번에도 뇌 안에서만 울림이 발생했다. 공기를 울리는 음파는 전혀 생기지 않았다. 귀로는 이 종소리를 들을 수 없다는 뜻이었다.

"거참 희한하네. 뇌로 직접 울리는 종소리라니, 이건 마치 불의 마법사들이 뇌파로 대화하는 것 같잖아."

샤피로는 한 번 더 종을 쳐보았다.

—데에에에엥!

이번엔 좀 더 큰 파동이 울렸다. 그 파동이 샤피로의 뇌에서 출발해 목을 타고 가슴으로 내려왔다.

쥬퍼의 해골들이 아가리를 쩍 벌렸다.

지금까지 샤피로가 깨운 해골이 15개.

총 100개의 해골로 만들어진 쥬퍼인데, 딱 15개만 활성화되고 나머지 해골들은 피부 속에 숨어 겉으로 나타난 적이 없었다.

그런데 이 희한한 종이 잠들어 있던 해골들을 깨웠다.

쭈웅!

멀쩡하던 피부에 푸른 해골 문신이 올라오더니 푸른 안광을 일직선으로 내뿜었다. 이제 깨어난 해골은 16개가 되었다.

한 번 활성화를 시작하자 연쇄반응이 일어났다.

쭈웅! 쭈웅! 쭈웅!

샤피로의 가슴에서 해골들이 연달아 깨어났다. 새로 등
장한 해골들은 입을 쩍 벌려 기지개를 대신하더니, 자신들
의 존재감을 자랑이라도 하듯 푸른 안광을 마구 뿜었다.

쭝! 쭝! 쭈주중! 쭝! 쭝!

19개였던 해골이 27개, 36개, 43개로 마구 늘었다. 푸
른 해골들은 샤피로의 가슴팍에 일렬로 늘어서서 푸른 광
채를 발산했는데, 그 모습이 마치 알이 굵은 블루 다이아몬
드 목걸이를 착용한 것 같았다.

해골들이 6개씩 늘어날 때마다 샤피로의 몸속에 흐르는
음차원의 마나는 2배씩 증폭되었다. 처음 15개였던 해골이
45개로 늘어난 순간, 샤피로가 보유한 음차원의 마나는 2
의 5승, 즉 32배로 불어났다.

Chapter 6

말이 쉬워 32배이지, 이건 어마어마한 결과였다. 1년 동
안 마나를 모은 초보 네크로맨서와 32년 동안 단 1초도 쉬
지 않고 마나를 모은 네크로맨서를 비교할 수 없듯이, 10
분 전의 샤피로와 지금의 샤피로는 비교도 할 수 없었다.

그 와중에도 해골들은 계속 활성화되었다.

쭈중! 쭈주주주중!

연달아 빛이 쏘아졌다. 45개였던 해골은 이제 54개, 63 개로 늘었다.

쭈주주중!

그다음은 70개를 돌파해서 74개에 도달했다. 그리고 마침내 75번째 해골에 푸른 불이 들어왔다.

다시 30개가 늘었으니 32 곱하기 32다. 샤피로가 보유한 음차원의 마나는 단숨에 1,024배로 증폭되었다.

이렇게 단숨에 마나가 1,000배 넘게 증폭하면 마나홀이 붕괴하고 온몸이 산산이 터져 버리는 것이 정상. 그 어떤 마법사도 신체 붕괴를 피할 수 없을 것이다.

그러나 샤피로에게는 신체 붕괴 사태가 벌어지지 않았다. 쥬퍼의 해골 하나하나가 음차원의 마나를 나눠서 보유한 덕분이었다. 마나를 잔뜩 머금은 해골들은 푸른색 대신 검푸른 빛깔을 띠었다.

그 해골들이 각자 역할을 분담했다.

이것이 쥬퍼의 진정한 위력이었다. 각 해골들이 독립적인 흑마법사가 되어 각자 캐스팅을 하고, 각자 마나를 운용하고, 그렇게 모인 마나와 캐스팅을 통합해서 거대한 마법진을 구성하는 것!

이것이 바로 쥬퍼의 위대한 기능이었다.

앞으로 샤피로가 주문을 한 번 외우면 흑마법사 76명이 한꺼번에 주문을 외우는 중첩 효과가 발생할 것이다. 샤피로가 마나를 일으키면 일반 네크로맨서보다 1,000배나 많은 음차원의 마나가 유동할 것이다.

"아아아!"

상상도 할 수 없는 이 엄청난 변화에 샤피로는 가늘게 몸을 떨었다.

변화는 여기서 끝나지 않았다.

알에서 변태한 붉은 종이 쥬퍼의 해골들을 활성화시킨 것처럼, 이번엔 75개의 해골들이 붉은 종을 변화시켰다.

쭈왕—!

75개의 해골이 동시다발로 내뿜은 150개의 광선이 붉은 종을 강타했다. 붉은 종 모양의 덩어리는 푸른 광선에 노출되면서 부글부글 녹기 시작했다.

붉은 종이 해골들이 쏘는 광선에 노출된 것은 지금이 처음이 아니었다. 하지만 75개나 되는 해골들이 내뿜는 광선의 에너지는 조금 전과는 비교도 할 수 없이 강렬했다. 그 엄청난 에너지가 종의 용융점을 넘겼다.

종의 표면에서 지글지글 거품이 일었다. 그 거품이 샤피로의 손바닥으로 스며들었다. 눈 깜짝할 사이에 주르륵 녹아 버린 종은 샤피로의 오른손 손바닥 안에 파고들어 문신처럼 자리를 잡았다.

샤피로는 자신의 손바닥에 새겨진 종 문신을 들여다보았다.

가슴팍의 해골 문신들이 딱딱딱 이빨을 맞부딪쳤다. 샤피로는 오른손을 가슴에 가까이 가져갔다.

해골들이 쏘아내는 푸른 광선 150가닥이 손바닥 속의 종을 때렸다.

문신에 불과한 종이 어마어마한 울림을 만들어 냈다.

―두와아앙!

종소리도 아까와는 완전히 달라졌다. 그 큰 울림이 샤피로의 신체를 타고 땅바닥으로 내려와 지하 수십 미터까지 뒤흔들었다.

지맥이 뒤틀렸다. 음과 양의 균형이 깨지면서 파동이 닿은 지역 전체가 음차원의 세계로 변해 버렸다.

음차원의 세계!

혹은 네거티브 필드(Negative Field)!

단 한 점의 양의 기운도 없이 오로지 음의 기운만 가득 찬 곳이 바로 이 세계다. 네거티브 필드 안에서 언데드는 쓰러지지 않는다. 지속적으로 에너지를 공급받기 때문이다. 재생력도 어마어마하게 올라간다. 뼈가 부러진 스켈레톤은 눈 깜짝할 사이에 다시 뼈가 붙을 것이고, 팔이 잘린 구울의 어깨에선 새 팔뚝이 돋아날 것이다.

먼 옛날, 위대한 네크로맨서 탈라히는 이 엄청난 마법으로 적들을 절망에 빠트렸다. 탈라히가 소환한 스켈레톤은 부수고 또 부숴도 끊임없이 다시 일어났다. 탈라히가 부리는 데스나이트(Death Knight: 죽음의 기사)들은 세상 그 무엇으로도 파괴되지 않았다. 심지어 언데드 일족과는 상극인 화염도 통하지 않았다. 데스나이트의 신체가 불에 타서 부서지는 속도보다 재생되는 속도가 더 빠르기 때문이다.

"어디 한 번 더!"

샤피로는 한 번 더 종을 울렸다.

샤피로의 가슴에 박힌 75개의 해골들이 일제히 광선을 쏘았다. 그 광선이 붉은 종을 때려 귀로 들을 수 없는 소리를 만들었다.

—두와아아앙!

이번 굉음은 더 멀리 퍼져 나갔다. 핌스턴 푸줏간을 중심으로 반경 100미터 영역이 파동에 휩싸여 우르르 진동했다.

파동은 수평 방향으로만 퍼지지 않았다. 수직 방향, 즉 땅 밑과 하늘 위로도 둥그렇게 퍼졌다.

반경 100미터에 달하는 음차원의 세계가 샤피로를 중심으로 둥글게 형성되었다. 네거티브 필드가 형성되면서 그 안의 생명체들이 영향을 받았다.

산 사람들은 악영향을 받았다. 쿨쿨 숙면을 취하던 사람들이 악몽을 꾸고 식은땀을 흘렸다. 몸이 약한 사람들은 자다가 깨어 구토를 했다. 어린아이들과 노인들은 코피를 쏟았다.

반면 음차원의 권속들은 환호했다.

땅 속 시체들이 꿈틀꿈틀 몸을 떨었다. 오래전에 파묻힌 고대 생물의 뼈다귀들이 달그락달그락 소리를 내었다. 그들은 네크로맨서의 왕, 모든 권속들의 주인인 샤피로를 향해 충성의 경배를 올렸다.

핌스턴 푸줏간의 네크로맨서들도 네거티브 필드의 영향을 받았다.

"으으음, 뭐지? 햐아, 기분 좋네. 음냐음냐."

핌스턴은 술에 취해 쿨쿨 잠을 자다가 기분 좋은 오르가즘을 느꼈다. 갑자기 몸속 마나가 활성화된 덕분이었다.

갑작스러운 마나의 활성화는 핌스턴의 신체에 이상 작동을 일으켰다.

자다가 몽정을 한 것.

이건 참으로 오랜만의 일이었다. 피 끓는 사춘기 시절을 제외하면 핌스턴은 단 한 번도 몽정을 한 적이 없었다.

물론 술에 취해 떡이 된 핌스턴이 지금 자신의 바지를 더럽혔다는 사실을 깨달을 리 없었다. 그저 내일 아침이 걱정될 뿐이었다.

걸터의 신세도 핌스턴과 마찬가지였다. 걸터는 드르렁 드르렁 코를 골다가 갑자기 기분 좋은 느낌에 부르르 몸서리를 쳤다. 그다음 사타구니를 긁적이며 다시 잠을 잤다. 그의 속옷이 축축하게 젖어들었다.

세미르도 예외일 수 없었다.

하지만 세미르는 핌스턴이나 걸터처럼 둔하지 않았다.

"헉!"

세미르가 잠에서 깨어 벌떡 일어났다. 그러곤 뭔지 모를 불쾌한 느낌에 팬티 속에 손을 넣어보았다.

"억!"

세미르의 입에서 절로 비명 소리가 났다.

"이런 미친놈! 이 나이에 이 무슨 망측한 실수를 한단 말인가!"

당황한 세미르는 주위를 둘러보았다.

다행히 주변에 인기척이 없었다. 세미르는 누구에게 들킬까 두려워 서둘러 욕실로 달려갔다. 남들이 눈치채기 전에 재빨리 속옷을 빨고 목욕을 할 요량이었다.

오직 누보만이 욕을 보지 않았다.

—두아아아앙!

침대에 누워서 잠을 청하던 누보는 뇌를 울리는 종소리에 놀라 벌떡 일어났다. 그다음 샤피로의 방을 향해 털썩 무릎을 꿇었다.

"오오오! 이렇게 빨리 해내다니! 탈라히 님의 유품을 선물로 주고도 내가 믿기지가 않는구나! 악마의 종 키키로를 이렇게 빨리 깨우다니, 역시 샤피로다. 역시 샤피로야! 크흐흑!"

누보는 뜨겁게 눈물을 흘렸다. 그동안 불의 마법사들에게 핍박을 받았던 설움이 늙은 네크로맨서의 뇌리를 스치고 지나갔다. 과거의 억울함을 떠올리는 것만으로도 누보의 주름진 눈가에선 눈물이 펑펑 쏟아졌다.

—두와아앙!

누보의 머릿속에 한 번 더 종소리가 울렸다.

"오오오! 우렁차기도 하지! 크흐흑!"

누보는 울다가 다시 웃었고, 웃다가 다시 울었다. 나중엔 눈물과 콧물이 하나로 뒤섞여서 분간할 수가 없었다. 누보는 노망난 늙은이처럼 엉엉 울었다.

누구는 수십 년 만에 속옷을 더럽히고, 누구는 수십 년 만에 펑펑 울고. 참으로 여러 사람 미치게 만드는 밤이었다.

제5화
태양교의 사제단

Chapter 1

이른 아침에 일단의 무리가 몬순 황궁에 발을 들였다.

6명씩 두 줄.

총 12명의 사제들이었다.

금장식이 달린 순백의 로브를 걸친 사제들은 얼굴을 분간할 수가 없었다. 콧날까지 깊게 덮인 로브 때문이었다. 설령 로브가 아니더라도, 금빛 가면으로 눈 주변을 가리고 있어서 얼굴 구분은 불가능했다.

정체불명의 사제들이 접근하자 선임 경비병이 접근을 제지했다.

"멈춰라!"

사제들은 경비병의 말을 듣지 않았다. 발걸음 옮기는 속도가 그대로였다.

"이자들을 막앗!"

무시당했다고 느꼈을까? 선임 경비병이 신경질적으로 소리쳤다.

"모두 멈춰라."

우르르 달려온 경비병 6명이 창을 들어 사제들에게 겨눴다.

사제들은 여전히 속도를 줄이지 않았다.

"멈추지 않으면 가만두지 않는다!"

선임 경비병이 한 번 더 경고했다.

그즈음 사제들은 성문 5미터 앞까지 접근했다.

"이익!"

선임 경비병의 얼굴이 고약하게 일그러졌다. 평화로운 시기라면 모를까, 요새처럼 정국이 어수선한 때라면 수상한 놈들 몇 명쯤은 즉결처분해도 아무런 문제가 없었다.

"말을 듣지 않으니 무력행사를 할 수밖에. 모두 나서서 저자들을 제압해라."

말은 제압하라고 했지만 사실은 창으로 찔러 죽이라는 뜻이었다. 선임 경비병이 먼저 뛰쳐나가 창을 쭉 뻗었다.

황궁의 경비병답게 그 속도가 바람처럼 빠르고 정확했다.

뒤따라온 후임병들도 창을 곧게 찔렀다. 창날이 꿈틀거리린다 싶은 순간, 창끝은 이미 사제들의 심장을 찌르는 중이었다.

후웅—

대지에 한 줄기 바람이 불었다.

이열종대로 줄 맞춰 걸어오던 12명의 사제들은 열기를 동반한 한 줄기 바람이 되어 경비병들을 스쳐 지나갔다.

사람이 바람을 붙잡을 수 없는 것처럼, 경비병들도 "어? 어?" 하는 사이에 사제들을 놓쳤다. 그저 한 줄기 뜨거운 바람이 얼굴을 훅 훑고 지나갔다고 느꼈을 뿐이다.

털썩!

선임 경비병이 무너지듯 주저앉았다.

후임병 6명도 털썩 털썩 쓰러졌다.

그들 7명의 몸에 불이 붙어 화르륵 타올랐다. 몸이 산 채로 불타는 고통에 선임 경비병이 비명을 지르려고 했다.

목소리가 나오지 않았다.

떼굴떼굴 굴러 몸에 붙은 불을 끄려고 해도 몸을 움직일 수 없었다.

뇌와 근육을 연결하는 신경이 먼저 타 버린 탓이었다.

"끄어억!"

선임 경비병은 몸에 불이 붙은 채로 두 눈을 부릅떴다.

그 눈에 무시무시한 광경이 보였다.

두께 50센티미터에 높이 3미터나 되는 두꺼운 원목으로 만든 황궁 성문이 지글지글 녹아 버리는 끔찍한 광경!

나무가 불에 탈 수는 있다.

하지만 저렇게 강한 아지랑이를 일이키면서 녹아 버리는 광경은 난생처음 보았다.

스르륵 녹아서 구멍이 뻥 뚫린 성문 안으로 12명의 사제들이 들어갔다.

이열종대.

사제들은 열 하나 흐트러지지 않은 상태 그대로 황궁에 입성했다.

그 무렵 사제들에게 창을 겨눴던 경비병들은 시커먼 잿더미로 변해 있었다.

몬순 제국의 황궁은 입이 딱 벌어질 정도로 규모가 컸다. 외곽 성문을 통과하고도 중간 성문을 5개나 더 지나야 비로소 내성에 들어올 수 있고, 그 내성 안에도 높은 성벽이 몇 겹이나 둘러쳐져 있었다.

이 가운데 중앙 건물이 황제의 거처였다. 지금 이 건물 안에선 의식을 잃고 쓰러진 황제가 죽을 날을 기다리는 중이었다. 황제는 뛰어난 궁중마법사들의 치료 마법 덕분에 목숨을 연명하고 있었다. 하지만 이건 그저 죽을 날을 뒤로 미루는 것일 뿐, 황제가 다시 일어난다거나 의식을 되찾는 것은 불가능했다. 황제의 뇌는 이미 기능을 멈췄다.

내성 북쪽의 뾰족한 성탑군은 황태자가 차지했다. 황제가 병으로 쓰러지던 날, 황태자는 내성 성탑을 장악하고 병력을 끌어 모았다.

내성 동쪽의 화려한 궁전엔 삼황자의 파벌들이 모여들었다. 이곳은 원래 황제의 후궁들이 머물던 궁전이라 장식이 화려하고 경치가 좋았다. 삼황자는 취향과 딱 맞는 장소를 골라 자리를 잡고 후궁들을 내쫓았다.

한편 사황자의 파벌은 황궁 내성 서쪽의 위치스 홀(Witch's Hall: 마법사의 전당)에 자리를 잡았다. 사황자가 드래고니안 마법사들의 지지를 받는 터라 가능한 일이었다.

마지막으로 내성 남쪽의 대전!

이곳이 소리 없는 전쟁터가 되었다.

황태자는 황궁 내성 북쪽의 성탑!

삼황자는 동쪽의 궁전!

사황자는 서쪽의 위치스 홀!

이렇게 세 파벌이 각자 둥지를 틀고 남은 남쪽의 대전에선 중도파의 신하들이 입궐해서 하루 종일 파벌 싸움을 했다. 중도파 대신들은 칼 대신 혀로 싸웠다.

검이나 마법으로 싸우는 것보다 이 혀 싸움이 더 치열했다. 피 튀기는 토론에서 밀린 자는 반대파의 탄핵을 받아

참형을 당했다. 말로써 악랄하게 상대를 짓밟은 대신은 퇴궐하다가 암살을 당했다. 3명의 황자 사이에서 교묘하게 줄타기를 하며 눈치를 보는 대신들만이 이 치열한 싸움에서 살아남았다.

새 황제가 옹립되는 날, 그들은 중도파의 위치를 버리고 납작 엎드려 신임 황제의 발가락을 핥을 것이다.

오늘 샤피로는 남쪽의 대전으로 출근했다.

의외의 일이었다. 샤피로는 평소 위치스 홀로 출근해서 사황자의 곁에 머물렀다. 그러던 샤피로가 오랜만에 대전에 나왔다.

"여어, 샤피로 남작. 자네가 여긴 웬일인가?"

쪽 빠진 콧수염을 자랑하는 중년의 귀족 한 명이 샤피로에게 알은체를 했다.

알톤 백작!

황제의 정책을 입안하던 입심 좋은 문신으로, 중도파로 분류되는 인물이었다. 하지만 사실 알톤은 사황자와 은밀한 교감을 나누는 중이었다. 대전에서 말싸움을 하면서 중도파의 인물들을 은근히 사황자 편으로 끌어들이는 것이 알톤의 임무였다.

"알톤 백작님, 그동안 강녕하셨습니까?"

샤피로는 정중히 고개를 숙였다.

알톤이 다가와 샤피로의 어깨에 손을 척 얹었다.

알톤은 문신들 가운데 거목으로 꼽히는 백작.

샤피로는 고작 2년 전에 작위를 받은 남작.

이쯤 되면 알톤 백작이 샤피로를 거들떠도 보지 않는 것이 정상이지만, 샤피로를 대하는 알톤의 태도는 어딘지 무척 친근했다. 알톤은 샤피로가 사황자의 총애를 받는 최측근이라는 사실을 잘 알고 있었다.

"허허허, 의외의 장소에서 자네를 보니 반갑구먼. 그나저나 여긴 어쩐 일인가?"

"만날 분이 있어서요."

"여기 대전에서? 그게 누군가? 혹시 사황자님께서 새로 영입을 명령한 대상이 있는가?"

알톤이 속삭여 물었다.

"네."

샤피로는 살짝 고개를 끄덕였다. 사실 사황자의 명령 때문에 온 것은 아니지만, 이렇게 둘러대는 것이 편했다.

"그게 누군데?"

알톤은 집요했다.

'훗날 사황자 저하가 권력을 잡았을 때 문신들 가운데 최고 공신은 내가 되어야 해. 그런데 누굴 또 영입한다는 거지?'

이런 라이벌 의식이 알톤 백작의 눈빛을 통해 드러났다.

샤피로가 낮게 속삭였다.

"그리셤 백작님과 약속을 했습니다."

"그리셤이라고?"

알톤이 펄쩍 뛰었다.

그리셤은 황궁의 재정을 주무르던 재정대신 출신으로, 말을 교묘하게 잘하고 시세판단이 빠르기로 유명했다. 덕분에 70대를 바라보는 고령에도 이 피 터지는 황궁에서 밀려나지 않고 여전히 한 자리를 차지했다.

알톤이 빠르게 머리를 굴렸다.

'그리셤이 들어오면 내 위치가 불안해져. 안 돼!'

이렇게 판단한 알톤은 나직한 음성으로 그리셤을 깎아내렸다.

"그거 좋은 생각은 아닌 듯하이. 사황자 저하께서도 물론 생각하신 바가 있어서 그리셤 백작과 접촉하라 명하셨겠지만, 사실 그리셤은 위험인물이야. 그는 속을 알 수 없는 능구렁이일뿐더러, 비밀리에 황태자 파벌의 모런 공작과 왕래를 하고 있다네. 나는 그리셤 백작이 황태자 파벌의 숨겨진 인물이 아닌가 의심하고 있거든. 그런데 그런 위험인물을 우리 파벌에 끌어들였다가 자칫 내부의 정보가 밖으로 샐까 봐 두려우이. 뭐, 샤피로 자네가 어련히 알아서 판단할까마는. 험험!"

"백작님의 우려는 잘 알고 있습니다. 사황자 저하께서 얼마나 영민하신 분이신데 설마 그리셤과 같은 속을 알 수 없는 능구렁이와 손을 잡으시겠습니까? 다만 지금 계획하는 바가 있으셔서 그 능구렁이를 건드려 보는 것이지요."

"계획? 무슨 계획?"

알톤이 눈을 빛냈다.

샤피로는 주변을 휙 둘러보고는 속삭였다.

"사황자 저하께서 지금 뭔가 일을 꾸미고 계십니다. 알톤 백작님도 조만간 그 내용을 전해 듣게 되겠지만, 우선 이거 하나만 먼저 말씀드리겠습니다."

"그게 뭔가?"

"아마도 사황자 저하의 계획이 발동하는 순간 그리섬은 우리를 위해 이중첩자 노릇을 하게 될 겁니다."

"이중첩자라고?"

알톤 백작이 눈을 가늘게 좁혔다.

샤피로는 얼른 뒷말을 이었다.

"간단하게 설명 드리지요. 일단 그리섬을 우리 편으로 끌어들입니다."

"그리고?"

"그다음 그리섬에게 거짓 정보를 알려 주는 것이지요. 그러면 그 거짓 정보가 결국 황태자 파벌로 흘러들어가지 않겠습니까?"

"어엉? 그, 그렇겠지."

알톤은 이제 알겠다는 듯 빠르게 눈을 깜빡였다.

샤피로가 검지를 치켜들었다.

"그리섐을 통해 황태자 파벌에게 거짓 정보를 넘겨 주는 것! 이것이 바로 이번 작전의 핵심입니다."

"아아! 그렇군."

알톤이 무릎을 쳤다.

샤피로가 거듭 다짐을 받았다.

"그나저나 알톤 백작님, 제가 드린 이야기는 절대 비밀인 거 아시죠?"

"물론이지. 이 알톤을 뭐로 보는 건가? 난 입이 무겁다네."

알톤은 가슴을 탕탕 두드렸다.

"물론 저는 백작님을 믿습니다. 백작님, 그럼 저는 이만 가보겠습니다."

샤피로는 알톤에게 까딱 목례를 하고는 대전 안쪽으로 들어갔다.

"그래. 다음에 또 보세."

알톤은 샤피로의 등을 향해 손을 흔들었다. 그다음 주위를 휙 둘러보고는 어디론가 종종 걸음으로 사라졌다.

알톤이 사라지고 조금 뒤, 샤피로가 기둥 뒤에서 슬그머니 나타났다. 샤피로는 알톤이 사라진 방향을 눈으로 더듬다가 입가에 히죽 미소를 걸었다.

"드디어 걸렸구나, 알톤 백작. 이중첩자 노릇을 하게 되는 건 그리섐이 아니라 바로 너야."

샤피로는 어둠의 지배자.

언데드를 자유롭게 부리는 네크로맨서.

이곳 대전을 포함해서 황실 곳곳에 뼈로 만들어진 조그만 쥐들이 돌아다닌다는 사실을 아는 사람은 거의 없었다. 그 쥐들을 통해 샤피로가 정보를 모은다는 사실도 잘 알려지지 않았다.

지난 2년간 샤피로는 어둠의 권속들을 부려서 황실의 정보를 샅샅이 캐왔다.

'그리섐 백작이 모런 공작과 은밀히 선을 연결하고 있다.' 라는 알톤의 말은 사실이었다. 이건 샤피로가 이미 파악한 정보였다.

그리섐은 모런 공작과 한패고, 모런 공작은 황태자 파벌의 수장이었다. 결국 그리섐은 중도파로 위장한 황태자 파벌의 인물인 셈.

샤피로는 이 그리섐 백작을 이용할 생각이 없었다.

대신 그는 알톤 백작을 노렸다.

알톤은 사황자의 사람.

사황자는 이렇게 믿었다.

사황자의 측근들도 알톤을 전폭적으로 신뢰했다.

하지만 사실 알톤은 황태자와 뒷거래를 하는 사이였다. 이것은 샤피로의 언데드 권속들이 직접 캐낸 극비 정보였다.

샤피로는 알톤의 배신을 사황자에게 알리지 않았다. 그 누구에게도, 심지어 동료 네크로맨서들에게도 비밀로 했다.

'잘 숨겨 두고 있으면 언젠가 써먹을 때가 올 거야.'

샤피로는 이렇게 생각했다.

"그리고 바로 지금이 그때지."

대전 기둥 그늘 아래, 샤피로의 눈이 반짝 빛났다.

Chapter 2

후웅, 훙, 훙!

묵직한 목검이 바람 가르는 소리를 냈다. 목검으로 내려치기 1,000번을 마친 뒤 황태자는 숨을 몰아쉬었다.

"후와! 후아! 아 덥다."

몬순 제국의 황태자라면 일반 백성들은 감히 얼굴도 올려다보지 못할 황족 중의 황족이었다. 하지만 황태자는 털털하고 격이 없었으며, 성격도 시원시원했다. 부하들도 잘 챙겨서 철사자 기사단의 절대적인 지지를 받았다.

"저하, 어서 땀을 닦으시고 체온을 유지하시지요."

철갑옷을 입은 기사 한 명이 황태자에게 다가와 수건을

내밀었다. 또 다른 기사는 황태자에게 두툼한 털옷을 걸쳐 주었다.

황태자는 털옷을 입고 수건으로 땀을 닦았다. 그다음 자리에 앉아 호흡을 가다듬었다.

철갑옷의 기사가 가르침을 주었다.

"저하, 근육을 풀가동한 다음 체온을 따뜻하게 유지하시면서 제가 알려 드린 마나운용법을 사용하셔야 합니다. 저희 철기사들은 모두 이런 방식으로 훈련하고 있습니다."

"고맙소, 할슈타트 백작."

철갑옷 기사의 이름은 할슈타트.

제국 제일검이라 칭송을 받는 검의 대가이자 철사자 기사단의 단장이었다. 황태자는 할슈타트의 지도 아래 검술을 연마하고 마나를 쌓아갔다.

황태자가 몸속의 마나를 할슈타트에게 배운 방법으로 한바퀴 돌리자 근육에 쌓였던 젖산이 눈 녹듯이 사라졌다.

"다시 1000번에 도전해 볼까?"

황태자는 자리를 털고 일어났다.

기사가 다가와서 황태자가 벗은 털옷을 받아 들었다.

황태자는 목검을 쥐고 자세를 잡았다.

붕붕붕, 목검이 바람을 갈랐다. 목검은 정확하고 규칙적으로 움직였다.

황태자가 검술 연마에 여념이 없을 때, 모린 공작이 들어왔다.

"공작 저하, 오셨습니까?"

할슈타트가 모런을 향해 목례를 했다.

모런은 그 인사를 눈으로 받은 뒤, 황태자에게 말을 걸었다.

"태자 저하, 오늘도 열심이시군요."

"아, 공작. 오늘은 다른 일로 바쁘다고 하시더니 여긴 웬일이십니까?"

황태자가 수련을 멈추고 모런을 돌아보았다.

이 황궁 안에서 황태자의 수련을 멈추게 할 수 있는 유일한 사람이 모런 공작이었다. 그는 황태자의 장인이자 후견인이었다.

"태자 저하, 긴히 드릴 말씀이 있습니다."

모런은 황태자에게 가까이 다가와 귓속말을 했다.

모런 공작이 할슈타트를 믿지 못해서 귓속말을 한 것은 아니었다. 대화를 할 때 음성을 낮추고 작게 말하는 것은 모런의 오랜 습관이었다.

말은 가급적 적게!

말소리는 최대한 작게!

행동은 빠르게!

모런 공작가는 대대로 이 세 가지 가훈을 지켜 왔다. 당대 가주인 모런 공작도 마찬가지였다.

할슈타트가 잠시 자리를 비켜 주었다.

모런은 그제야 본격적인 이야기를 꺼냈다.

"A가 연락을 해 왔습니다."

"A가요?"

모런이 언급한 A는 알톤 백작을 의미했다.

"후후후! 아무래도 넷째가 무슨 큰일을 벌이나 보군요? 그러니까 조심성 많은 A가 관례를 깨고 연락을 취했겠죠?"

황태자는 비릿하게 웃었다.

"그렇습니다, 태자 저하. A가 말하기를, 조만간 사황자 측에서 그리셤에게 접촉할 것이라고 합니다."

"그리셤 백작과요?"

그리셤은 사실 황태자와 모런 공작의 숨겨진 심복이었다. 황태자는 모런 공작과 할슈타트 백작을 가장 신뢰했고, 그다음으로 그리셤 백작을 믿었다.

"그리셤은 내 사람입니다. 넷째가 황금과 미녀를 산더미처럼 제공해서 유혹해도 넘어갈 사람이 아니지요."

"맞습니다. 그리셤은 믿을 수 있는 사람이지요. 사황자 측에서도 그 사실을 잘 알고 있다더군요."

모런의 말에 황태자가 고개를 갸웃했다.

"그런데 왜 넷째가 그리셤에게 접근한다는 거죠? 헛수고

일 뿐이잖아요."

"놈들은 그리섬에게 거짓 정보를 흘릴 예정이라고 합니다. 우리를 교란시키기 위한 거짓 정보 말입니다."

"호오!"

황태자가 눈을 빛냈다.

모런이 히죽 이빨을 드러냈다.

"그래서 제가 그리섬에게 일러두었습니다. 사황자가 유혹을 하거든 모르는 척하고 넘어가라고요. 그다음 그들이 제공하는 거짓 정보를 받아오라고 했지요."

"큭큭큭! 역시 공작답네요."

황태자가 잇새로 웃었다.

모런의 말이 이어졌다.

"그리고 A에게도 일러두었습니다. 그리섬이 받아온 거짓 정보 말고, 진짜 정보를 가져오면 좋겠다고 말해 두었지요. 그리섬의 정보와 A의 정보! 이 두 가지를 비교하면 사황자의 속셈이 빤히 드러날 것 아닙니까?"

"큭큭큭큭! 그렇지요. 넷째가 아무리 머리를 써도 모런 공작의 손바닥을 벗어날 순 없네요. 우후후후후!"

황태자의 각진 얼굴에 모처럼 웃음꽃이 피었다.

모런 공작이 돌아간 뒤, 황태자는 목검을 다시 들었다.

할슈타트가 다가와 아뢰었다.

"태자 저하, 태양교의 사제들이 황궁에 들어왔다고 합니다."

"그래요? 모두 몇 명이나 왔소?"

"12명입니다."

"끄응! 고작 열둘?"

황태자의 이마에 주름이 잡혔다. 생각보다 파견된 사제의 수가 적었다. 황태자는 은근히 부아가 치밀었다.

할슈타트가 다시 여쭸다.

"사제들이 도착하면 어찌할까요? 저하께서 직접 알현하시겠습니까?"

"흐음."

황태자는 목검을 내려놓고 잠시 고개를 숙였다.

태양교는 섬뜩한 칼날과도 같은 존재였다. 잘만 사용하면 유용하지만, 자칫 잘못 다루다간 손을 베기에 딱 좋았다.

'그래서 큰 결심 끝에 손을 내밀었는데, 고작 12명만 보내?'

생각하면 할수록 분했다. 황태자는 꾹 눌린 음성으로 말했다.

"할슈타트 백작."

"말씀하십시오, 저하."

"오늘은 그들을 만날 시간이 없소. 일단 백작께서 그들을 환대해 주시오. 그다음 나는 내일쯤에나 보지."

"알겠습니다. 태자 저하를 대신하여 제가 응대하겠습니다."

할슈타트가 절도 있게 머리를 숙였다.

할슈타트 백작이 자리를 뜬 뒤, 황태자는 입술을 질겅질 겅 씹었다.

"어허허, 12명! 고작 12명이란 말이지! 오만한 태양교 녀석들, 나를 뭐로 보고 고작 12명만 파견해?"

황태자는 속이 부글부글 끓었다.

Chapter 3

같은 시각.

샤피로는 대전을 떠나 중문 쪽으로 향했다. 태양교의 사 제들이 걸어오는 바로 그 방향이었다.

'태양교 녀석들이 오고 있어. 굳이 눈으로 보지 않아도 알 수 있지. 녀석들에게선 불의 냄새가 나. 헬 하운드나 이 클립스와는 느낌이 다른 불의 냄새!'

발걸음을 부지런히 놀린 덕에 샤피로는 세 번째 중문 앞 에서 태양교의 사제들을 맞을 수 있었다. 황태자측 사람들 은 아직 나타나지 않았다.

"고독한 길을 걷는 태양신의 숭배자들이여, 어서 오십시오."

샤피로가 정중히 말했다.

"응?"

태양교 사제들이 흠칫 고개를 들었다. 그들은 태양교의 신전을 떠나 몬순 제국 황궁에 도착할 때까지 단 한 번도 걸음을 멈추지 않았다. 앞을 막는 것은 모두 불태워 버리고 빠르게 목적지로 접근했다.

그런 자들이 샤피로의 말 한 마디에 발걸음을 멈췄다.

—고독한 길을 걷는 태양신의 숭배자라?

사제들 가운데 한 명이 뇌파로 중얼거렸다.

고독한 길 운운하는 것은 널리 알려진 표현이 아니었다. 태양교를 믿는 신도들도 이런 표현을 알지 못했다.

—이 말은 오직 우리 태양교의 사제들만이 사용하는 용어인데, 그대는 누구인가?

선두 왼편의 사제가 물었다.

샤피로는 그 사제를 무시한 채 선두 오른편의 사제에게 몸을 돌려 정중히 머리를 숙였다. 턱 아래 작은 흉터가 있는 사제였다.

"저는 태자마마의 사람이옵니다."

—허어!

태양교의 사제들이 한 번 더 놀랐다. 샤피로가 태자마마의 사람이라고 해서 놀란 것이 아니라, 선두 오른편의 사제에게 인사를 해서 놀랐다.

턱에 흉이 진 사제가 물었다.

—자네는 어찌하여 내게 인사를 하는가?"

"여기 오신 사제들 가운데 선임 아니십니까? 마땅히 선임께 먼저 인사를 올려야지요."

샤피로의 지적이 정확했다. 태양교의 사제들은 언제 어디서나 각을 잡고 줄을 딱 맞춰 질서정연하게 걸었는데, 이때 선두 오른편에 선임 사제가 위치했다. 하지만 이 사실을 아는 외부인은 거의 없었다.

—허어! 자네는 우리 태양교에 대해서 잘 알고 있구먼.

선임 사제가 샤피로를 찬찬히 뜯어보았다. 금빛 마스크 사이로 사제의 두 눈이 태양처럼 환하게 빛났다.

보통 사람들은 그 이글거리는 눈빛을 받아 낼 수 없을 터. 하지만 샤피로는 오른손을 45도 각도로 펴서 눈을 가리고 고개를 살짝 숙여 대응했다.

이 또한 태양교 사제들만의 풍습이었다. 태양교의 사제들은 자신보다 강한 사제를 만났을 때 이 방법으로 상대에 대한 존경을 표시했다.

—허어! 그런 인사법까지 아는가?

선임 사제는 샤피로에게 호기심을 느꼈다.

다른 사제들도 샤피로를 우호적인 눈으로 보았다.

'몸속에 태양신의 기운이 없는 것으로 보아 우리 동문은 아닌데, 어찌 이렇게 우리의 습관을 잘 안단 말인가? 혹시 비운의 혈족이란 말인가?'

선임 사제는 곰곰이 생각했다.

태양교의 사제들은 대부분 결혼을 하지 않았다. 수련에 방해가 되기 때문이었다.

하지만 더 이상 금욕 수련을 할 필요가 없는 주교나 대주교, 혹은 추기경들 가운데는 가정을 꾸리는 경우도 있었다. 이들 사이에서 탄생한 자식들은 대부분 자연스럽게 태양교의 사제가 되었다.

한데 자식들 가운데 아주 드물게 태양교를 떠나는 사람들도 존재했다. 몸에 양기가 부족해서 도저히 사제가 될 수 없는 자들이 그 대상이었다.

이렇게 쫓겨나는 자들을 일컬어 '비운의 혈족'이라고 불렀다. 선임 사제는 샤피로도 이 경우에 해당하는 것이 아닐까 생각했다.

—혹시 자네의 아버님께서 고독한 길을 걷는 숭배자신가?

"부끄럽습니다."

샤피로는 애매하게 돌려서 대답했다.

긍정도 아니고 부정도 아닌 이 말을 선임 사제는 "아버님께서는 태양교의 사제시지만, 저는 재능이 미치지 못해 비운의 혈족이 되었습니다. 그래서 심히 부끄럽습니다."로 곡해해서 들었다.

나머지 11명의 사제들도 비슷한 생각을 했다.

선임 사제가 샤피로의 어깨를 툭툭 두드렸다.

―그리 부끄러워할 것 없네. 그게 어디 자네의 잘못이던 가. 쯧쯧쯧!

―쯧쯧쯧쯧!

나머지 사제들도 입을 모아 혀를 찼다.

샤피로는 선임 사제를 향해 한 번 더 정중히 허리를 굽힌 다음, 왼쪽 길을 가리켰다.

"이쪽으로 오시지요."

―응? 저 안쪽이 아니고?

선임 사제가 턱으로 가리킨 곳은 황태자가 머무는 내성 이었다.

샤피로는 고개를 가로저었다.

"저하께서 이쪽으로 모셔 오시라고 하셨습니다. 아무 래도 내성엔 정적들의 눈이 많아서 우려하시는 것 같습니 다."

―허어! 태자께서 정적들의 눈치를 많이 보시는구먼.

―흥!

태양교의 사제들이 코웃음을 쳤다. 그들은 평생 남의 눈 치를 본 적이 없는 오만한 자들이었다. 그러니 태자의 태도를 이해할 수 없는 것이 당연했다.

샤피로가 곤란한 표정을 지었다.

선임 사제는 샤피로를 곤란하게 만들기 싫었다. 그래서 앞에 나서서 상황을 정리했다.

─태자께서 정적들의 눈치를 본다고 해서 태양신의 고독한 숭배자들인 우리까지 남의 눈을 의식할 필요는 없어. 하여 우리는 이대로 내성으로 달려가서 태자를 만나는 것이 마땅할 것이나, 그리하면 자네가 곤란해지겠지?

"송구하옵니다."

샤피로가 입으로 대답했다.

선임 사제가 다시 뇌파를 쏘았다.

─그래, 비운의 혈족인 자네를 봐서 우리가 양보하지. 어디로 가면 되는지 안내하게.

"고맙습니다. 저를 따라오십시오."

샤피로는 꾸벅 인사를 하고는 사제들을 안내했다.

12명의 사제들은 빙글빙글 미로를 돌면서 내성에서 점점 멀어져 엉뚱한 곳으로 향했다.

길을 걷던 중 선임 사제가 물었다.

─여긴 어딘가?

아무래도 이상했다. 미로를 따라 한참을 걸은 것은 그렇다고 쳐도, 이 주변은 이상하리만치 어두컴컴하고 음습했다. 몬순 황궁 안에 이런 장소가 있을까 싶을 정도로 이질적인 느낌이었다.

이곳에선 하늘도 잘 보이지 않았다. 높은 담장과 넝쿨에 가려 옆도 보이지 않고, 머리 위도 보이지 않고, 뒤도 보이지 않았다.

길은 좁고 공기는 답답했다.

샤피로가 빙글 몸을 돌렸다.

"여긴 무덤입니다."

─무덤? 누구의 무덤?

선임 사제가 물었다.

─네 무덤!

마지막 샤피로의 말은 선임 사제의 뇌 속에만 울렸다. 동시에 샤피로의 손이 선임 사제의 목덜미를 움켜잡았다.

화악!

선임 사제가 입은 순백의 로브가 크게 펄럭였다.

"끄어!"

선임 사제는 입을 쩍 벌리고 주저앉았다.

샤피로의 손이 목에 살짝 닿았을 뿐인데 선임 사제의 몸속 마나가 썰물처럼 빠져나갔다. 마나가 통제가 되지 않아 도저히 저항이 불가능했다.

40년이나 정성을 들여 연공한 마나가 일순간에 빠져나가자 선임 사제의 얼굴이 홀쭉하게 변했다.

빨려나간 것은 마나만이 아니었다. 선임 사제의 뼈와 근육에 녹아 있던 양기가 단 한 방울도 남기지 않고 모조리 흡착당했다.

양기를 잃은 근육은 푸스스 와해되었다.

선임 사제는 다리 근육이 풀려 풀썩 주저앉는 와중에 뼈마저 분해되기 시작했다. 뼛속에 쌓인 양기도 몽땅 갈취당한 탓에 뼈는 더 이상 뼈가 아니었다. 쿠키 부스러기를 뭉쳐 놓은 것과 다를 바가 없었다.

"어어!"

살가죽만 남은 선임 사제는 이게 대체 무슨 일인가 싶어 눈을 껌뻑였다.

마나를 빼앗긴 고통이 뒤늦게 찾아왔다.

"크흡!"

불의 마법사들은 양의 기운을 과도하게 많이 쌓기 때문에 몸의 균형이 어긋나 있었다. 그런데 그 양의 기운을 빼앗기자 생살을 찢고 근육을 발기발기 해체하는 엄청난 고통이 뒤따랐다. 뼈 마디마디도 와르르 무너지는 느낌이었다.

선임 사제는 이런 지독한 고통을 평생 겪어 본 적이 없었다. 수련을 위해 불로 생살을 지지고 용암 위를 맨발로 걸을 때도 이토록 고통스럽지는 않았다. 가시바늘 위에서 잠을 자면서 고통을 체험할 때도 이처럼 아프지는 않았다.

샤피로에게 목을 붙잡히고, 마나를 갈취당하고, 털썩 주저앉기까지 걸린 시간은 채 1초를 넘지 않았다.

한데 선임 사제에게는 이 시간이 평생보다도 더 길게 느껴졌다.

그 길고 지독한 고통이 결국 끝이 났다.

쪼르르륵!

마지막 양기 한 방울까지 샤피로에게 흡수된 순간, 선임 사제의 심장이 멈췄다. 양기를 갈취당한 심장은 이미 바람 빠진 고무풍선처럼 조그맣게 오그라든 상태였다. 선임 사제는 그렇게 피부만 남은 상태에서 마지막 숨을 몰아쉬었다. 그다음 푸스스 가루로 흩어졌다.

—어엉?

—뭐지?

뒤따르던 사제들의 눈에는 이 끔찍한 광경이 보이지 않았다. 그들이 목격한 것은 선임 사제의 로브가 갑자기 펄럭이는 모습뿐이었다.

샤피로가 두어 걸음 뒤로 물러섰다.

—뭐야?

이제 태양교의 사제들도 무언가 이상함을 느꼈다.

—선임 사제님!

사제들 가운데 한 명이 땅바닥에 푹 주저앉은 선임 사제의 상태를 살피러 달려들었다.

그때 미로의 벽이 터졌다.

샤피로가 안내한 이 좁은 미로는 도록의 폭이 채 2미터도 되지 않았다. 이 좁은 길에서 사제 한 명이 땅에 널브러진 선임 사제의 로브를 향해 몸을 숙였다.

그때 바로 옆의 벽면이 터졌고, 그 안에서 시뻘건 광채가 피어올랐다. 광채는 지그재그로 공간을 찢어발기며 날아들어 사제의 옆구리를 후려쳤다.

핏빛 벼락이 먼저 치고, 콰릉! 소리가 뒤늦게 따라왔다.

"꺼헉!"

옆구리를 얻어맞은 사제가 풀썩 주저앉았다. 너무 놀란 탓에 뇌파가 아니라 입으로 비명을 질렀다. 그의 옆구리에는 어른의 주먹 2개 크기의 구멍이 뻥 뚫려 있었는데, 그 구멍을 통해 화르륵 내장이 타들어 가는 모습이 엿보였다.

기습적으로 벼락을 얻어맞은 사제는 꺽꺽 숨을 몰아쉬다가 앞으로 푹 고꾸라졌다.

—뭐, 뭐야?

—이거 왜 이래?

태양교의 사제들이 당황했다.

그 사이 벽에서 튀어나온 괴인영이 번쩍 순간이동을 했다.

괴인영의 정체는 바이올렛!

이클립스의 여섯째이자 뇌전의 마녀라 불리는 바이올렛

이 황궁에 등장했다.

태양교의 사제 한 명을 박살 낸 뒤, 바이올렛은 수평으로 순간이동해서 또 다른 사제를 노렸다.

콰릉!

이번에도 빛이 먼저 번쩍하고, 뒤이어 천둥소리가 울렸다.

—안 돼!

사제는 두 손을 크로스해서 자신의 얼굴을 보호했다.

태양교의 사제답게 엄청나게 빠른 대응이었으되, 바이올렛의 공격을 막기엔 역부족이었다. 바이올렛이 후려친 핏빛 낙뢰는 사제의 두 팔을 으스러뜨리고 그대로 안으로 파고들어 상대의 얼굴을 강타했다.

"끄아악!"

벼락에 얼굴을 얻어맞은 자의 말로는 참담했다. 우선 그의 얼굴 가죽이 홀랑 타 버렸다. 그다음 피부 없이 얼굴에 근육만 남은 상태에서 두 눈알이 퍽! 터졌다. 근섬유를 타고 뇌 안으로 파고든 벼락은 단숨에 뇌기능을 망가뜨렸다. 허연 뇌 주름 사이로 시뻘건 스파크가 퍽퍽 튀었다.

태양교의 사제 또 한 명이 그렇게 허무하게 죽었다.

바이올렛이 또 순간이동했다.

사제들 후방에서 불쑥 등장한 바이올렛은, 양손을 번쩍 들어 맨 뒤쪽 열에 서 있던 사제 2명의 머리통을 그대로 내리찍었다.

콰직! 소리와 함께 두개골 2개에 동시에 금이 갔다. 그 틈으로 붉은 벼락이 스며들어 뇌를 홀랑 태웠다.

눈 깜짝할 사이에 사제 5명이 쓰러졌다.

Chapter 4

선임 사제가 샤피로의 손에 죽었다.

뒤이어 벽을 부수고 나타난 바이올렛의 손에 4명의 사제가 목숨을 잃었다.

이제 남은 사람은 총 7명.

태양교의 사제들은 비로소 돌아가는 상황을 파악했다.

─기습 공격이다!

─적들 가운데 전격계 마법사가 있다. 모두 조심하라!

전격계 마법사는 불의 마법사들도 상대하기 껄끄러워하는 까다로운 상대였다.

─흥! 조심한다고 뭐가 달라져?

바이올렛이 코웃음을 쳤다. 그러곤 휙 순간이동을 해서 사제 한 명의 뒤를 잡았다. 바이올렛의 손이 사제의 목덜미를 후려쳤다.

꼼짝없이 죽을 판.

그때 동료들이 나섰다.

머리에 쓴 로브를 뒤로 확 젖히고, 눈 주변을 가린 금빛 가면을 드러내면서부터 태양교 사제들의 본 실력이 나왔다.

사제 한 명이 손을 뻗어 바이올렛의 공격을 대신 막았다. 사제의 손 주위엔 노을처럼 발그레한 구름이 뭉쳐 있었는데, 그 구름이 바이올렛의 벼락을 막아 주었다.

쩌적! 쩌저적!

물론 태양교의 사제 혼자서 바이올렛의 뇌기를 막아 내기엔 무리였다. 노을처럼 생긴 구름이 뇌기를 견디지 못하고 스파크를 퍽퍽 튀다가 사라져 버렸다. 바이올렛이 뿜어 낸 벼락의 칼날은 상대의 방어막을 뚫고 목표를 향해 달려들었다.

그때 다른 사제가 힘을 보탰다.

이 사제도 양손에서 붉은 노을을 만들어 내었다. 그 노을이 넓게 퍼져 벼락을 휘감았다. 그 모습이 마치 붉은 실로 얼기설기 짠 삼베천이 벼락을 둘둘 말아 휘감는 것 같았다.

바이올렛이 재차 벼락을 뿌렸다.

콰릉! 콰르릉!

연달아 터진 낙뢰가 붉은 노을을 그대로 찢으며 날아왔다.

—피햇!

태양교의 사제들은 더 이상 벼락을 막지 못하고 황급히 자리를 피했다. 물론 바이올렛이 표적으로 삼았던 그 사제도 무사히 몸을 빼냈다.

바이올렛의 공격이 처음으로 통하지 않았다.

—이익!

화가 난 바이올렛은 또다시 순간이동을 했다.

—상대가 또 사라졌다.

—어디서 나타날지 몰라. 모두 경계해라.

태양교의 사제들은 온몸의 촉각을 곤두세워 바이올렛의 행방을 추적했다.

이번에 바이올렛이 나타난 곳은 높은 담장 위였다. 그 위에서 바이올렛이 양손을 하늘로 가져갔다. 그녀의 손아귀에서 핏빛 벼락이 1미터 길이로 자라났다.

츠춧! 츠츠츠춧!

칼날처럼 형상을 갖춘 벼락이 마침내 바이올렛의 손을 떠났다.

—저 위닷!

태양교의 사제 한 명이 바이올렛의 위치를 찾아냈다.

그때 이미 벼락의 칼날은 지상으로 내리꽂히는 중이었다.

—안 돼!

—피햇!

태양교의 사제들이 일제히 소리쳤다.

말은 이렇게 했지만 실제로 피하는 것은 불가능했다. 인간이 벼락보다 더 빨리 움직일 수는 없었다. 바이올렛이 공격을 하기 전에 미리 감으로 느끼고 피하면 모를까, 지금이 상황에선 방어만이 최선책이었다.

정면으로 공격을 받은 사제가 두 팔을 교차해서 머리 위를 막았다. 그의 팔뚝에서 피어오른 노을빛 구름이 두 겹의 방어막을 만들었다.

동료 사제들이 힘을 보탰다.

다들 손을 뻗어 방어막을 네 겹, 다섯 겹으로 덧씌웠다.

사제들 가운데 2명은 방어에 치중하지 않았다. 그들은 바이올렛을 직접 공격했다.

화악!

태양교의 사제 2명이 금빛 가면을 벗고 두 눈을 번쩍 떴다. 그들의 눈에서 쏘아진 붉은 광선이 바이올렛을 때렸다.

─흥!

바이올렛이 순간이동으로 몸을 피했다.

태양교의 사제들이 눈에서 쏘아낸 광선은 바이올렛이 서 있던 담장을 동그랗게 도려내었다. 단단한 화강암으로 만든 담장도 사제들의 광선 공격을 버티지는 못했다. 매끈하게 도려내진 화강암의 단면은 고열로 인해 녹아서 벌건 용암이 되었다.

그즈음 바이올렛이 내리찍은 벼락의 칼날은 사제들의 방어막과 맞부딪쳤다.

빠캉! 빠카카캉!

구름처럼 뭉친 노을빛 방어막 위에서 콩 볶는 소리가 울렸다. 방어막 두 겹이 순식간에 찢기고, 뒤이어 세 겹이 더 뚫렸다.

벼락의 칼날은 총 다섯 겹의 방어막을 뚫고도 힘이 남아 사제의 팔뚝을 불덩어리로 만들었다.

"크왁!"

사제가 입에서 피를 토했다. 그의 양팔은 활활 타 버려 한 줌의 재가 되었다. 두 팔을 잃은 사제가 균형을 잃고 옆으로 쓰러졌다.

그래도 그는 동료들의 도움 덕분에 목숨을 구했다. 비록 두 팔은 잃었지만 머리통까지 부서지지는 않았다.

'그나마 다행이다.'

태양교의 사제들은 안도의 한숨을 내쉬었다.

오판이었다. 바이올렛은 그렇게 무른 여자가 아니었다. 적의 광선 공격을 피한 다음, 자신이 노렸던 표적 앞으로 순간이동을 해서 손을 가볍게 휘저었다.

바이올렛의 손가락 끝에서 뛰쳐나온 가느다란 벼락이 채찍처럼 날카롭게 뻗어나가 목표물의 목을 휘감았다.

두 팔을 잃은 사제는 이 벼락의 채찍을 막을 방도가 없었다.

"크헉! 켁!"

사제는 딱 두 마디 비명을 남긴 채 숨이 멎었다. 죽은 사제의 목둘레는 시커멓게 타 버렸다.

—이 악독한 마녀야!

—다들 형제들의 복수를 하자.

태양교의 사제들이 분노했다.

그러다 그중 한 명이 눈을 부릅떴다. '마녀'라는 단어와 '전격계 마법사'라는 단어가 연결되자 아주 무서운 이름이 떠올랐다.

—서, 설마 너는 이클립스의!

—뭣?

—이클립스라고?

동료 사제들이 모두 기겁을 했다.

이클립스는 완전히 무너진 단체였다. 6년 전, 괴물의 폭주와 함께 완벽하게 자멸했다. 이클립스를 무너뜨린 괴물도 그곳에서 함께 자폭한 것으로 알려졌다. 이는 태양교의 조사단이 오랜 조사 끝에 내린 결론이었다.

생존자 0명!

이클립스 전멸!

이 이야기가 전해진 순간 태양교의 사제들이 얼마나 환호를 했던가! 그 얼마나 기뻐했던가! 다들 태양신의 은혜에 감사 기도를 올리며 눈물을 흘렸다.

한데 그 이클립스가 되살아났다.

그것도 이클립스의 일곱 별 가운데 하나인 뇌전의 마녀 바이올렛이 등장했다.

―이클립스다!

―이클립스의 일곱 별 가운데 하나, 바이올렛이다!

―마녀가 나타났다.

6명의 사제들은 전투를 포기하고 뿔뿔이 흩어졌다. 지금 바이올렛과 싸우는 것이 문제가 아니었다. 이클립스의 부활 소식을 어서 교단에 전해야 했다.

―그냥 가면 섭섭하지.

바이올렛이 다시 순간이동을 했다. 그녀는 도망치던 사제의 바로 옆에 나타나 팔꿈치를 횡으로 휘둘렀다.

이건 그냥 팔꿈치가 아니었다. 바이올렛의 팔꿈치엔 핏빛 벼락이 송곳처럼 뾰족하게 돋아나 있었다.

콰직!

"꾸륵!"

사제 한 명이 안면이 박살 나 죽었다. 강한 벼락이 갑자기 강타를 하자 목 위의 머리통이 그대로 폭발해 버렸다.

머리를 잃은 신체는 관성에 의해 몇 걸음을 더 달리다가 고꾸라졌다.

이제 남은 사제는 5명!

Chapter 5

태양교의 사제들은 최강의 마법사이자 최강의 전사들이었다. 그 오만한 사제들이 뿔뿔이 흩어져서 도망을 치는 것은 참으로 보기 드문 일이었다.

—이제 남은 사냥감은 다섯!

바이올렛은 혀로 입술을 싹 훔쳤다. 그녀의 몸이 다시 순간이동을 했다.

태양교의 사제들도 작전을 바꿨다.

—이렇게 도망치단 모두 다 죽는다.

—우리가 저 마녀를 막을 테니 너희 둘은 어서 도망쳐라.

사제들 가운데 3명이 바이올렛을 향해 등을 돌렸다.

이 좁은 통로에서 도망치기란 쉽지 않았다. 반대로 생각하면, 도망치지 않고 길목을 막고 싸우기에는 딱 적합했다. 이것이 작전을 바꾼 이유였다.

사제 3명이 바이올렛의 앞을 가로막았다. 나머지 2명은 계속 도주했다.

'이렇게 하면 충분히 시간을 벌 수 있을 거야.'

이것이 태양교 사제들의 생각이었다.

틀렸다.

사제들은 바이올렛의 권능이 무엇인지 잘 이해하지 못했다.

—훗! 멍청한 것들.

바이올렛은 앞을 가로막은 3명을 무시했다. 순간이동으로 그들을 휙 건너뛴 다음, 죽어라 도망치는 2명의 등판을 향해 벼락을 뿌렸다.

—아, 안 돼!

—저 마녀가 너희들의 뒤를 노린다.

—어서 피햇!

뒤늦게 상황을 파악한 3명의 사제들이 뇌가 터져라 악을 썼다.

도망 중이던 2명의 사제들이 영문도 모르고 뒤를 돌아보았다. 그다음 시뻘겋게 날아오는 벼락을 보고 기함했다.

"컥!"

등판에 벼락을 얻어맞은 사제가 그대로 10미터 앞까지 날아가 담장을 들이받았다. 그의 등에는 20센티미터의 구멍이 뻥 뚫려 있었다. 그 구멍을 통해 몸속 내장이 화르륵 타들어 가는 모습이 엿보였다.

"하아! 하아!"

등이 뚫린 사제는 담장에 기대앉아 숨을 할딱였다.

다른 한 명도 무사하지 못했다. 동료의 경고를 듣는 순간

곧바로 땅바닥에 나뒹굴었으나, 그때는 너무 늦었다. 오히려 몸을 날려 나뒹군 것이 해가 되었다. 바이올렛은 상대의 등판을 노리고 벼락을 뿌렸는데, 상대가 갑자기 엎드리는 바람에 등이 아니라 뒤통수에 벼락이 작렬했다.

머리통이 으깨진 사제는 찍 소리도 내지 못하고 즉사했다.

—으으으, 이 마녀!

—같이 죽자!

—마녀야, 죽어랏!

살아남은 사제 3명이 고함과 함께 달려들었다.

처음부터 5명이 힘을 합쳐 바이올렛과 맞서 싸웠으면 더 좋았을 것인데, 이 좁은 미로에서 도망을 치려다가 오히려 더 큰 피해를 입었다. 태양교의 사제들은 '그냥 여기서 순교하겠다.'는 심정으로 달려들었다.

3명 가운데 2명이 동시에 금빛 가면을 벗어 던졌다. 사제들의 눈에서 쏘아진 붉은 광선이 일직선으로 날아가 바이올렛을 저격했다.

—흥!

바이올렛은 순간이동으로 상대의 공격을 피했다.

사제들은 초감각으로 바이올렛을 뒤쫓으며 계속해서 광선을 쏘았다.

쫘아아악!

붉은 광선이 황궁의 미로 담장을 가로로 길게 자르며 지나갔다.

바이올렛이 담장 위로 휙 순간이동했다.

사제들이 쏘아 낸 광선이 그 뒤를 쫓았다. 붉은 광선은 담장을 타고 수직으로 쭉 올라가며 바이올렛을 노렸다.

바이올렛이 또다시 순간이동으로 몸을 피했다.

사제들은 시뻘건 얼굴로 연속해서 광선을 내뿜었다. 그들의 이마엔 지렁이 같은 핏줄이 튀어나왔다. 등판엔 식은땀이 흥건했다.

광선이 계속 공간을 갈랐다.

바이올렛은 쉬지 않고 몸을 피해야 했다. 그렇게 1분이 지나자 멀쩡하던 사제 2명이 퍽퍽 머리가 터져 죽었다.

바이올렛이 죽인 것이 아니었다. 사제들 스스로 몸이 터졌다.

사제들의 한계는 30초.

그들의 능력으로는 딱 30초까지만 광선을 뿜어낼 수 있었다. 그런데 복수심에 불타 무리하게 공격을 퍼붓다가 스스로 자폭했다.

―이제 한 명 남았나?

바이올렛은 마지막 생존자에게 눈을 돌렸다.

―윽!

홀로 남은 사제가 입술을 꽉 깨물었다.

─턱 선이 갸름한 것이, 어째 갓 서품을 받은 초보 사제 같네?

바이올렛이 상대를 조롱했다.

─크윽!

사제는 아무런 대꾸도 하지 못했다.

바이올렛은 손뼉을 쳤다.

─와아! 진짜 초보 사제야? 나는 그냥 해 본 말이었는데, 이제 태양교도 막 나가는구나. 이런 험한 곳에 초보 사제를 파견하다니 말이야. 호호호!

─크웃! 닥쳐라, 이 마녀야!

젊은 사제가 버럭 소리를 쳤다.

그때 종소리가 울렸다.

─두와아앙!

종소리는 귀가 아니라 뇌와 심장에 직접 파동을 전달했다.

"컥!"

뇌에 굉음이 울린 순간, 젊은 사제는 입에서 피를 토했다.

─으윽!

바이올렛도 고통스러운 표정으로 자신의 귀를 틀어막았다.

─두와아아앙!

좀 더 크게 종이 울렸다.

"크허억!"

젊은 사제는 새우처럼 구부렸던 등을 활짝 펴며 하늘로 피를 뿜었다. 사제의 눈과 코, 귀에서 핏물이 흘렀다.

—두와아아아아앙!

또 종이 울렸다.

—그만! 그만! 크으윽!

바이올렛이 견디지 못하고 담장 위로 도망쳤다.

젊은 사제도 종소리를 피해 도망치려고 했다. 하지만 땅을 뚫고 후두둑 돋아난 뼈의 덫이 그의 발목을 휘감아 도주가 불가능했다.

—이익! 이따위 언데드 마물로 나를 막을 수 있을 것 같으냐?

화가 난 젊은 사제는 발목에 열기를 모아 뼈의 덫을 태워버리려고 들었다.

그때 또 종이 울렸다.

—두와앙! 두와아앙!

"푸혁! 크우우!"

연달아 울린 종소리에 젊은 사제가 온몸을 비틀며 주저앉았다. 화염에 지글지글 녹아가던 뼈의 덫도 다시 생생하게 살아나 사제의 발목 속으로 파고들었다.

네크로맨서 마법으로 소한한 뼈의 덫이 태양교 사제의

발목 살갗을 뚫고 파고들었다. 그 뼈가 태양교 사제의 진짜 발목뼈와 접촉했다.

그 순간 사제는 자신의 뼈에 대한 통제력을 잃었다.

—어엇?

사제가 원하지도 않는데 몸이 삐끄덕 삐끄덕 일어났다.

사제가 원하지도 않는데 다리뼈가 척척 움직여 무너진 담장 앞에 앉았다.

담장 뒤에서 하얀 손이 뻗어왔다.

손바닥에 붉은 종 문신을 새긴 하얀 손은 젊은 사제의 뒷목을 붙잡아 고정하고는 가느다란 뼈의 송곳을 푹 찔러 넣었다.

"컥!"

젊은 사제가 눈을 까뒤집었다. 몸이 통제를 벗어나 푸들푸들 경련했다. 의식은 가물가물 멀어졌다.

"끄으으응!"

그것으로 끝.

태양교에서 파견한 젊은 사제는 정신을 잃었다.

사제의 목에 뾰족한 송곳을 찌른 사람은 샤피로.

그가 손가락을 딱 튕기자 스켈레톤 한 구가 덜그럭 소리를 내면서 일어났다.

"데려가."

샤피로가 명했다.

스켈레톤은 기절한 젊은 사제를 질질 끌고 어디론가 사라졌다.

샤피로는 주변을 둘러보았다.

미로의 담장이 20미터도 넘게 가로로 잘리고, 또 세로로 쪼개졌다. 담장의 잘린 단면은 지글지글 녹아서 서로 엉겨붙은 상태였다. 태양교 사제들의 마법은 단단한 화강암을 녹일 만큼 강력했다.

'그래 봤자 가소로운 수준이지.'

샤피로가 다시 시선을 돌렸다.

땅바닥엔 열 구의 시체가 나뒹구는 중이었다. 맨 처음 샤피로의 손에 죽은 선임 사제는 시체도 남기지 못했다. 가장 젊은 초보 사제는 스켈레톤에게 끌려갔다. 12명의 사제 가운데 남은 10명은 시체가 되어 땅바닥에 나뒹굴었다.

'이대로 버려 두면 아깝잖아?'

샤피로가 숨을 훅 들이켰다.

이윽고 놀라운 일이 벌어졌다.

죽은 시체로부터 마나가 아지랑이처럼 일어나더니 그 마나들이 가느다란 실처럼 뭉쳐서 샤피로에게 날아왔다. 샤피로는 그 마나의 실들을 단숨에 빨아들였다. 거미줄처럼 가느다란 마나의 실 가닥들이 샤피로의 몸 주변을 나선형으로 선회하다가 온몸의 모공으로 흡수되었다.

마나에 이어 죽은 이들의 양기도 빨려나왔다.

사제들의 몸뚱어리가 퍼덕퍼덕 뛰었다. 양기가 빠져나가
면서 근육이 붕괴한 탓이었다. 그리고 조금 더 시간이 흐르
자 열 구의 시체는 가루로 변해 자취를 감추었다. 땅바닥에
남은 것이라고는 벼락에 타서 구멍이 숭숭 뚫린 로브 11개
가 전부였다.

샤피로가 손가락을 튕겼다.

스켈레톤 한 구가 더 일어나서 11개의 로브를 챙겼다.

치열했던 전투의 흔적은 사라지고, 미로 일대엔 적막함
이 내려앉았다.

"으으으!"

담장 위에서 바이올렛이 가느다란 신음을 흘렸다.

신음은 뇌파로 나오지 않았다. 바이올렛의 꽉 다물린 잇
새를 뚫고 새어 나왔다. 바이올렛은 당장에라도 이 신음을
멈추고 싶었다. 한데 몸이 말을 듣지 않았다. 샤피로에 대
한 근원적인 공포가 바이올렛의 온몸을 경직시켰다.

'만약 내 신음이 샤피로의 귀에 거슬린다면? 그래서 그
가 내 마나를 갈취하기라도 한다면! 아아아, 안 돼!'

바이올렛은 필사적으로 자신의 입을 틀어막았다.

눈물이 와락 쏟아질 것 같았다.

제6화
음험한 계획

Chapter 1

헬 하운드 조직이 발칵 뒤집혔다.

몬순 제국에 파견한 칠장로가 감쪽같이 증발한 것이 그 이유였다. 칠장로를 보좌하던 불의 마법사 10명도 함께 실종되었다.

이것이 벌써 두 번째였다.

헬 하운드 조직은 2년 전에도 이와 유사한 사건을 겪었다. 당시엔 몬순 제국 동부의 프란츠 영지로 파견 나갔던 팔장로가 쥐도 새도 모르게 실종되었는데, 그 후 팔장로는 아직까지 연락이 없었다.

한데 이번엔 수도로 파견을 나간 칠장로가 연락이 끊겼

다.

헬 하운드 수뇌부들은 이번 실종 사건을 심각하게 생각했다. 조직의 서열 4위인 사장로와 서열 5위인 오장로가 함께 출격한 것은 그 때문이었다.

헬 하운드의 장로들은 크게 두 부류로 구분되었다.

하위권에 해당하는 육장로부터 십장로까지는 최근 20년 내에 장로로 임명된 신참들이었다. 반면 상위권으로 구분되는 이장로, 삼장로, 사장로, 그리고 오장로는 최소한 50년 전부터 장로로 활동해 오는 늙은 괴물들이었다. 이 상위권 장로들이야말로 헬 하운드 조직의 최상층부라 할 수 있었다.

이번에 몸을 움직인 사장로는 나이가 138세에 달했다. 오장로도 올해 120세의 문턱을 넘었다.

이런 늙은 괴물들이 세상에 나오는 일은 흔치 않았다. 그만큼 헬 하운드가 이번 일을 중요하게 생각한다는 뜻이었다.

급격한 움직임을 보인 것은 비단 헬 하운드만이 아니었다. 태양교도 몬순 제국에 주의를 기울였다.

최근 몬순 제국의 수도로 파견나간 사제 12명의 연락이 두절된 것이 도화선이 되었다. 태양교 교단에선 곧바로 대주교 회의가 열렸다.

—아무래도 미하일 주교를 파견하는 것이 좋겠소.

─동의합니다. 이런 일은 초기에 해결해야 뒤탈이 없습니다.

이것이 대주교 회의의 결론이었다.

미하일 주교는 조만간 태양교의 대주교로 추대될 핵심 인물로, 마법과 무력이 모두 뛰어나고, 이단 척결 경험이 많은 실력자였다.

또한 미하일 주교는 인서클드 라인(Encircled Line)이라는 이단 척결 조직의 우두머리였다. 대주교 회의에서 미하일을 파견한다는 것은 태양교의 이단 척결 조직이 본격적인 행동에 나선다는 것을 의미했다.

태양교와 헬 하운드!

불의 마법을 대표하는 두 거대 단체가 꿈틀거리기 시작한 그 시점, 샤피로는 계획의 첫 단추를 끼웠다.

장소는 몬순 제국의 황궁 앞 번화가.

시각은 6월 24일 오후 6시.

연출은 샤피로.

주연은 태양교의 젊은 사제.

뿌우우우─

오후 6시가 되자 황궁 성벽에서 나팔이 울렸다. 경비병들이 육중한 황궁 문을 개방했다. 하루 업무를 마치고 퇴궐하는 관리들은 활짝 열린 성문 밖으로 쏟아져 나왔다.

바로 그때 태양교의 젊은 사제가 황궁 성문 앞에 등장했다. 어제 샤피로에게 포로로 잡힌 바로 그 사제였다. 사제는 머리에 뾰족한 모자를 썼고, 황금빛으로 수를 놓은 순백의 법복을 걸쳤다.

한데 그 새하얀 법복이 온통 피투성이였다. 사제의 이마에서 흐르는 선혈이 의복을 붉게 물들였다.

자세히 들여다보면 사제의 이마에는 희미하게 바늘 자국이 엿보였다. 네크로맨서들이 두개골을 열고 뇌를 조작한 흔적이었는데, 꿰맨 솜씨가 좋아 자세히 보지 않으면 알 수가 없었다.

"우아아아악!"

젊은 사제가 두 주먹을 불끈 쥐고 악을 썼다. 그는 불의 사제답지 않게 뇌파 대신 목으로 소리를 질렀다.

"응?"

"저 사람, 뭐야?"

퇴궐 중이던 관리들이 의아한 눈으로 고개를 돌렸다.

"미친놈인가?"

"쯧쯧쯧. 거 참 안 되었군."

관리들 가운데 몇 명은 손가락을 관자놀이에 대고 빙글빙글 돌리며 혀를 찼다.

황궁 앞 대로를 오가던 백성들도 피투성이 사제에게 시선을 돌렸다.

'이 때다.'

사람들이 주목하는 순간을 노려 샤피로가 손을 썼다.

샤피로는 황궁 안쪽 그늘진 곳에서 성 밖을 내다보던 중이었는데, 분위기가 무르익자 조용히 오른손을 들었다.

화르륵!

샤피로의 심연 깊은 곳에서 펄펄 끓는 용암이 솟구쳐 올랐다. 그 뜨거운 기운이 샤피로의 핏줄을 타고 치달려 오른손 손끝에 모여들었다. 뜨거운 용암은 이내 샤피로의 손가락 밖으로 빠져나와 둥글게 뭉쳤다.

용암 덩어리가 허공에 둥둥 떴다. 용암은 이내 빵빵하게 부풀면서 형체를 갖췄다.

날렵한 몸매에 가늘고 긴 4개의 다리가 생겼다.

귀는 힘차고 뾰족하게 섰다.

날카로운 이빨이 이글거리는 화염을 품었다.

램프 뚜껑만 한 크기의 두 눈은 불덩이를 품은 듯했다.

풍성한 갈기는 사자를 연상시켰으며, 이마에 길게 돋은 뿔은 신비로운 느낌을 자아내었다.

덩치는 어지간한 황소보다 더 컸다.

샤피로가 만들어낸 용암은 칠장로나 팔장로가 부리던 괴물 헬 하운드와 외양이 비슷했다. 하지만 이건 진짜 헬 하운드가 아니었다. 샤피로가 헬 하운드를 흉내 내어 만든 가짜였다.

진짜와 가짜.

일반적으로 가짜는 진짜를 따라올 수 없게 마련이다.

하지만 샤피로가 만든 가짜 헬 하운드는 진짜보다 몇 십 배, 아니 몇 백 배나 더 강력한 화기를 품고 있었다. 이 가짜는 샤피로가 화염의 정화를 꽉꽉 압축해서 빚어낸 결과물이기 때문이다.

—가라.

샤피로가 손가락을 튕겼다.

가짜 헬 하운드가 미끄러지듯이 움직였다.

황궁 안 외진 곳에서 내달리기 시작한 가짜 헬 하운드는 활짝 열린 성문을 통해 궁 밖으로 뛰쳐나갔다.

"우악!"

"앗, 뜨거!"

가짜 헬 하운드에 살짝 스치기만 했을 뿐인데 성문 주변에 배치되어 있던 경비병들의 몸에 불이 옮겨 붙었다. 가짜 헬 하운드가 밟은 곳은 땅이 녹아 붉은 용암 구덩이가 생겼다.

"저게 뭐야?"

"으악! 불 괴물이다."

백성들이 기겁을 했다.

퇴궐 중이던 관리들도 놀라서 마차 밖으로 뛰쳐나왔다.

크왕!

가짜 헬 하운드는 태양교의 젊은 사제를 향해 일직선으로 달려들었다.

　사제도 물러서지 않았다. 하늘을 향해 두 팔을 번쩍 들고 양손바닥 사이에 태양의 기운을 모았다.

　사제의 머리 위로 이글거리는 불덩이가 솟아났다. 태양을 닮은 불덩이는 괴물 헬 하운드를 향해 날아들었다.

　땅에서 폭음이 튀었다. 샤피로가 만들어낸 가짜 헬 하운드가 쏟아지는 불덩이를 피해 지그재그로 달렸다.

　젊은 사제는 연속해서 13개의 불덩이를 쏘아내었다.

　가짜 헬 하운드가 그 불덩이를 모두 피했다. 그다음 괴성과 함께 점프!

　"저! 저!"

　"아악, 저걸 어째!"

　사람들이 눈을 질끈 감았다.

　다음 순간, 사람들의 눈동자에는 거대한 괴물 헬 하운드가 젊은 사제의 어깻죽지를 꽉 깨문 모습이 얼비쳤다.

　화르륵!

　사제의 몸이 눈 깜짝할 사이에 화마에 휩싸였다.

　"크아아악!"

　젊은 사제는 목이 터져라 악을 썼다.

　크릉! 크르릉!

　괴물 헬 하운드는 사제의 어깨와 목을 이빨로 꽉 물고는 대가리를 세차게 흔들었다. 젊은 사제의 몸뚱어리가 헬 하운드의 고갯짓에 따라 위태롭게 흔들렸다. 시뻘건 불길은 젊은 사제의 몸 전체를 에워쌌다.

"우아아아악!"

젊은 사제가 한 번 더 악을 썼다. 그는 주먹을 번쩍 들었다가 괴물 헬 하운드의 목덜미를 내리찍었다.

한 차례, 두 차례, 세 차례⋯⋯.

거듭된 공격에도 괴물 헬 하운드는 꿈쩍도 안 했다.

그 사이 젊은 사제의 의복이 불에 타서 완전히 재가 되었다. 사제의 알몸이 타오르는 불길 속에서 언뜻언뜻 드러났다.

"아악! 저걸 어쩌면 좋아!"

부녀자들이 비명을 질렀다.

"허어! 어디서 저런 괴물이 나타났단 말인가! 허어어!"

황궁의 경비병들도 어찌할 바를 모르고 발만 굴렀다.

그 사이 괴물 헬 하운드는 태양교의 젊은 사제를 완전히 무릎 꿇린 다음, 아가리를 쩍 벌려 상대의 머리통을 집어삼켰다.

우드득!

사제의 두개골이 으스러졌다. 헬 하운드의 이빨이 두개골을 부수고 파고들자 사제의 얼굴 전체가 시뻘겋게 달아올랐다. 그러곤 이어서 한 줌의 재로 흩어졌다.

"흐윽!"

"나는 못 보겠어!"

겁에 질린 부녀자들이 눈을 질끈 감았다.

사람들은 일제히 숨을 죽였다.

태양교의 사제를 집어삼킨 괴물 헬 하운드는 다시 황궁 안으로 뛰어들어 신비하게 사라졌다.

경비병들은 감히 헬 하운드의 뒤를 쫓을 엄두도 내지 못했다.

사제가 죽은 자리엔 잿더미만 소복했다.

"꺄아아악!"

"사람이 죽었다. 사람이 죽었어."

뒤늦게 사람들이 비명을 질렀다.

인파가 가장 많이 몰리는 오후 6시, 황궁 앞은 아수라장으로 변했다.

Chapter 2

이튿날 아침 10시.

이번엔 수도에서 100킬로미터 떨어진 영지에서 사건이 발생했다. 후미진 곳에 위치한 영지라 인적도 별로 없고 사람들의 관심을 끌 여지가 없는 장소였는데, 그곳에 악어가죽 옷을 입은 마법사가 나타나면서 사건이 시작되었다.

검은 빛깔의 가죽 옷을 입은 마법사는 온몸이 피투성이였으며, 눈이 게슴츠레하게 풀려서 약물에 중독된 듯한 모양새였다.

사실 이 마법사는 약물 중독이 아니라 뇌 개조의 여파로 눈이 풀렸다. 그는 얼마 전 숲 속에서 샤피로에게 납치를 당했고, 이어서 푸줏간 지하의 네크로맨서 소굴로 끌려가 뇌 개조 수술을 받았다.

"헥헥헥!"

마법사의 입에서 단내가 풍겼다. 지그재그로 길을 달리던 마법사는 도로를 점령한 채 행진하는 거대 상단과 맞닥뜨렸다. 몬순 제국 북부 국경 너머에서 교역을 마치고 수도로 복귀하던 상단이었다.

상단의 규모는 엄청났다.

그에 걸맞게 호위도 철통같았다. 상인들이 중앙에서 말을 몰았고, 교역품을 실은 수레 수십 대가 그 뒤를 따랐다. 수레의 주변을 궁수들이 둘러쌌다. 궁수 앞엔 기사 출신 용병들이 자리를 잡았다. 상단의 선두와 후미엔 일반 호위병들이 배치되었다.

피투성이 마법사가 가까이 접근하자 용병 한 명이 말에 박차를 가해 앞으로 나섰다.

"멈추시오!"

용병은 검집을 탁탁 두드려 마법사에게 "더 이상 접근하지 말라."고 엄포를 놓았다.

악어가죽 옷을 입은 마법사는 그 경고를 무시했다. 머리가 갑자기 깨질 것처럼 아파서 눈앞의 용병이 하는 말을 알아들을 수도 없었다. 이건 마법사가 네크로맨서들에게 뇌를 개조당한 탓이었다.

"크왁!"

마법사는 느닷없이 두 눈을 까뒤집고 입에 거품을 물었다. 그 상태에서 상단을 향해 달려들었다.

"놈이 미쳤다."

"막아랏!"

선두에 나섰던 용병이 마법사의 가슴을 노려 창을 던졌다. 호위병들은 방패를 세우고 그 사이로 창을 곤두세웠다. 후미의 궁수들이 활을 쟁여 마법사에게 겨눴다. 세 무력 집단의 행동이 아귀가 착착 맞았다.

하지만 상대는 전투력 최강으로 손꼽히는 불의 마법사였다. 그것도 헬 하운드 소속의 강자였다.

"후아!"

마법사가 힘을 한 번 주자 그의 온몸이 시뻘건 불길에 휘감겼다. 화염을 뒤집어쓴 마법사가 상단을 향해 그대로 돌진했다.

용병 기사가 던진 창이 마법사의 허리를 스치고 지나갔

다.

"방패 앞!"

호위대장이 재빨리 명을 내렸다.

처처척!

훈련이 잘된 호위병들은 불덩이가 달려드는데도 당황하지 않고 방패를 앞으로 쭉 내밀었다.

온몸이 불덩이가 된 마법사가 그 방패와 맞부딪쳤다.

화르륵!

화염이 방패를 타넘어 호위병들의 몸에 옮겨 붙었다.

"앗 뜨거!"

"아악! 몸에 불이 붙었어."

아무리 훈련이 잘된 병사들이라고 해도 몸에 불이 붙으면 당황하게 마련. 화마에 노출된 병사들은 방어진에서 이탈해서 땅바닥에 나뒹굴었다.

호위대장이 악을 썼다.

"놈은 불의 마법사다. 기사들이 저자의 앞을 막아 시간을 벌고, 그 사이 궁수들이 저격하라. 놈에게 원거리 공격을 퍼부어야 한다."

불의 마법사를 상대로 접근전을 펼치는 것은 좋지 않았다. 호위대장은 노련하게 부대를 지휘했다.

퓨퓨퓨퓻!

궁수들이 쏜 화살이 마법사에게 날아들었다.

불의 마법사는 황급히 뒤로 물러섰다가 두 팔을 활짝 벌렸다.

"나와라!"

마법사의 명령에 헬 하운드가 반응했다.

크헝!

숲 속에서 뛰쳐나온 헬 하운드는 상단 행렬의 옆구리로 파고들어 궁수들 사이를 헤집었다. 송아지만 한 사냥개가 뿜어내는 화염이 궁수들의 몸을 불태웠다. 헬 하운드의 몸놀림이 워낙 빨라 제대로 활을 쏠 수도 없었다.

말 탄 용병기사들도 헬 하운드를 상대하기엔 역부족이었다.

히이이힝! 히이힝!

말들이 놀라 앞발을 높이 들었다. 용병기사들이 우르르 말에서 굴러 떨어졌다. 사방이 아수라장이 되었다.

"이게 대체 어찌 된 일이냐?"

상단주는 자다가 날벼락을 맞은 기분이었다. 긴 상행을 끝내고 이제 고향이 코앞이었다. 늦어도 5일 안에 수도에 도착해 이번 상행을 마무리를 지을 생각이었는데, 갑자기 불덩어리 괴물이 나타나 공격을 하니 정신을 차릴 수가 없었다.

불의 마법사가 두 팔을 크게 휘저었다.

퍼엉! 펑! 펑!

마법사의 손에서 출발한 불덩어리가 포물선을 그리며 날아가 상단의 수레를 가격했다. 국경 너머에서 싣고 온 교역품에 불이 붙었다. 수레를 끌던 말들이 놀라 나자빠졌다. 약간의 시간이 흐르자 60대의 수레 가운데 절반이 화마에 휩싸였다.

"우아악, 안 돼!"

상단주가 펄쩍 뛰었다.

호위대장은 입술을 푸들푸들 떨었다.

"용병들은 무얼 하는가? 어서 저 악마를 해치워라. 궁수들은 진열을 정비하고 활을 쏴라."

상단이 망하면 용병들은 돈을 받을 길이 없었다. 용병기사들이 서둘러 창을 뽑아 불의 마법사에게 던졌다. 몇몇 용병들은 손도끼를 날렸다. 궁수들은 헬 하운드를 피해 도망치는 틈틈이 불의 마법사에게 화살을 쏘았다. 다들 지옥의 사냥개가 아니라 마법사를 집중적으로 공략했다.

나름대로 좋은 전략이었다.

주인이 위험에 처하자 헬 하운드가 더 무섭게 날뛰었다.

크와앙, 크롸롸롸!

헬 하운드는 펄쩍 뛰어 궁수 한 명의 목을 물었다.

궁수의 몸에서 불길이 확 치솟았다.

헬 하운드가 다시 뛰어 또 다른 궁수를 덮쳤다. 구슬픈 비명이 뒤를 따랐다. 헬 하운드는 양떼를 헤집는 사자처럼 무섭게 싸웠다.

만약 불의 마법사가 제정신이라면 헬 하운드를 앞세워 게릴라전을 펼쳤을 것인데, 지금 그는 제정신이 아니었다. 창과 도끼, 화살이 날아오는 와중에도 몸을 피하지 않고 막무가내로 달려든 것은 그의 머리가 홱 돌았기 때문이었다.

그러니 다칠 수밖에.

빠르게 날아온 창이 마법사의 옆구리를 갈랐다. 빙글빙글 돌면서 날아온 손도끼는 그의 허벅지에 꽂혔다. 정신없이 날아온 화살 가운데 두 대가 마법사의 오른쪽 팔뚝과 발목에 피를 내었다.

"크윽! 컥!"

마침내 불의 마법사가 주저앉았다.

"와아아!"

"놈이 쓰러졌다."

용병기사들은 사기가 올랐다. 불의 마법사를 향해 창을 뿌리고 또 뿌렸다. 도끼를 던지고 또 던졌다. 공기를 가르며 날아간 창날 하나가 마법사의 배를 찔렀다.

"쿨럭!"

불의 마법사가 검붉은 피를 토했다.

크롸롸롸롸!

분노한 헬 하운드가 큰 울음을 토했다. 헬 하운드는 궁수들을 내팽개치고 창을 던지는 용병기사들에게 달려들었다.

용병들은 달려드는 헬 하운드를 방패로 쳐내고 검을 휘두르며 싸웠다.

그 사이 궁수들이 불의 마법사에게 화살을 날렸다. 빼곡하게 날아든 화살이 불의 마법사를 꿰뚫으려는 찰나,

"그만!"

우렁찬 음성이 대지를 떨어 울렸다. 순백의 로브를 입고 머리에 뾰족한 모자를 쓴 사내가 하늘에서 뚝 떨어졌다. 태양교의 사제복을 갖춰 입은 사내였다.

얼굴은 잘 보이지 않았다. 로브의 그늘이 사내의 얼굴에 짙은 그림자를 드리운 탓이었다. 게다가 금빛 가면이 사내의 눈 주변을 가리고 있어서 더더욱 얼굴을 알아볼 수 없었다.

이 사제의 정체는 샤피로!

그가 손을 뻗자 붉은 빛깔의 불의 장막이 앞을 가로막았다. 놀랍게도 수십 발의 화살이 그 장막을 뚫지 못하고 재가 되었다.

샤피로가 한 번 더 손을 뻗었다.

수레를 불태우던 화마가 샤피로의 손짓 한 방에 씻은 듯이 사라졌다. 상단의 교역품을 태우며 무섭게 날뛰던 불길이 샤피로의 손아귀로 쭉 빨려든 덕분이었다.

"저럴 수가!"

다들 놀란 눈으로 샤피로를 바라보았다.

샤피로는 불의 마법사를 번쩍 들어 어깨에 들쳐 메었다. 그다음 상단주에게 지금 상황을 통보했다.

"이자는 우리 태양교에서 뒤를 쫓던 범죄자요. 내가 이자를 데려갈 것이니 그리 아시오."

"허어!"

상단주는 기가 막혔다.

갑자기 달려들어 상행을 훼방 놓고, 무고한 사람을 죽이고, 교역품을 불태운 불의 마법사도 황당하지만, "내가 불의 마법사를 데려갈 것이니 너는 그렇게 알아라."라고 통보하는 저 사제도 어이가 없긴 마찬가지였다.

상단주가 낮게 으르렁거렸다.

"벌건 대낮에 이런 법이 어디 있소? 그 악마는 내 형제들을 죽이고 내 재물에 큰 피해를 입힌 범인이오. 마땅히 놈을 수도 바아란으로 끌고 가서 재판에 회부할 것이외다."

사제가 언성을 높였다.

"이자는 우리 태양교를 적대시한 이단의 범죄자라고 하지 않았소. 귀하는 감히 태양교의 일을 방해하겠다는 뜻이오?"

"태양교!"

태양교라는 말에 상단주가 움찔 했다.

옆에서 호위대장이 상단주의 손목을 잡았다. 그다음 가

만히 고개를 가로저었다. 태양교에 맞서지 말라는 뜻이었다.

"크흑!"

상단주는 분한 듯 입술을 씹었다.

그때 크헝! 하는 포효와 함께 헬 하운드가 사제에게 달려들었다. 포로로 붙잡힌 주인을 구하려는 시도는 가상했으나, 헬 하운드는 샤피로의 상대가 되지 못했다.

샤피로가 주먹을 위로 들어 허공에 한 바퀴 원을 그렸다.

그러자 불로 만들어진 시뻘건 실이 허공에 나타나 달려드는 헬 하운드의 몸을 한 바퀴 칭칭 휘감았다.

크롸롸!

헬 하운드가 온몸에서 화염을 내뿜었다.

샤피로가 만들어 낸 불의 실도 짙은 열기를 발산했다.

불과 불이 맞부딪쳤다. 화염과 화염이 격돌했다.

결과는 일방적이었다.

깨개개갱!

실에 칭칭 감긴 헬 하운드는 소름 끼치는 비명과 함께 그 형태가 흐릿해지더니, 결국 강제로 소환이 취소당했다.

"컥! 쿨럭!"

헬 하운드를 소환했던 불의 마법사가 한 사발의 피를 토했다. 소환이 깨진 대가로 마법사의 내장이 뒤틀렸다. 불의 마법사가 토한 피가 샤피로의 흰옷을 더럽혔다.

그래도 샤피로는 눈 하나 깜짝하지 않았다. 그저 오만한 눈으로 헬 하운드가 머물렀던 공간을 바라보다가 옅은 비웃음을 흘렸다.

"하찮은 것들! 지옥의 사냥개처럼 저급한 마물이나 다루는 주제에 감히 위대한 태양교에 맞설 생각을 하다니, 참으로 어이가 없군. 고작 어쌔신 나부랭이와 손을 잡았다고 해서 간이 배 밖으로 나온 것인가? 헬 하운드의 어리석은 자들이여, 장차 당신들 조직 수석 장로의 목이 우리 태양교의 이단 심판장 위에 매달려야 정신을 차릴 것인가?"

이러한 중얼거림을 끝으로 샤피로의 모습이 사라졌다.

"후아!"

죽음을 코앞에 두었던 용병기사들이 다리가 풀려 털썩 주저앉았다. 궁수들도 비틀거리다가 땅바닥에 엉덩이를 붙였다.

상단주는 멍한 눈길로 주변을 둘러보았다. 반쯤 불에 탄 수레를 보자 가슴이 미어졌다.

"어허허! 어허허허!"

상단주의 눈에서 피눈물이 흘렀다. 그는 오늘 이곳에서 벌어진 일을 평생 잊지 못할 것이다.

Chapter 3

첫 번째 사건!

6월 24일 오후 6시, 황궁 앞에서 싸움이 벌어졌다. 황소보다 더 큰 괴물 헬 하운드가 황궁 성문 안에서 뛰쳐나와 태양교 사제를 물어 죽였다.

태양교의 사제와 헬 하운드의 싸움도 싸움이지만, 그 헬하운드가 황궁 안에서 뛰쳐나왔다는 것이 더 큰 문제였다.

이번 사건으로 인해 황궁 전체가 발칵 뒤집혔다. 특히 태양교와 손을 잡은 황태자파와 헬 하운드의 파트너인 삼황자파는 비상이 걸렸다.

두 번째 사건!

6월 25일 오전 10시, 수도에서 100킬로미터 정도 떨어진 곳에서 두 번째 싸움이 벌어졌다. 헬 하운드의 마법사가 느닷없이 나타나 상단을 공격했는데, 그 후 태양교의 사제가 등장해 헬 하운드의 마법사를 제압했다. 그러곤 헬 하운드 조직을 향해 "하찮은 것들! 지옥의 사냥개처럼 저급한 마물이나 다루는 주제에 감히 위대한 태양교에 맞설 생각을 하다니, 참으로 어이가 없군. 고작 어쌔신 나부랭이와 손을 잡았다고 해서 간이 배 밖으로 나온 것인가? 헬 하운드의 어리석은 자들이여, 장차 당신들 조직 수석 장로의 목이 우리 태양교의 이단 심판장 위에 매달려야 정신을 차릴 것인가?"라는 악담을 퍼부었다.

억울하게 피해를 입은 상단주와 용병들, 궁수들이 가슴을 쾅쾅 두드리며 사건의 앞뒤 전황을 자세히 전했다.

이 사건은 얼마 지나지 않아 수도 전체에 엄청난 파장을 몰고 왔다.

황궁 내성의 동쪽 궁전.

삼황자가 머물고 있는 이 궁전에 긴장감이 감돌았다. 쨍그렁! 화병이 깨지고, 그 화병을 던진 사람이 씩씩 콧김을 내뿜었다. 금발머리에 살집이 있고 피부에 윤기가 자르르 흐르는 30대 사내가 그 주인공이었다.

"샤늘루루, 샤늘루루 공주는 어디 있어? 당장 그 아이를 데려와!"

화가 잔뜩 난 금발머리 사내의 정체는 제국의 삼황자였다.

웨일스 기사단장 무톰이 삼황자를 달랬다.

"저하, 고정하시지요."

"뭐라고?"

"지금 공주마마께서는 고열 때문에 거동이 불가능하십니다. 치료 마법사와 신관들이 공주마마를 지극정성으로 돌보고 있으니 곧 완쾌하실 것이오나, 당장 마마를 모셔 올 수는 없습니다."

"이보시오, 무톰 백작. 내가 그걸 몰라서 하는 소리 같소? 답답해서 이러는 것 아니오. 샤늘루루가 와야 이번 일을 수습할 텐데, 그 아이가 쓰러졌으니 이걸 어쩐단 말이오? 무톰 백작이 해결책을 제시할 것 아니면 어서 가서 샤늘루루나 데려오시오."

삼황자가 와락 짜증을 부렸다.

무톰은 삼황자 몰래 인상을 썼다. 물론 겉으로는 그런 내색을 하지 않았다.

"저하, 저희도 최선을 다하고 있사옵니다."

"그놈의 최선! 최선! 최선! 무톰 백작이 대답해 보시오. 도대체 뭐가 최선이오? 샤늘루루, 그 불쌍한 아이가 벌써 6일째 침대 신세를 지고 있는데 무엇이 최선이란 말이오? 샤늘루루의 병을 고치지 못하고 미적거리는 것이 최선이오? 아니면 헬 하운드의 미치광이들을 제대로 통제하지 못하고 황궁 바로 앞에서 태양교의 사제를 학살하도록 만든 것이 최선이오? 그도 아니면, 미치광이 마법사가 수도로 복귀 중인 무고한 상단을 덮친 것이 최선이오? 그 와중에 그 미치광이 마법사는 태양교의 사제에게 포로로 붙잡혔다지? 아아! 젠장! 애초부터 헬 하운드의 미치광이들과 손을 잡는 것이 아니었어! 태양교의 이단 심판관들이 두 눈을 부라리며 수도로 달려오고 있다던데, 아아아! 장차 이 일을 어쩐단 말인가!"

삼황자는 자신의 머리카락을 한 줌 쥐어뜯었다.

무톰은 속으로 탄식했다.

'제기랄! 이곳 수도에 헬 하운드 조직을 끌어들인 사람이 누구인가? 바로 삼황자 저하가 아니신가? 나와 웨일스 기사들은 헬 하운드와 손을 잡는 것을 반대했었다. 샤늘루루 공주마마도 삼황자 저하를 만류하셨어. 그런데 삼황자 저하가 바득바득 우겨서 통제 불능의 사냥개들을 끌어들인 것 아냐.'

그런데 삼황자는 이제 와서 남 탓을 한다. 어쩌면 태양교의 보복이 두려워서 미리 피할 구멍을 만들려는 생각일 수도 있다.

'삼황자 저하는 재목이 되지 못하는구나! 차라리 샤늘루루 공주님이 더 낫겠다.'

삼황자를 바라보는 무톰 백작의 눈매가 가늘게 좁혀졌다. 무톰의 마음은 삼황자를 떠나 샤늘루루 공주에게 기울었다.

황궁 내성 북쪽의 첨탑.

황태자는 오늘도 웃통을 벗고 목검을 휘둘렀다. 황태자의 목검에서 홍홍 바람 소리가 났다.

철사자 기사단의 단장인 할슈타트 백작이 황태자의 검술을 지도해 주었다.

땀 흘려 목검을 휘두르는 중에 황태자가 물었다.

"할슈타트 백작, 자세한 전후사정은 알아보았소?"

"태양교와 헬 하운드의 충돌 말씀이십니까?"

"그렇소."

황태자가 수련을 멈추고 할슈타트를 돌아보았다.

할슈타트는 간단하게 정황을 보고했다.

"알아보았습니다. 황궁 앞에서 죽은 사람은 태양교의 사제가 맞습니다. 시체에서 수거한 재를 분석한 결과 나온 사실입니다."

"끄으응! 젠장!"

황태자가 목검을 집어던졌다.

황태자는 이번 사건들이 거짓이기를 희망했다. 정체불명의 누군가가 가짜 사제와 가짜 헬 하운드를 내세워 한 바탕 연극을 펼친 것이기를 두 손 모아 기원했다.

한데 죽은 이가 진짜로 태양교의 사제란다.

"망했군. 망했어. 우리가 남몰래 태양교와 손을 잡았다는 사실이 만천하에 알려졌으니 우선 망했고, 그 태양교가 헬 하운드와 싸움이 붙었으니 또 망했잖아. 아아아, 젠장!"

황태자가 머리카락에 열 손가락을 박고 와락 쥐어뜯었다. 화가 나면 머리카락을 쥐어뜯는 것은 황태자와 삼황자의 공통된 습관이었다.

할슈타트가 고개를 갸웃거렸다.

"태자 저하, 소신은 이해가 잘 되지 않습니다."

"뭐가 말이오?"

"우리가 태양교와 손을 잡은 것이 발각될 판이니 망했다
는 말씀은 이해가 갑니다. 하지만 태양교와 헬 하운드의 싸
움이 우리에게 손해가 될 일이 무엇이 있습니까? 어차피
헬 하운드는 우리의 적이 아닙니까? 그러니 헬 하운드와
태양교의 싸움은 우리에게 득이 된다고 생각합니다."

할슈타트는 도저히 모르겠다는 표정을 지었다.

그때 모런 공작이 들어왔다.

"태자 저하의 말씀이 맞네."

"아! 모런 공작님."

할슈타트가 모런을 향해 목례를 했다. 그다음 되물었다.

"그런데 공작님께서 지금 하신 말씀이 무슨 뜻입니까?
태자 저하의 말씀이 맞다니요? 그럼 태양교와 헬 하운드의
싸움이 우리에게 해가 된다는 말씀이십니까?"

"그렇지. 해가 되지."

"이유가 뭡니까?"

할슈타트는 정말로 그 이유가 궁금했다.

모런은 어두운 표정을 지었다.

"사실 태자마마께서 바라시는 것은, 싸우지 않고 우리가
이기는 것이라네."

"싸우지 않고요?"

"그래. 태양교의 드높은 위세를 이용해서 삼황자와 사황자가 스스로 황권을 포기하게 만드는 것. 이것이 태자마마의 진정한 의도였다네."

"아!"

"그런데 태양교와 헬 하운드가 진짜로 맞붙었어. 이거 자칫하다간 수도에서 두 거대 세력이 치열한 전쟁을 벌이게 생겼단 말이지. 그럼 우리 몬순 제국의 수도가 어찌 되겠나? 불바다가 될 게 뻔하지 않나."

들고 보니 모런의 말이 옳았다.

"아아아! 그렇군요."

할슈타트는 크게 고개를 주억거렸다.

"어휴우! 망했어."

황태자는 한 번 더 머리카락을 쥐어뜯었다.

잠시 후, 모런은 황태자에게 독대를 청했다.

할슈타트가 자리를 비켰다.

황태자와 모런은 단둘이 중요한 대화를 나누었다.

"저하, 그리셤 백작에게 입질이 왔습니다."

"넷째가 접촉했다던가요?"

"그렇습니다. 6일 전인 6월 23일에 사황자의 측근이 그리셤에게 은밀하게 접근을 했고, 그리셤이 거기에 호응을 해 줬다고 합니다."

"그래서 얻은 결과는요?"

황태자가 결론을 물었다.

모런은 황태자를 향해 살짝 자세를 굽히고는 조그맣게 속삭였다.

"조만간 태양교와 헬 하운드가 맞붙을 것이다. 사황자의 측근이 그리섬 백작에게 이렇게 말했다고 합니다."

"엉? 넷째의 측근들이 그리섬 백작에게 그런 말을 했다고요? 6월 23일예요?"

"그렇습니다. 그리고 바로 이튿날인 6월 24일에 황궁 앞에서 참혹한 싸움이 벌어졌지요. 그리고 25일에 또 싸움이 벌어졌습니다."

황태자가 눈을 동그랗게 떴다.

"어라? 그러면 거짓 정보가 아니라 사실이잖아요. 나는 그리섬이 거짓 정보를 물고 올 것이라고 기대했는데요?"

모런은 좀 더 작은 목소리로 대답했다.

"사황자파도 머리가 있지 않겠습니까? 우선은 진짜 정보를 흘리고, 그다음에 거짓 정보를 주겠지요. 그래서 신이 인내심을 가지고 기다렸더니 입질이 한 번 더 오더군요."

"호오!"

황태자는 흥미진진하게 모런의 이야기를 들었다.

제7화
전쟁의 용광로

Chapter 1

황궁 북쪽의 첨탑 9층.

황태자와 모런 공작의 밀담이 길어졌다.

"모런 공작, 그래서요? 넷째 쪽에서 뭐라고 입질을 하던
가요?"

"오늘 아침 사황자파에서 그리섬 백작에게 새로운 정보
를 주었다지 뭡니까."

"어떤 정보죠?"

"사황자파와 삼황자파가 전략적 제휴를 맺었다더군요."

"뭣?"

황태자가 벌떡 일어났다.

삼황자파와 사황자파가 손을 잡으면 그 세력이 황태자파를 훨씬 능가한다. 그럼 황태자파는 끝장이다. 이런 상상을 하는 것만으로도 황태자의 등에 소름이 돋았다.

모런이 빠르게 말을 덧붙였다.

"저하께서도 아시다시피 헬 하운드는 삼황자의 편에 섰습니다. 그런데 사황자 쪽에서 헬 하운드와 태양교의 전쟁을 정확하게 예견했고, 그 예견이 사실이 확인되었습니다. 그러니 그리섬이 어찌 판단하겠습니까? 그리섬은 사황자가 삼황자와 진짜로 전략적 제휴를 맺었고, 그 덕분에 사황자 측에서 이번 전투를 미리 알게 되었다고 믿고 있습니다."

"흐음! 그리섬 백작은 그리 생각하는군요. 하면 공작의 판단은 어떻습니까?"

황태자가 모런의 의견을 물었다.

모런은 단호하게 고개를 가로저었다.

"저하, 이 정보는 거짓입니다."

"거짓?"

"태자 저하께서도 이미 알고 계시지 않습니까? 사황자파에서는 그리섬을 이용해서 우리에게 거짓 정보를 흘리려고 합니다."

"으음!"

"그렇다면 뭐가 진실이겠습니까? 사실 사황자는 삼황자와 손을 잡지 않았습니다. 다만 우리가 그렇게 믿도록 만들고 싶을 뿐이지요."

"허어, 우리가 그렇게 믿도록 만든다? 그래서 넷째에게 무슨 이득이 있지요?"

황태자는 좀 더 근본적인 질문을 던졌다.

모런은 지체 없이 대답했다.

"저도 처음에 그 점이 궁금했습니다. 사황자와 삼황자가 연합을 했다? 그런 거짓말을 해서 놈들이 무슨 이익을 볼까? 이게 참 궁금하더라고요. 그런데 오늘 알톤 백작을 만나면서 분명해졌습니다."

알톤은 황태자파와 사황자파에 양다리를 걸치고 있는 이중첩자였다. 사황자파에서는 알톤을 굳게 믿고 있지만, 사실 알톤이야말로 황태자의 끄나풀이었다.

황태자의 몸이 바짝 달아올랐다.

"알톤 백작이 뭐라던가요?"

"놈들은 우리가 긴장하길 원하고 있습니다. 사황자와 삼황자가 손을 잡았으니 너희 황태자파는 바짝 쫄아라! 이것이 놈들이 원하는 바입니다."

"아 글쎄, 그래서 녀석들이 무슨 이득을 얻느냐고요? 녀석들의 입장에서는 우리가 방심하는 것이 더 좋지 않습니까? 그런데 왜 우리를 긴장시키느냔 말이죠. 적을 자극하지 말고 방심을 유도하라! 이건 병법의 기초 아닙니까?"

황태자는 답답한 듯 외쳤다.

모런은 입꼬리를 살짝 치켜들었다.

"그래야 우리가 태양교에 더 의지할 것 아니겠습니까?"

"뭐요?"

의외의 말에 황태자가 깜짝 놀랐다.

모런은 잔인한 미소를 입술에 담았다.

"놈들은 우리가 태양교에 더 의지하도록 유도한 겁니다. 사황자파와 삼황자파가 힘을 합쳤다. 그러니 황태자파는 살고 싶으면 태양교에 더 의지해라! 이것이 사황자파의 숨겨진 의도입니다."

"아니, 대체 왜?"

"사실 태양교가 사황자와 손을 잡고 있으니까요!"

쾅!

모런의 말은 엄청난 충격이었다. 어찌나 놀랐던지 황태자는 몸을 제대로 가누지 못하고 비틀거렸다.

"그럴 수가!"

"태자 저하께서는 태양교를 믿고 계셨겠지요? 그들이 우리를 도와줄 것이라 믿으셨지요?"

"아아, 믿었지요. 진짜로 믿었지요."

황태자가 홀린 듯이 대답했다.

모런은 어금니를 지그시 물고 잇새로 으르렁거렸다.

"저도 태양교를 믿었답니다. 한데 사실 그 태양교는 우리와 접촉하기 이전에 사황자와 먼저 손을 잡았다더군요.

그다음 우리의 뒤통수를 치려고 접근한 것이지요."

"아아, 그럴 수가!"

"조금 전 태자 저하께서는 제게 사황자파에서 어떻게 태양교와 헬 하운드의 싸움을 미리 예견할 수 있었느냐고 물으셨지요? 이게 그 답입니다. 놈들은 삼황자파와 헬 하운드를 통해서 이번 싸움을 전해 들은 것이 아닙니다. 태양교를 통해서 싸움이 벌어진다는 사실을 미리 알게 된 것입니다."

"으으읏! 그렇구나! 이 죽일 놈의 사황자! 으드득, 태양교!"

황태자가 두 주먹을 불끈 쥐었다.

생각해 보니 아찔했다. 자칫하면 태양교에게 뒤통수를 얻어맞고 그대로 무너질 뻔했다.

"카악! 퉤! 이 더러운 태양교 놈들! 넷째와 배꼽을 맞춰 놓고 감히 내게 거짓으로 접근을 하다니, 이 찢어 죽일 배신자들! 크아악!"

화가 난 황태자는 목검을 마구 휘둘러 방 안의 집기를 부쉈다. 아름다운 호리병이 와장창 깨졌다. 고가의 장식들도 산산이 박살 났다.

그래도 황태자의 분이 풀리지 않았다.

"여봐라, 게 누구 없느냐? 술을 가져와라!"

황태자는 밖을 향해 크게 소리쳤다.

"태자 저하! 술이라니요? 한동안 술을 끊으셨지 않습니까?"

모런이 눈을 찌푸렸다.

황태자는 나름 뛰어난 사람이었다. 여러 명의 황자들 가운데 성격도 제일 호방하고 의리도 넘쳤다. 그 때문에 따르는 사람도 가장 많았다.

다만 한 가지!

불같이 화가 나면 인사불성이 되도록 술을 퍼마시는 것이 문제였다. 최근 암투가 심해지면서 황태자의 술에 대한 의존도도 점점 올라갔다.

"모런 공작, 아니 장인어른! 오늘은 좀 마셔야겠습니다. 술을 마시지 않고서는 이 배신감을 다스릴 길이 없네요. 그러니 오늘은 나를 말리지 마십시오. 우와악! 이 개 같은 태양교 놈들! 이 비열한 음모쟁이 넷째! 우와아아악!"

황태자는 얼굴이 시뻘게지도록 악을 썼다.

황태자가 이렇게 나오니 모런도 더는 충언을 올리지 못했다.

"태자 저하!"

그저 곁에서 지켜보면서 발을 구르는 것이 모런이 할 수 있는 일의 전부였다.

같은 시각.

황궁 내성의 서쪽 위치스 홀에서도 회의가 열렸다.

"그래, 알아본 결과는 어떻던가?"

사황자가 샤피로에게 물었다.

샤피로는 사황자를 향해 가볍게 머리를 조아렸다.

"저하, 아무래도 소문이 사실인 것 같습니다. 저하께서 그렇게 찾으시던 어쌔신들, 즉 트윈 헤드 스네이크의 족적이 발견되었습니다."

"으으음, 대체 어쌔신들이 어디 있었던가?"

"이번에 태양교의 사제와 헬 하운드의 마법사가 맞붙어서 상단에게 큰 피해를 입힌 곳이 있지 않습니까?"

"그렇지."

"바로 그 포멀 남작의 영지에 트윈 헤드 스네이크가 숨어 있었습니다."

"끄으응!"

사황자는 손으로 이마를 짚었다.

"그럼 역시 그 소문이 사실이었군. 헬 하운드와 어쌔신이 손을 잡았고, 그들이 태양교와 맞서 싸운 게야."

"그렇습니다."

"허어어! 그럼 아군의 큰 위기가 아닌가. 셋째 형은 헬 하운드와 트윈 헤드 스네이크, 그리고 웨일스 기사단을 손에 쥐었고, 큰 형은 태양교와 철사자 기사단을 움켜쥐고 있는데, 나는 고작해야 드래고니안의 마법사와 네크로맨서

부대, 그리고 퍼른 기사단뿐이라니! 으으으, 장차 이 일을 어쩐단 말인가!"

사황자는 자신의 머리카락을 마구 잡아 뜯었다. 황태자와 삼황자, 사황자 모두 한 핏줄임을 입증이라도 하듯이 습관이 동일했다.

샤피로가 사황자를 위로했다.

"전하, 너무 심려치 마소서."

사황자가 고개를 번쩍 들었다.

"심려치 말라니! 그대에게 무슨 좋은 꾀라도 있는가?"

"적들이 우리보다 강한 것은 사실이오나, 우리에겐 좋은 기회가 있습니다."

"기회?"

"태양교와 헬 하운드가 이제 곧 전쟁을 벌일 판이 아니옵니까? 그럼 황태자 저하와 삼황자 저하도 어쩔 수 없이 전력을 다해 싸울 수밖에 없습니다. 우리는 가만히 숨죽이고 있다가 그때를 노리면 됩니다. 2개의 거대 세력이 싸우다가 지칠 때! 그때가 바로 아군의 기회가 될 것입니다."

샤피로의 말은 그럴 듯했다.

"그렇지! 그건 분명히 기회가 될 게야. 역시 샤피로 남작은 나의 꾀주머니일세. 그대의 말을 들으니 우려가 싹 달아나는구먼. 우하하하!"

사황자는 언제 울상을 지었냐는 듯이 소리 내어 웃었다.

금세 울다가 웃고, 웃다가 다시 울고.

감정기복이 심한 것이 사황자의 단점이었다.

Chapter 2

"태양신은 위대하시다."

얼굴 전체를 금빛 가면으로 가린 사내가 선창했다. 사내
는 검은색 수도승 복장에 체격이 단단했다. 허리에는 황금
빛 팔각봉과 황금 포승줄을 착용했다. 특이하게도 사내는
신발을 신지 않았다.

—태양신은 위대하시다.

얼굴에 은빛 가면을 쓰고 검은색 수도복을 입은 사내들
이 그 말을 뇌파로 되풀이했다. 다들 맨발이었으며, 허리춤
엔 은색 팔각봉과 은색 포승줄을 동여맸다.

은빛 가면의 인원수는 총 11명.

여기에 금빛 가면을 합치면 총 12명이었다.

태양교에서는 12를 완전수라 믿었다. 하여 사제들을 외
부에 파견할 때면 12명이 모인 1조를 기본 단위로 지정했
다.

혹은 12 곱하기 12의 의미로 144명을 파견하는 경우도
있었다. 12명이 한 조를 이룬 다음, 이 조 12개가 모여서

하나의 중급 부대를 이루는 방식이었다.

지금 행진 중인 12명 가운데 금빛 가면을 쓴 사내는 태양교의 미하일 주교였다. 그리고 은빛 가면에 검은 수도복을 입은 자들은 이단 척결 부대인 인서클드 라인 소속의 성법사들이었다.

인서클드 라인은 태양교의 주력군 가운데 하나로, 총 인원이 1,728명에 달했다.

이 1,728이라는 숫자는 인서클드 라인 안에 144명으로 이루어진 중급부대가 12개 모여 있다는 것을 의미했다. 혹은 12명으로 이루어진 조가 144개 편성되어 있다고 봐도 무방했다.

144개의 조가 있으면 조장도 144명이다. 미하일 주교는 이 많은 조장들 가운데 한 명이었다.

하지만 태양교의 그 누구도 미하일을 일개 조장으로 취급하지 못했다. 그의 마력은 인서클드 라인 최강이었으며, 태양교를 통틀어서도 열두 손가락 안에 꼽힐 만큼 강했다.

그럼에도 불구하고 미하일이 일개 조장에 머무르는 이유는, 그가 너무나 잔혹해서 종종 교법을 어기기 때문이었다.

미하일 뿐 아니라 그의 부하 11명도 모두 무자비하고 강맹하기로 유명했다.

마하일이 다시 선창했다.

"인서클드 라인은 강하다."

—인서클드 라인은 강하다.

11명의 성법사들이 뇌파로 복창했다.

미하일이 다시 외쳤다.

"이단은 해체시킨다."

—이단은 해체시킨다.

성법사들이 또 복창했다.

'태양신은 위대하시고, 인서클드 라인은 강하며, 이단은 해체시킨다.'는 것은 태양교 휘하 이단 척결 부대인 인서클드 라인의 구호였다.

미하일과 그 부하들은 단합된 구호와 함께 이열종대로 발맞춰 걸었다. 거칠거칠한 모랫길도, 울퉁불퉁한 자갈길도, 질퍽한 진흙길도 그들에게는 장애물이 되지 않았다. 다들 맨발로 대지를 밟고 온몸으로 태양광을 흡수하면서 몸속 기운을 순환시켰다.

몬순 제국의 국경을 넘어 한참을 걷자 목적지가 가까워졌다. 뿌연 먼지바람 너머 몬순 제국의 수도 바아란이 희미하게 그 위용을 드러내었다.

'저기가 바로 우리가 해체시킬 곳인가?'

미하일은 웅대한 수도의 전경을 물끄러미 응시했다. 그다음 한층 우렁찬 목소리로 구호를 반복했다.

"태양신은 위대하시다."

미하일이 뇌파 대신 목으로 구호를 외치는 이유는 딱 하나였다.

일반 백성들에게 우리의 구호를 전파하기 위해서!

이것이 미하일이 목청을 돋우는 이유였다.

성법사들이 복창했다.

—태양신은 위대하시다.

미하일이 다시 외쳤다.

"인서클드 라인은 강하다."

—인서클드 라인은 강하다.

"이단은 해체시킨다."

—이단은 해체시킨다.

반복되는 복창이 성법사들을 점점 더 자기 세뇌에 빠져들게 만들었다. 미하일 주교를 포함한 12명 모두 두 눈이 유리알처럼 번들거렸다.

몬순 제국의 수도 바아란을 코앞에 둔 지점에서 미하일이 손을 들었다.

—멈춰.

미하일의 뇌파가 11명 성법사들의 뇌리에 명령을 전달했다. 성법사들은 그 자리에 우뚝 멈췄다.

쿵쿵쿵

미하일이 코를 씰룩였다.

흙냄새, 수풀 냄새, 축축한 이슬 냄새……

주변은 고요했다. 매복도 없었고 딱히 이상한 점도 발견되지 않았다. 그런데도 미하일은 인상을 찌푸렸다.

육감 때문이었다.

'기분이 불쾌해. 왜 이러지? 이런 기분일 때면 무언가 나쁜 일들이 발생하곤 했는데…….'

미하일의 육감은 이번에도 정확했다.

―태양교의 이단 척결 부대인가?

미하일의 뇌리에 음성이 들렸다. 미하일뿐 아니라 나머지 성법사들의 머릿속에 동시에 똑같은 뇌파가 울렸다.

―누구냐?

미하일이 송충이 같은 눈썹을 곤두세웠다. 그의 뇌리에 다시 음성이 들렸다.

―태양교가 맞군. 미안하지만 여기서 사라져 줘야겠다.

말이 떨어지기 무섭게 사내가 한 명 나타났다. 키가 크고 몸이 비쩍 마른 사내의 정체는 샤피로였다.

―넌 누구냐?

미하일이 황금빛 팔각봉을 뽑아 샤피로에게 겨눴다.

11명의 성법사들도 일제히 은빛 팔각봉을 뽑았다. 그들은 미하일과 함께 둥근 원을 만들어 샤피로를 포위했다.

미하일이 먼저 손을 썼다.

'선수를 쓰지 않으면 우리가 죽는다!'

상대는 단 한 명에 불과했다. 그런데 미하일의 머릿속엔 이상하게도 이런 위기감이 자리를 잡았다.

미하일이 팔각봉을 뻗자 그 끝에서 다섯 줄기의 광채가 발산되었다. 황금빛으로 번쩍이는 광채는 샤피로의 주변에 내리꽂혀 땅 속에 푹 파고들었다.

그 땅 속에서 황금빛 기둥이 자라났다. 길이 1미터에 팔각형 모양을 한 5개의 기둥은 샤피로의 주변을 다섯 방위에서 에워쌌다.

다섯 기둥 사이로 금이 쭉쭉 연결되었다. 땅바닥에 오각형의 별 모양이 형성되었다. 샤피로는 그 별의 중앙에 위치했다.

성법사들이 탄성을 질렀다.

─미하일 님의 주특기인 골든 스토퍼(Golden Stopper) 마법이다!

─오오오!

11명의 성법사들은 기대 어린 눈빛으로 별 모양의 마법진을 응시했다.

후오옹!

이윽고 황금 기둥들이 강렬한 광채를 피어올렸다. 하늘로 솟구친 광채가 샤피로를 향해 떨어졌다. 광채의 중심엔 시뻘겋게 타오르는 유성이 자리했다.

유성이 떨어지는 중이니 피하는 것이 마땅했다.

한데 때마침 별 모양의 마법진이 강렬한 빛을 내뿜었다.

이 빛이 샤피로를 꼼짝 못하게 얽어매었다.

―그 어떤 힘으로도 골든 스토퍼의 속박을 풀지 못한다.

미하일은 이렇게 자신했다.

이 골든 스토퍼는 상대를 물리적으로 묶는 마법이 아니었다. 마법진 안에 갇힌 사람의 시간을 잠시 멈춰 놓는 고대의 마법이었다.

시간이 멈췄으니 당연히 움직이지도 못할 터!

꼼짝 못 하고 속박당한 샤피로를 향해 다섯 줄기의 유성이 내리꽂혔다. 온 하늘이 시뻘겋게 물들었다.

―놈은 이제 죽은 목숨이다!

―역시 미하일 님이시다.

성법사들이 환호했다.

하지만 잠시 후 그들의 얼굴이 하얗게 질렸다.

커다란 유성이 5개나 떨어졌으니 굉음이 울리고 지축이 뒤틀리는 것이 마땅한데, 이상하게도 너무나 고요했다.

―저, 저, 저!

성법사 가운데 한 명이 손가락으로 샤피로를 가리켰다.

샤피로는 마법진 안에 가만히 있었다. 단 한 걸음도 피하지 않았다. 그저 원래 서 있던 자리에 그대로 머물렀을 뿐이다.

그런데 엉뚱하게도 떨어지던 유성이 사라졌다.

유성은 죄다 녹아 버렸다. 골든 스토퍼가 발휘되기 전,

샤피로가 내뿜은 열기 탓이었다.

무쇠도 녹일 열기가 샤피로의 주변을 확 휩쓸었다. 그 열기에 유성도 녹고, 황금빛 팔각기둥 5개도 녹고, 땅도 녹았다.

모래와 흙이 녹아 흐물흐물한 액체로 변했다. 5개의 팔각기둥이 녹으면서 골든 스토퍼 마법진도 와해되었다.

샤피로가 한 걸음 앞으로 내디뎠다.

심연 깊은 곳에 봉인해 놓았던 양기를 풀어 주자 샤피로의 몸에 근육이 붙었다. 비쩍 말랐던 신체에 섬세한 근육이 퍼지자 슬림하면서도 탄탄한 몸매가 드러났다.

샤피로가 주변을 쭉 훑었다.

―어엇?

미하일은 아찔함을 느꼈다.

―어어엇?

성법사들도 현기증을 느꼈다.

지극히 짧게 느낀 현기증이었는데, 그 어지러움의 결과는 처참했다.

11명의 성법사들은 온몸의 마나를 빼앗기고, 이어서 양기를 갈취당하고, 바짝 말라 미이라로 변했다.

땅에 풀썩풀썩 쓰러진 미이라들은 이내 먼지로 돌아갔다.

부하들을 모두 잃고 오직 미하일만 살아남았다.

아니, 엄밀하게 말해서 미하일도 살아 있다고 보기는 어려웠다. 평생 쌓아 온 마나를 모두 빼앗기고, 팔다리와 몸통이 바짝 말라 몸도 가누지 못하는 형편이니 이건 살아도 산 것이 아니었다.

샤피로의 시선이 미하일을 향했다.

미하일은 두 눈을 부릅떴다.

—이 권능은!

생각하기도 싫은 끔찍한 사건이 미하일의 뇌리를 강타했다.

6년 전 태양교의 성지에서 벌어졌던 그 엄청난 사건!

그 날 태양교는 전력의 절반과 성물을 잃어버렸다. 그리고 며칠 후 이클립스 교단이 멸망했다.

한데 이클립스와 함께 산화한 것으로 알려진 그 무시무시한 괴물이 죽지 않고 되살아났다.

—으으으아아! 안 돼!

미하일이 발작했다.

샤피로는 무심한 눈으로 미하일을 굽어보았다.

Chapter 3

같은 시각.

노인 2명이 나란히 길을 걸었다.

그중 왼쪽 노인은 키가 150센티미터밖에 되지 않았다. 노인의 머리는 기형적으로 컸다. 회색빛깔 머리카락이 그 큰 머리를 듬성듬성 채웠다. 늙고 괴상한 모습에도 불구하고 노인의 인상은 그리 나쁘지 않았다. 실실 웃는 모습이 왠지 모르게 푸근해보였다. 복장도 시골 노인 차림이었다.

오른쪽 노인은 지극히 평범했다. 외모도 수수했고 복장도 눈에 띄지 않았다. 머리숱은 많았으나 대부분 흰머리였다. 중키에 허리는 곧았다.

머리가 큰 노인의 정체는 헬 하운드 조직의 사장로였다. 놀랍게도 그의 나이는 올해 138세나 되었다.

평범해 보이는 노인은 헬 하운드 조직의 오장로로 올해 120세였다.

사장로가 뇌파로 말문을 열었다.

—이보게, 오장로.

—네, 사장로님.

"수도에 도착하려면 아직 멀었는가?

오장로는 고개를 들어 하늘을 한 번 올려다보았다. 이어서 주변 지형을 휙 둘러보고는 대답했다.

—이제 한나절만 더 가시면 됩니다.

—한나절이나? 에구구!

사장로가 허리를 툭툭 두드렸다.

―허리가 아프십니까?

―어허허허! 그러게 말이야. 그러고 보니 이렇게 장시간 걷는 것도 참 오랜만이군. 나도 이제 늙었어. 그깟 며칠 걸었다고 허리가 다 쑤시는 걸 보면 말일세. 허허허!

―늙으시긴요. 사장로님은 아직도 정정하십니다. 열여덟 살이나 어린 저보다도 더 젊어 보이시는걸요.

오장로가 흰소리를 했다.

사장로가 껄껄 웃었다.

―예끼 이사람! 자네 지금 나를 놀리는 겐가? 껄껄껄!

―하하하하!

오장로도 함께 웃다가 고개를 갸웃거렸다.

―그런데 사장로님, 조금 이상하군요. 샤늘루루 공주에게 연락을 보냈으니 이미 누군가 마중을 나왔어야 하는데요.

―마중? 허허허, 곧 오겠지. 그런데 설마 마중을 나올 때 빈손으로 오지는 않겠지? 하다못해 마차라도 보내겠지?

사장로는 계속해서 허리를 두드렸다.

오장로가 고개를 주억거렸다.

―당연하지요. 샤늘루루 공주와 삼황자 측에서 곧 안락한 마차를 보낼 것입니다. 헬 하운드의 사장로님께서 손수 거동하셨는데 그 정도 성의도 보이지 않으면 고약한 일이지요.

오장로의 말이 끝나기 무섭게 허공에서 대답이 들렸다.

—성의라면 당연히 보여야지.

낭랑한 여자의 목소리와 뇌파로 전달되었다. 그와 함께 허공에 2미터 크기의 둥근 구체가 나타났다. 심상치 않아 보이는 구체는 눈 깜짝할 사이에 부와악 부풀더니, 사방으로 붉은 뇌전을 뿌리면서 폭발했다.

구체 한복판에서 바이올렛이 불쑥 튀어나왔다.

—웬 년이냐?

오장로가 손을 휘저었다.

오장로의 손을 따라 반투명한 붉은 막이 커튼처럼 일어나 사장로와 오장로의 주변을 감쌌다.

붉은 뇌전이 막을 두드렸다. 요란한 소리와 함께 사방으로 스파크가 튀었다.

사장로가 검지로 바이올렛을 가리켰다.

섬뜩한 느낌에 바이올렛이 긴장했다. 바이올렛이 순간이동으로 자리를 피했다.

피웃—!

사장로의 손가락에서 쏘아져나간 뾰족한 불덩어리가 바이올렛이 떠 있던 허공을 빠르게 관통하고 지나갔다. 바이올렛의 반응이 조금만 늦었더라면 배에 구멍이 뚫릴 뻔했다.

치치치칙!

바이올렛이 양손을 치켜들었다. 그녀의 두 손아귀 사이, 시뻘건 뇌전이 뭉치고 또 뭉쳐서 길게 자라나더니 이내 1미터 길이의 칼날로 형상화되었다.

오장로가 입술을 꾹 깨물었다.

—으으음, 벼락의 칼날! 이클립스의 마법이구나! 이클립스에 생존자가 있었어.

견문이 넓은 오장로가 바이올렛의 마법을 한눈에 알아보았다.

사장로가 거들었다.

—저 계집은 이클립스의 여섯 번째 별인 바이올렛 같네.

—흥! 알아본다고 막을 수 있는 것은 아니지.

바이올렛은 벼락의 칼날 두 자루를 좌우로 나누어 뿌렸다. 그다음 순간이동으로 10미터를 건너뛰었다.

옳은 판단이었다. 바이올렛이 머물렀던 공간에 뾰족한 불덩어리가 또 스치고 지나갔다. 사장로의 기습 공격이었다.

바이올렛이 자리를 피하는 동안 그녀가 뿌린 벼락의 칼날은 좌우로 나뉘어 빙글빙글 회전하면서 날아가더니 그대로 오장로의 방어막을 찢었다. 방어막 위에 시뻘건 광채와 푸른 불똥이 난무했다.

—크욱! 제법이구나!

오장로가 버티지 못하고 방어막을 한 겹 보강했다.

바이올렛의 칼날은 그 두 번째 방어막까지 찢고 안으로
파고들었다.

—이년이 어딜 감히!

이번엔 사장로가 나섰다.

사장로가 손을 뒤집자 주홍색 빛의 기둥 두 줄기가 땅에
서 솟구쳐 10미터 높이로 치솟았다. 빛의 기둥 표면엔 강
한 전류가 흘렀다.

전류가 자기장을 유도했다. 그 자기장이 다시 강력한 전
기장을 형성하며 주변의 전하를 빨아들였다.

바이올렛이 쏘아낸 벼락의 칼날도 그 강한 흡입력을 견
디지 못하고 전하를 빼앗겼고, 결국 와해되었다.

사장로가 방어를 돕는 동안 오장로는 공격에 나섰다. 두
장로는 공수교대가 물 흐르듯이 자연스러웠다.

오장로가 손가락을 튕기자 파이어 월(Fire Wall: 불의 벽)
이 일어났다. 폭 10미터에 높이가 3미터에 달하는 파이어
월 4개는 바이올렛의 주변 동서남북을 모두 틀어막아 사각
형의 울타리를 쳤다.

바이올렛이 화염의 울타리 안에 갇혔다. 울타리 안에 강
한 열기가 휘몰아쳤다.

—칫!

바이올렛은 순간이동으로 화이어 월을 뛰어넘으려고 들
었다.

실패였다. 바이올렛이 순간이동을 할 때 화이어 월도 함께 이동하면서 바이올렛을 포위망 안에 가뒀다.

—치잇!

바이올렛이 재차 순간이동했다.

이번에도 파이어 월이 함께 이동하면서 바이올렛을 놓치지 않았다.

오장로가 한 번 더 손가락을 튕겼다.

폭 10미터였던 화이어 월 울타리가 바이올렛을 향해 천천히 좁혀들었다. 시뻘건 화염의 벽이 사방에서 조여드는 광경이 참으로 살벌했다. 동서남북 어디에도 피할 곳이 없었다. 바이올렛은 어쩔 수 없이 뻥 뚫린 허공으로 몸을 날렸다.

사장로가 뇌파로 천둥소리를 내었다.

—어딜 도망치려고?

파이어 월이 만들어 낸 울타리 상공, 붉은 돌기 같은 것들이 허공에 돋아나더니 바이올렛의 머리를 향해 불화살처럼 쏟아졌다. 붉은 보석처럼 보이는 이 조각들은 화염이 강하게 응축된 불의 정화였다.

—쳇! 눈치 빠른 늙은이 같으니.

바이올렛은 허공으로 뛰어오르는 것을 포기하고 양손에 벼락을 모았다.

쩌저저적!

눈부시게 모인 전하가 바이올렛의 양손 사이를 오가며 점점 더 증폭했다. 그러다 바이올렛의 머리 위에 모여 커다란 방패의 형상을 갖추었다. 시뻘건 전하를 내뿜는 마법의 방패였다.

방패 위로 사장로의 공격이 작렬했다.

빠캉! 빠카카캉! 빠지직!

불꽃이 튀었다. 연달아 폭음이 울렸다. 사장로가 만들어 낸 불의 정화는 바이올렛의 방패에 닿는 순간 커다란 플레임을 만들어 내며 폭발했다. 그런 폭발이 쉴 새 없이 이어졌다. 폭음이 한 번 울릴 때마다 바이올렛의 상체가 푹푹 꺾였다. 폭발의 여파가 그만큼 강하다는 반증이었다.

Chapter 4

폭발은 점점 더 강해졌다.

—이런 썅!

바이올렛이 어금니를 꽉 물었다. 멀쩡하던 그녀의 눈이 홱 뒤집혀 흰자위를 드러냈다. 보라색 머리카락은 중력을 무시하고 하늘로 솟구쳐 무섭게 일렁였다. 바이올렛은 그 상태에서 하늘을 치켜다보며 주문을 외웠다.

마른하늘에 먹장구름이 몰렸다. 환한 대낮이 갑자기 어

두컴컴하게 변했다. 시커먼 구름 사이로 전하가 우르릉우르릉 몰려다녔다.

—뭐지?

갑작스러운 기후 변화에 오장로가 하늘을 올려다보았다.

—으헉!

그다음 화들짝 놀라 몸을 움츠렸다.

시커먼 구름 사이로 모인 전하가 눈 깜짝할 사이에 벼락이 되어 지상으로 낙하했다. 이제까지 바이올렛이 선보였던 벼락은, 지금 하늘에서 떨어지는 이 진짜 벼락에 비하면 어린애 장난 같았다.

창창한 허공을 갈기갈기 찢으며 떨어진 벼락은 오장로가 만들어 놓은 사각형의 덫을 그대로 직격했다.

소리는 들리지 않았다. 벼락이 내리찍은 공간 전체가 순간적으로 부욱 부푸는 것처럼 보였다.

벼락이 만들어 낸 엄청난 양의 고압 전류가 주변의 산소를 확 쓸어 담아 태웠다. 오장로가 소환한 4개의 파이어 월은 바람 앞의 촛불처럼 펄럭이다가 꺼져 버렸다. 파이어 월뿐 아니라 사장로의 공격도 모두 날아갔다. 벼락이 내리꽂힌 자리엔 아무것도 남지 않았다. 그저 시커멓게 그을린 웅덩이만 남았을 뿐이다.

—지독한 것! 스스로를 향해 벼락을 내리찍다니!

사장로가 혀를 내둘렀다.

―저것 좀 보십시오!

오장로는 웅덩이를 가리켰다.

시커멓게 그을린 웅덩이 속에서 바이올렛이 한 걸음 한 걸음 힘을 주어 걸어 나왔다. 바이올렛의 보라색 머리카락은 벼락에 그을려 반쯤 타 버렸고, 얼굴은 검댕이투성이였으며, 의복은 모두 불타 육감적인 알몸을 고스란히 드러냈다. 바이올렛은 그 상황에서 양팔을 하늘로 치켜들었다.

바이올렛의 가슴이 출렁거렸다. 부끄러움은 던져 버린 지 오래였다. 분노에 눈이 뒤집힌 바이올렛에게는 오로지 적들만 보였다.

시커먼 먹장구름 사이로 또다시 번쩍번쩍 전하가 뛰놀았다.

―이런 지독한 것!

사장로가 입술을 꽉 깨물었다.

바이올렛이 사장로를 향해 두 손을 내리그었다. 까마득한 상공에서 진짜 벼락이 형성되어 지상으로 내리꽂혔다.

하늘에서 떨어지는 벼락은 그 누구도 피할 수 없었다. 구름 사이에서 뭔가 번쩍인다 싶은 순간 이미 지상에 벼락이 작렬했다.

오장로가 사장로를 밀쳤다.

"쿠헉!"

벼락을 대신 맞은 오장로가 입에서 피를 토했다. 오장로는 구름에 전하가 모여들 때부터 자신의 머리 위에 붉은 방어막을 깔기 시작해서 무려 다섯 겹이나 보호막을 형성해 놓았다. 그걸 믿고 사장로 대신 벼락을 맞은 것이다.

한데 오 층의 방어막이 한 방에 으깨졌다. 벼락은 그러고도 힘이 남아 오장로의 내장을 뒤집어 놓았다.

"쿨럭쿨럭!"

오장로는 땅에 주저앉아 각혈을 했다. 팔다리가 감전되어 제대로 움직일 수도 없었지만, 그보다 더 큰 문제는 눈이었다. 고압의 전기가 오장로의 몸을 훑고 지나가면서 시신경을 토막 냈다.

그 탓에 오장로는 잠시 시력을 잃었다. 빨리 치료를 받으면 회복될 수도 있지만, 치료가 늦으면 영원히 장님이 될 위급한 상황이었다.

바이올렛이 한 번 더 양팔을 벌렸다.

또다시 벼락이 쳤다.

―안 돼!

사장로가 양팔을 정신없이 내질렀다.

훙! 훙! 훙! 훙! 후웅!

땅에서 주홍색 빛의 기둥 8개가 동시에 솟구쳤다. 빛의 기둥은 사장로와 오장로의 주변을 둥글게 에워쌌다.

빛의 기둥에서 발생한 전류가 자기장을 만들었다. 그 자기장이 하늘에서 떨어지는 벼락을 잡아끌었다.

사장로가 만들어 낸 주홍색 빛의 기둥은 일종의 피뢰침인 셈이었다.

일직선으로 떨어지던 벼락이 중간에 여덟 가닥으로 나뉘어 피뢰침을 때렸다. 허공에 퍼진 잔류 전기가 사장로와 오장로에게도 영향을 미쳤으되, 벼락에 직접 얻어맞는 것보다는 훨씬 양호했다.

대신 피뢰침 역할을 한 8개의 기둥이 벼락과 함께 소멸했다.

—하아압!

바이올렛이 또다시 양팔을 벌렸다.

벼락이 거듭 내리쳤다.

—이런 미친 계집! 뭘 처먹었는지 지치지도 않는구나!

사장로가 욕설을 퍼부었다. 사장로의 손이 바쁘게 움직였다. 주홍색 빛의 기둥 8개가 다시 솟아나 벼락을 분산시켰다.

바이올렛이 또 양손을 들었다.

시커먼 구름에 전하가 가득 모였다.

—이제 그만 죽어라, 이 질긴 늙은이야!

바이올렛이 사장로를 향해 악을 썼다.

사장로도 마주 고함을 질렀다.

—싫다. 나는 벽에 똥칠할 때까지 살 테다. 죽으려면 너나 죽어라, 이 이클립스의 미치광이 계집아!

하늘에서 벼락이 쳤다.

그 벼락이 8개의 피뢰침을 소멸시키며 흩어졌다. 벼락이 한 번 내리꽂힐 때마다 사장로의 옷은 점점 더 가루로 변했다.

오장로는 이미 벌거숭이었다. 그 상태에서 오장로는 땅바닥에 고개를 처박고 "웩! 웩!" 구역질을 했다.

이제 바이올렛도 한계에 부딪쳤다. 하얗게 번뜩이던 그녀의 눈알엔 핏발이 섰고, 입가엔 선혈이 흘렀다. 뇌전의 마녀라 불리는 바이올렛이지만 이렇게 연달아 벼락을 떨어뜨리긴 처음이었다.

'여기서 그만 둘 순 없어. 저 늙은이들에게 주도권을 빼앗겨선 내가 위험해!'

이렇게 생각한 바이올렛은 젖 먹던 힘까지 쥐어짰다.

이건 바이올렛이 짜낼 수 있는 마지막 벼락이었다. 하늘이 번쩍 빛났다. 새하얀 낙뢰가 지상을 강타했다.

사장로도 이제 한계에 달했다. 138년이라는 긴 세월을 사는 동안 이토록 힘들어 보긴 또 처음이었다.

—크아악! 이 미친년아!

사장로는 죽을힘을 다해 빛의 기둥을 소환했다.

한데 이번엔 힘이 좀 모자랐다. 원래는 8개의 방위에 피뢰침을 세워야 바이올렛의 공격을 제대로 분산시킬 수 있는데, 마나가 고갈된 탓에 겨우 6개의 기둥만 소환했다.

여섯 가닥으로 나뉜 벼락이 사장로가 소환한 빛의 기둥을 으스러뜨렸다. 그리고 남은 전하가 사장로의 몸을 그대로 관통해 땅속으로 파고들었다.

"끄흑!"

사장로가 입을 쩍 벌렸다.

사장로의 입에서 허연 연기가 한 줄 피어올랐다. 듬성듬성하던 사장로의 머리카락은 홀랑 타 버렸다. 사장로는 술 취한 사람처럼 비틀거리다가 주저앉았다.

─오호호호! 내가 이겼다.

바이올렛이 승리의 웃음을 터뜨렸다.

하지만 곧 인상을 쓰면서 한쪽 무릎을 꿇었다. 무리하게 공격을 하다가 마나홀이 뒤틀린 탓이었다.

─크으흐, 아직 승부는 끝나지 않았다.

이번엔 사장로가 몸을 일으켰다. 사장로는 고압전류에 감전되어 시커멓게 그을린 몸을 힘겹게 일으키고는 무서운 눈으로 바이올렛을 노려보았다.

바이올렛도 두 눈 똑바로 뜨고 사장로와 눈싸움을 했다.

두 사람 사이의 땅이 지글지글 끓기 시작했다. 20미터가 넘는 넓은 영역이 달궈진 냄비 속 스프처럼 부글부글 거품을 일으켰다. 땅거죽이 발갛게 달아올랐다.

─으윽!

바이올렛이 짧게 신음했다.

땅거죽은 점점 더 붉게 변했다. 그 속에서 용암이 솟구쳐 흙과 뒤섞였다. 질퍽한 용암 안에서 헬 하운드 한 마리가 서서히 올라왔다.

이번에 소환된 헬 하운드의 어깨 높이는 약 3.5미터였다. 머리부터 꼬리까지 길이는 5미터 이상 되었다.

상상을 초월하는 크기의 이 거대한 헬 하운드는 지금까지 소환되었던 헬 하운드들과는 형상 자체가 완전히 달랐다.

우선 이 헬 하운드는 몸이 날렵하지 않았다. 가슴이 두껍고 몸이 둥글둥글해서 사냥개가 아니라 거대한 불곰을 보는 것 같았다. 앞발과 뒷발도 커다란 수레바퀴처럼 거대했다. 온몸의 털은 주홍빛 화염으로 이루어져 있어 뜨거운 열기가 훅훅 몰아쳤다.

무엇보다 놀라운 것은 3개의 머리통이었다.

헬 하운드의 목 위에 얹힌 대가리의 개수는 모두 셋!

흉포하기 이를 데 없는 3개의 머리통이 바이올렛을 향해 6개의 눈을 부라리더니, 각기 다른 표정으로 포효했다.

헬 하운드의 포효에 대지가 뒤흔들렸다.

—아, 젠장!

바이올렛이 낭패한 표정을 지었다. 지금 바이올렛에게는 이 거대한 헬 하운드와 맞서 싸울 기력이 남지 않았다. 그저 샤피로가 어서 빨리 와 주기를 기다릴 뿐이었다.

반면 사장로의 얼굴엔 승리의 기쁨이 가득했다.

—우하하하!

사장로가 호탕하게 웃었다.

Chapter 5

머리 셋 달린 헬 하운드가 우렁차게 포효했다.

크롸롸롸롸! 크롸롸! 크롸롸롸!

세 방향에서 울리는 포효에 바이올렛의 머리카락이 세차게 펄럭였다.

바이올렛이 얼굴을 찌푸렸다.

머리 셋 달린 헬 하운드가 한 걸음 앞으로 내디뎠다. 워낙 덩치가 커서 한 발 내디뎠을 뿐인데 거리가 확 단축되었다. 바이올렛의 코앞까지 접근한 헬 하운드는 당장에라도 그녀를 잡아 삼킬 것처럼 아가리를 벌렸다.

사장로가 말렸다.

—잡아먹지 마라. 그 요망한 계집에게서 알아낼 것이 많구나.

바이올렛은 이클립스의 일곱 별 가운데 하나였다. 잘만 고문을 하면 이클립스의 고위 마법을 캐낼 수도 있고, 다양한 정보를 뽑아낼 가능성도 높았다. 사장로는 '이 계집을 어떻게 요리할까?'를 고민하며 히죽 웃었다.

헬 하운드가 한 발 뒤로 물러섰다.

그리고 한 발 더, 또 한 발 더.

헬 하운드는 연속해서 뒷걸음질을 쳤다. 그러다 점점 더 후퇴 속도를 높였다.

―뭐야? 너 왜 그래?

사장로가 눈을 동그랗게 떴다.

그 사이 머리 셋 달린 헬 하운드는 수십 미터 밖까지 물러났다.

끄응! 끙!

헬 하운드의 오른쪽 머리가 연신 고개를 좌우로 가로저었다. 헬 하운드의 왼쪽 머리는 낑낑 신음 소리를 냈다. 가운데 머리는 공포에 질려 입가를 가늘게 떨었다. 바짝 솟구쳐 있던 헬 하운드의 꼬리는 어느새 배 아래로 내려가 착 달라붙었다.

―대체 왜 그러는 게야?

사장로가 채근했다.

깨개갱!

헬 하운드는 갑자기 펄쩍 뛰어 10미터를 더 후퇴했다. 그다음 좌우로 펄쩍 펄쩍 뛰어 30미터를 더 도망쳤다.

―이게 미쳤나?

사장로가 눈썹을 찌푸렸다.

그때 사장로의 등 뒤에서 낯선 음성이 들렸다.

—미친 것이 아니지. 저 헬 하운드는 지극히 정상이야.

—누구냐?

사장로가 번개처럼 몸을 돌렸다.

그 전에 가느다란 손이 불쑥 나타나 사장로의 머리를 붙잡았다.

이 손의 주인이 언제 어떻게 이곳에 나타났는지는 알 수 없었다. 이렇게 힘없고 가느다란 손을 사장로가 왜 치우지 못하는 것인지도 의문이었다.

사장로는 힐끗 위를 올려다보았다.

손의 주인은 검은색 수도복을 걸쳤다. 머리까지 푹 눌러 쓰는 로브 형태의 수도복이었다. 얼굴엔 금빛 가면을 썼고 허리엔 황금빛 팔각봉과 황금 포승줄을 착용했다.

사장로는 이런 복장을 몇 번 접해 본 경험이 있었다.

—태양교?

사장로가 쥐어짜듯 외쳤다. 이 검은 수도복은 분명 태양교의 이단 척결 부대의 복장이었다.

하지만 수도복을 입은 사람은 태양교의 사제가 아니라 샤피로였다. 샤피로가 미하일 주교의 옷을 입고 나타난 것.

—후아아! 드디어 왔구나.

바이올렛은 긴장이 풀려 털썩 주저앉았다. 원래 샤피로가 그녀에게 주문한 것은 여기까지였다.

"내가 올 때까지 헬 하운드의 장로를 붙잡아 줘."

이것이 샤피로의 요구 사항이었다.

바이올렛은 그 명령을 거역하지 못했다.

어쨌거나 이제 바통은 샤피로에게 넘어갔다.

샤피로가 손가락을 수평으로 들었다. 그때 이미 헬 하운드는 150미터 밖으로 도망친 상태였다.

—이리 오너라.

샤피로가 손가락을 매 발톱처럼 꼬아 흡입력을 발휘했다.

쭈와악—!

쇠뭉치가 초강력 자석을 향해 날아와서 붙는 것처럼, 명궁이 쏜 화살이 과녁에 빨려드는 것처럼, 머리가 셋 달린 거대한 헬 하운드는 무려 150미터가 넘는 거리를 날아와 샤피로의 손아귀 안으로 정확하게 빨려들었다.

—으어엉?

사장로의 입장에서 보면, 이건 말도 안 되는 현상이었다. 그 육중한 헬 하운드가 150미터 밖에서 벼락처럼 날아온 것도 이해할 수 없지만, 무려 5미터가 넘는 거구가 사람의 손바닥 안으로 쫙 빨려든 것도 믿기지 않았다.

—아니, 지금 무슨 일이 벌어진 게야?

사장로는 눈알을 데룩데룩 굴렸다. 조금 전 벌어진 기현상은 그의 두 눈으로 똑똑히 보고도 믿을 수가 없었다.

'내가 100년도 넘게 키워온 헬 하운드가 눈 깜짝할 사이에 이 녀석의 손 안으로 흡수되어 버리다니! 이게 꿈이야, 사실이야?'

사장로는 너무나 얼떨떨해서 '이게 꿈이 아닐까?' 고민했다.

사실 지금 사장로는 정상적인 상황 판단이 불가능했다. 사장로의 심장은 이미 엇박자로 박동하고 있었다. 사장로의 몸속을 가득 채운 순도 높은 마나는 콸콸콸 역류해서 머리로 몰렸다. 그다음 샤피로의 가느다란 손가락을 타고 빠르게 유출되었다.

사장로는 '내 머리 위에 블랙홀이라도 열린 것일까? 어째 내 모든 것이 빨려나가는 것 같아.' 라는 엉뚱한 생각을 품었다.

그 와중에도 마나는 계속 빨려나갔다.

이건 사장로가 무려 130년 넘게 모은 마나였다. 그가 매일 같이 연마하고 가다듬은 소중한 에너지였다. 피보다 더 귀한 그 마나가 감당하기 힘든 속도로 유출되었다. 그렇게 밖으로 빠져나간 마나는 한 올도 버려지지 않고 그대로 샤피로의 손가락으로 흡수되었다.

'이거 지금 내게 무슨 일이 일어나는 게야?'

사장로가 멍한 눈을 껌뻑였다.

쪼르르륵!

잠시 딴생각을 하는 사이 사장로의 마나는 모조리 갈취당했다. 마나가 바닥나자 이번엔 사장로의 신체 곳곳에서 양의 기운이 흘러나왔다.

세포 하나하나, 뼛속 깊은 곳과 연골 속, 그리고 신경 다발 내부까지 몽땅.

사장로의 신체 구석구석에서 모인 기운들이 한꺼번에 머리로 쏠렸다. 그다음 샤피로의 손가락으로 흘러들어 갔다.

'이건 마치 내가 기름틀 안에 갇힌 기분이 아닌가! 기름틀이 내 온몸을 비틀고 쥐어짜서 마지막 한 방울의 기름까지 뽑아내는 것 같아.'

사장로는 한가하게 이런 생각을 했다.

이런 황당한 생각이라도 하지 않으면 무서워서 미칠 것 같았다.

포식자의 아가리에 머리통이 낀 초식동물의 기분!

산 채로 머리부터 와작와작 뜯어먹히는 공포!

지금 사장로가 느끼는 진짜 감정은 이것이었다. 다만 현실을 직시하기가 무서워서 외면하고 있을 뿐이었다. 그 증거로 사장로의 안색은 이미 새하얗게 질렸다. 사타구니엔 뜨뜻하게 실례를 했다.

양기를 잃은 세포들이 붕괴를 시작했다. 사장로의 심장에서 가장 멀리 떨어진 발끝에서부터 소멸이 일어났다.

사장로의 발가락이 먼저 사라졌다. 이어서 발목까지 스

르륵 없어졌다.

"후욱, 후우욱!"

사장로는 호흡을 가다듬었다. 그다음 애써 시선을 위로 돌렸다. 사장로는 자신의 발을 내려다볼 자신이 없었다.

조금 더 시간이 흐르자 사장로의 무릎 아래가 허전했다. 그 아래쪽에선 아무런 감각도 느껴지지 않았다.

사장로의 눈에서 눈물이 흘렀다.

아무런 감정도 담기지 않은 희한한 눈물이었다.

'내가 운다고? 허어! 내가 눈물을 흘린 것이 얼마만이던 가?'

사장로는 기억을 더듬었다. 자신이 운 것이 언제였던지 생각도 나지 않았다. 이리저리 머리를 굴리다 보니 시간이 꽤 오래 흐른 것 같았다.

하지만 사실 샤피로가 헬 하운드를 흡수하고 사장로의 마나와 양기를 모두 갈취하기까지 걸린 시간은 불과 20초 안팎이었다.

마침내 사장로의 머리만 남았을 때 샤피로는 흡수를 중단했다. 사장로는 머리통만 달랑 남았다. 이미 숨은 멎은 상태였다.

샤피로의 시선이 오장로에게 향했다.

"히익!"

오장로가 자지러졌다. 어찌나 놀랐던지 그는 뇌파를 사

용하는 것도 잊었다.

샤피로가 오장로를 쭉 훑어보았다.

이것만으로도 충분했다.

투명한 거인이 오장로의 머리를 붙잡아 쭉 잡아당기는 것처럼, 오장로의 두개골이 세로로 쭉 늘어났다. 그와 동시에 봇물 터지듯이 마나가 빠져나갔다.

"우히흭!"

오장로가 또다시 괴상한 소리를 질렀다.

이건 오장로가 의도해서 내는 소리가 아니었다. 너무나 놀라서 그의 성대가 제멋대로 움직였다.

샤피로에게 마나를 거의 다 빼앗길 즈음 오장로의 뇌리에 한 가지 생각이 깃들었다.

'이클립스의 괴물! 그 괴물이 불과 관련된 기운을 빼앗을 수 있다고 했지? 아아, 그렇다면 이자가 바로!'

상대는 그 괴물이 분명했다.

이클립스의 일곱 별 가운데 하나! 이클립스가 키워 낸 진정한 괴물! 그리고 자신을 키워 준 이클립스를 멸망으로 이끈 장본인!

―한데 이클립스의 마법사가 왜 태양교 사제의 복장을 입었지? 설마 너! 우리 헬 하운드와 태양교 사이에 전쟁을 일으키려고! 커헉!

뇌파로 말을 건네던 중에 오장로의 수명이 다했다.

오장로도 사장로처럼 머리통만 남았다.

샤피로는 허리춤에서 황금 포승줄을 풀었다. 그다음 2개의 머리를 포승줄로 묶었다.

적의 머리를 잘라 포승줄로 묶고, 그것을 성문 앞에 걸어놓는 것은 태양교의 오랜 전통이었다. 특히 미하일 주교가 이런 고전적인 방식을 즐겨 사용했다.

그 날 헬 하운드의 상급 장로 2명의 머리가 수도 북문에 내걸렸다. 대롱대롱 매달린 머리통 옆에는 태양교 휘하 인 서클드 라인의 표식이 또렷하게 남아 있었다.

태양교 대 헬 하운드!

둘 사이 본격적인 전쟁을 알리는 신호탄이 쏘아졌다. 세상을 집어삼킬 전쟁의 용광로가 문을 열었다.

제8화
약혼식

Chapter 1

스페인의 유명한 휴양지 메노르카 섬.

이 섬에서 다섯 사람이 손을 맞잡았다.

반 데어 뢰슨의 보어 경!

버플리의 가주 짐 버플리!

바이어 가문의 크리스토프!

이상 3명은 각 가문의 가주였다.

이어서 해링턴 가문의 후계자 찰스가 손을 포갰다. 부친
인 파드리그 해링턴을 대신해서였다.

마사 디 리엔조도 합류했다. 실종된 코라 대신 그녀가 리
엔조 가문을 대표했다.

"좋소! 우리 다섯 가문이 앞장섭시다. 우리가 나서서 가르 시아와 백화문, 그리고 드네르프의 변질자들과 맞서 싸웁시다."

다섯 명의 대표들은 이렇게 맹세했다.

이른바 '메노르카 연합'의 시작이었다. 그리고 연합의 초대총수 자리에 내 아버지 보어 경이 추대되었다.

나는 백사장 한 귀퉁이에서 이 역사적인 장면을 지켜보았다.

그로부터 보름 뒤인 3월 14일.

한국에서 화이트데이(White Day)로 불리는 날에 나는 엉뚱하게도 약혼식을 올리는 처지가 되었다. 참으로 예상치 못한 일이었다.

더욱 황당한 것은 내 약혼녀가 2명이라는 사실이었다.

내 첫 번째 약혼녀는 알렉산드라 버플리였다. 전 세계 석유 카르텔을 움직이는 텍사스의 여제 알렉산드라.

이어서 두 번째 약혼녀는 반 데어 뤼슨의 일족인 줄리아였다.

두 여인 모두 빵빵한 집안에, 여배우 뺨치는 빼어난 외모에, 각성률 30퍼센트를 넘긴 신인류들이었지만, 나는 지금 이 상황이 불편했다.

그나마 약혼식이 간소하게 치러져서 다행이었다.

하긴, 약혼녀가 2명이다 보니 하객을 많이 부를 수도 없었다. 약혼식의 참석자는 보어 경을 비롯한 가문의 어른들 일부, 텍사스에서 날아온 버플리 혈족들 열댓 명, 우리 사정을 잘 이해하는 친한 친구 대여섯 명으로 제한되었다.

약혼식은 미국 동북부 오대호 인근에 위치한 반 데어 뤄슨의 여름 별장에서 치러졌다.

하객들 앞에서 간단한 언약식을 마치고, 보어 경이 내게 포옹을 했다.

"내 아들 한스, 약혼을 축하한다. 우후후, 아리따운 약혼녀가 2명이라니, 아비는 네가 부럽구나."

보어 경이 나를 놀렸다.

"아버지!"

내가 소리를 빽 지르자 사람들이 우리 부자를 돌아보았다.

"어허허허! 아무것도 아닙니다. 신경 쓰지 마세요."

보어 경이 너털웃음으로 상황을 무마했다.

"아버지!"

나는 목소리를 낮춰 항의를 표시했다.

반면 보어 경은 싱글벙글 웃음을 참지 못했다.

이번 약혼식을 주도한 사람은 다름 아닌 보어 경이었다. 서둘러 손주를 보고 싶은 아버지의 마음은 이해를 하지만, 그래도 지금은 메노르카 연합이 자리를 잡지 못한 상황이었다. 역사상 가장 강하다고 알려진 육존 가운데 한 명, 광전의 현자 세르히오 가르시아와의 싸움도 아직 마무리되지 않았다.

그런데 이 와중에 한가하게 약혼식이라니!

"아니지, 아니지. 이런 위기 상황일수록 내부 결속을 다져야지. 그리고 내부 결속에 결혼만큼 좋은 전략도 없어. 이제부터 반 데어 뤼슨과 버플리 가문은 역대 최강의 파트너십을 선보일 것 아닌가!"

찰스 형이 되도 않은 궤변으로 나를 위로했다.

매사에 낙천적인 찰스 해링턴은 스페인에서 겪은 참담한 사고를 극복하고 어느새 밝은 성격을 회복했다. 그의 부친인 파드리그 해링턴이 아직 혼수상태에서 깨어나지 못한 것도 찰스에게는 장애가 되지 못했다.

"아버지야 언젠가 깨어나시겠지. 그리고 내가 걱정을 한다고 그분의 병세가 호전되는 것도 아니잖아."

찰스는 이렇게 말했다.

'아 뇨, 이 형 뭐야.'

나는 설레설레 고개를 가로저었다.

"형, 축하해요. 앞으로 줄리아를 행복하게 해 주세요."

줄리아의 친구 루이가 내게 꽃다발을 선물했다.

루이는 일루미나티 조직의 일원인 발데마르 가문의 직계 후손이었다. 발데마르의 가주 토마스 상원의원이 루이의 친

할아버지였고, 루이 본인도 각성률 21퍼센트의 변형술사였다. 신인류들 가운데 변형술사는 희소성이 높았다.

루이는 줄리아에게도 아름다운 꽃다발을 선사했다.

"내 친구 줄리아, 행복해야해."

"루이, 고마워!"

줄리아가 활짝 웃었다.

순결을 상징하는 하얀 드레스가 줄리아에게 잘 어울렸다.

이 드레스도 루이의 선물이었다. 패션 감각이 뛰어난 루이답게 우아하면서도 세련미가 넘치는 것을 만들었다.

보통 피앙세의 드레스는 남자가 골라주는 것이 예의.

하지만 나는 그 기회를 기꺼이 루이에게 양보했다. 나보다 루이의 안목이 더 뛰어나기도 했지만, 그보다는 옷을 고르는 일이 귀찮아서였다.

루이는 지난 일주일 내내 줄리아와 함께 약혼식 드레스를 상의했고, 뉴욕의 유명 디자이너를 고용해서 손을 보았다. 줄리아의 약혼식 드레스는 그렇게 완성되었다.

둘이 붙어 다닌다고 해서 내가 루이에게 질투를 느끼지는 않았다. 루이는 뼛속까지 게이었다.

한편 알렉산드라의 드레스는 그녀의 절친한 친구인 마사가 만들었다.

마사 디 리엔조는 이탈리아 패션 업계를 좌우하는 여인이었다.

솔직히 마사의 눈높이가 루이보다는 한 단계 더 높았다.
그런 마사가 자신의 모든 역량을 쏟아 부어서, 혹은 자신이
고용한 유명 디자이너들을 총동원해서 만든 드레스는 그야
말로 하나의 작품이었다.

화려한 외모의 알렉산드라가 그 작품 드레스를 입자 여신
같았다.

"칫!"

루이가 입술을 깨물었다.

마사에게 밀린 것은 분하지 않지만, 줄리아보다 알렉산드
라가 더 돋보이는 꼴은 보기 싫었다.

다행히 알렉산드라가 드레스를 바꿔 입었다.

마사는 총 다섯 종류의 드레스를 준비했는데, 알렉산드라
는 그 가운데 가장 수수하고 단아해 보이는 드레스로 갈아
입어서 줄리아와 격을 맞추었다.

알렉산드라의 배려심이 돋보이는 순간이었다.

"고마워, 언니."

줄리아가 배시시 웃었다.

알렉산드라는 줄리아의 손을 꼭 잡아 화답했다.

'앞으로 우리 사이좋게 지내자.'

두 여인은 서로의 얼굴을 마주 보며 이렇게 다짐했다.

그 다정한 모습을 보면서 마사가 내게 축하 인사를 건넸
다.

"축하해요, 한스 이사님. 정말 좋은 약혼녀들을 두셨네요. 그것도 2명씩이나요."

마사는 단순한 하객이 아니라 알렉산드라의 약혼식 들러리였다. 때문에 마사도 알렉산드라와 색감을 통일한 드레스를 입었다. 매혹적인 외모의 마사가 눈부신 드레스까지 입자 꽤나 예뻐 보였다.

"고맙소. 이 먼 미국까지 와서 알렉산드라의 들러리를 서 준 것도 고맙고, 드레스도 마음에 쏙 듭니다."

나는 예의 바르게 대답했다.

마사가 나를 물끄러미 쳐다보았다.

"왜 그렇게 보는 거요?"

내 물음에 마사가 고개를 가로저었다.

"아니요. 아무것도 아니에요. 그저……."

"그저?"

"그저, 한스 이사님이 그동안 제가 만났던 남자들과 너무 달라서 어떤 분인가 한 번 뜯어보았어요."

"으응?"

내가 아는 마사의 남자친구는 부르몽과 마르첼로였다. 둘 다 용병 출신의 신인류들로, 귀족적인 것과는 거리가 먼 거친 사내들이었다.

반면 나는 머리카락 한 올 흐트러지지 않는 반듯한 귀족 타입이었다.

물론 내 본성이 귀족적이라는 것은 아니었다. 솔직히 나는 부르몽이나 마르첼로보다 훨씬 더 난폭하고 위험했다. 다만 내 외모나 행동이 남들에게는 귀족적으로 비춰질 뿐이었다.

마사가 볼을 살짝 붉혔다.

"한동안 저는 삐뚤어진 마음에 타락을 즐겼죠. 남자도 거칠고 난폭한 사람만 골라서 사귀었고요. 그런데 한스 이사님을 만나서 저렇게 행복해하는 알렉산드라를 보니 그동안 남자를 보는 내 안목이 형편없었구나! 라고 느끼게 되었어요."

마사의 말이 점점 요상하게 빠져들었다. 마사는 한 때 내게 얻어맞아 코뼈가 부러지는 중상을 입은 전력이 있었다. 그 이후로도 그녀는 한동안 나를 무서워했다. 그런데 지금 이런 고백은 참 이상했다.

여기까지 말한 뒤 마사는 스치듯이 내 곁을 지나갔다.

마사와 내가 잠깐 겹치는 순간, 마사의 손이 내 손을 살짝 잡았다가 놓았다. 그다음 마사는 아무렇지도 않게 멀어졌다.

'뭐지?'

그 짧은 시간, 마사는 내게 쪽지를 하나 건넸다.

나는 샴페인을 하나 들고 구석으로 가서 쪽지를 펼쳤다. 쪽지 안에는 다음 두 가지 번호가 적혀 있었다.

마사가 사적인 용도로 사용하는 직통 휴대폰 번호 하나.

미국에 머무는 동안 예약한 호텔 방 번호 하나.

마사의 의도는 분명했다.

'친구의 약혼남인 나를 유혹하겠다는 건가?'

나는 골치가 딱 아팠다.

한편으로는 흥미도 살짝 생겼다.

Chapter 2

약혼식이 끝난 후, 보어 경이 알렉산드라의 손을 맞잡았다.

"아가야, 약혼식을 성대하게 열어 주지 못해서 미안하구나."

"아니에요, 아버님. 저는 이렇게 친한 사람들만 조촐하게 모이는 것이 더 좋아요."

알렉산드라가 도리질을 했다.

"그렇게 생각해주니 고맙구나. 앞으로 우리 한스 녀석을 잘 부탁한다."

"물론이죠, 아버님."

알렉산드라는 장차 시아버지가 될 보어 경의 등을 살짝 끌어안고는 양쪽 뺨에 키스를 했다.

보어 경은 줄리아의 손도 맞잡았다.

"줄리아, 우리 아가. 네게 정말 미안하고, 또 고맙구나."

알렉산드라와 줄리아는 평등한 관계였다. 물론 서열은 알렉산드라가 앞서지만, 그렇다고 줄리아의 위치가 알렉산드라보다 뒤지는 것은 아니었다.

하지만 일반 대중들 앞에 설 때는 줄리아가 한발 양보할 수밖에 없었다. 2명의 부인을 두는 것은 미국인들의 통념이나 법률에 맞지 않았다. 그래서 대외적으로는 알렉산드라가 나의 정식 부인으로 공표될 것이고, 줄리아는 그늘에 숨어야 했다.

보어 경은 바로 이 점을 미안하게 생각했다.

줄리아가 환하게 웃었다.

"아니에요, 가주님. 아니, 아버님. 저는 외부의 시선 따위는 신경 쓰지 않는걸요. 그저 한스 오빠와 함께할 수 있다는 것이 즐거울 뿐이에요."

줄리아의 말은 진실이었다.

"기특한 것!"

보어 경이 줄리아의 뺨을 잡고 이마에 키스를 했다.

"헤헤헤!"

줄리아가 수줍게 미소를 지었다.

보어 경이 장래의 며느리들과 담소를 나누는 동안, 나는 피로연장 뒤쪽으로 걸어 나왔다. 드넓은 호수가 내려다보이는 탁 트인 장소가 나를 반겼다. 이곳은 한적하고 바람이 선선했다.

또각또각.

뒤에서 하이힐 소리가 들렸다.

굳이 돌아보지 않아도 누구인지 알 것 같았다.

"마사 디 리엔조."

나는 조용히 상대의 이름을 불렀다.

"이사님."

마사가 나비처럼 가볍게 날아와 뒤에서 내 등을 끌어안았다. 마사의 육감적인 몸이 뭉클하고 내 등을 자극했다. 성숙한 여인의 향기가 코끝을 간질였다.

나는 원래 여자를 밝히는 성격이 아니고, 약혼녀의 친구를 탐할 만큼 부도덕하지도 않지만, 그렇다고 다가오는 여자를 밀쳐낼 만큼 성인군자는 아니었다. 게다가 나는 이 세상의 통념에 구애받지 않았다.

물론 과거의 나(이건호)라면 어림없는 일이었다. 카이스트 학생 시절 나는 완전 숙맥이었다. 미국에 유학을 온 이후에도 오로지 한 여자만 바라보았다.

하지만 지금은 나와 샤피로가 하나가 된 상태.

샤피로는 여자를 밝히지는 않았지만 그렇다고 여러 여인을 품는 행위를 거부하지도 않았다. 샤피로의 세상에선 강한 자가 다수의 여자를 취하는 것이 너무나 당연했다. 뿐만 아니라 그동안 샤피로가 품었던 여자들 가운데는 이쪽 세상의 잣대를 들이밀면 도덕적으로 맹비난을 받을 대상도 있었다.

"한스 이사님."

마사가 내 등에 얼굴을 묻었다. 마사의 목소리는 매혹적이면서도 끈적끈적했다.

'확실히 알렉산드라나 줄리아와는 또 다른 매력이 있는 여자야.'

나는 허리에 둘린 마사의 손을 풀고 몸을 돌렸다.

"한스 이사님!"

나를 올려다보는 마사의 눈이 촉촉하게 젖어들었다. 이탈리아의 수많은 남녀 모델들을 푹 빠지게 만든 매혹적인 눈빛이었다.

마사가 속삭였다.

"한스 이사님, 아무도 모를 거예요."

아무도 모른다고?

가슴 설레는 말이었다.

마사가 또 속삭였다.

"이사님에게 집착하지도 않겠어요. 제가 자유분방한 양성애자인 것은 한스 이사님도 잘 아시잖아요. 제가 이사님의 가정을 깨뜨리는 일도 없을 것이고, 알렉산드라에게 상처를 주는 일도 없을 거예요. 그냥! 그냥 잠시 동안만 제 남자가 되어 줘요."

처음엔 유혹으로 시작했는데, 마지막 말을 하는 중에 마사의 목소리가 바르르 떨렸다. 마사의 얼굴에 당혹스러워하는 표정이 역력했다.

나는 상대의 심리를 꿰뚫어 보았다.

'단순한 유혹이 아니야.'

하룻밤의 상대를 유혹하는 것은 마사의 전문 분야였다. 그녀가 전문 분야에서 이렇게 몸을 떨 일은 없었다.

'아마도 마사의 마음속에 내가 차지하는 부분이 생각보다 더 크고 진지한 것 같군.'

마사는 본인의 진짜 속마음을 아직 깨닫지 못한 모양이었다. 그래서 이렇게 당황해하는 것 같았다.

'지금까지 마사는 누군가에게 진심으로 빠져들거나 매달려 본 적이 없었을 거야. 그러니까 당황했겠지.'

나는 지금 마사가 얼마나 당혹스러울지 짐작이 갔다.

매사에 당당하던 알렉산드라도 내게 사랑 고백을 할 때 음성이 바르르 떨렸다. 목소리뿐 아니라 알렉산드라의 얼굴도 발갛게 달아올랐고 눈동자도 불안하게 흔들렸다. 나중에 알렉산드라에게 전해 들은 이야기지만, 당시 그녀는 자신의 목소리가 덜덜덜 떨린 것이 너무나 당황스럽고 민망했다고 한다. 그 이전까지 누군가에게 진심 어린 사랑 고백을 해 본 경험이 없었기 때문이다.

줄리아의 경우도 알렉산드라와 비슷했다.

사실 줄리아의 인기는 알렉산드라를 능가했다. 알렉산드라는 카리스마가 강해서 남자들이 쉽게 접근하지 못한 반면,

줄리아는 쫓아다니는 남자들이 매일 같이 줄을 섰다.

"저는 진짜로 남자들에게 고백을 많이 받았거든요. 근데 막상 제가 오빠를 좋아한다고 고백을 하려니 너무나 떨리고 불안하더라고요. 그게 그렇게 힘든 일인 줄은 꿈에도 몰랐어요."

이것은 줄리아가 내게 직접 털어놓은 이야기였다.

지금 마사도 알렉산드라나 줄리아와 유사한 감정을 느끼는 듯했다.

마사가 도리질을 쳤다. 그다음 마음을 다잡고 내게 매혹적인 미소를 보냈다.

"한스 이사님, 우리 좀 더 조용한 곳으로 자리를 옮겨요."

이런 속삭임과 함께 마사는 내게 바짝 몸을 밀착했다. 마사의 손이 매끄럽게 내 허벅지로 파고들었다. 그녀의 또 다른 손은 내 손을 잡아끌어 자신의 허리와 엉덩이 사이로 유도했다.

마사가 이렇게 서두르는 이유는 두려움 때문이었다. 마사는 본인이 열병에 걸린 10대 소녀처럼 구는 것이 두려웠다. 또한 나에게 그 부끄러운 속마음을 들킬까 봐 두려워했다. 무엇보다 마사는 알렉산드라에게 죄책감을 느꼈다.

나는 알렉산드라의 약혼자였다. 그리고 마사는 알렉산드라의 가장 친한 벗이었다. 마사가 하룻밤 상대로 나를 유혹하는 것도 문제지만, 나를 진심으로 사랑하게 되는 것은 그보다 훨씬 더 큰 문제였다.

Chapter 3

'한스 이사와 진심으로 얽혀선 안 돼. 그냥 한 번 일탈을 즐기는 상대로 끝내야지, 진짜로 이 사람에게 마음을 열어선 안 돼.'

마사는 속으로 이렇게 다짐했다.

그 다짐이 내게 고스란히 읽혔다.

마사가 또 생각했다.

'우리는 그냥 한 번 가볍게 일탈을 하는 것뿐이야. 미안해, 알렉산드라. 나를 용서해 줘.'

마사는 마음속으로 알렉산드라에게 용서를 빌고 있었다. 그러면서도 손으로는 내 바지 위를 더듬었다.

"그만."

나는 마사를 떼어놓았다.

"아니, 왜?"

마사가 당혹스러운 표정을 지었다.

마사는 이탈리아 사교계의 여왕이었다. 그런 마사가 남자를 유혹하는 데 실패한 적이 있었을까?

한데 오늘 그녀는 난생처음 거절을 당했다. 마사의 눈에서 불똥이 튀었다. 자존심이 상해 미치겠다는 듯 마사는 나를 노려보았다.

하지만 곧 마사의 표정이 변했다. 마사의 눈동자가 보기에 애처로울 정도로 흔들렸다. 마사는 입술을 비틀어 꽉 깨물었다. 그녀의 눈동자 위로 습기가 차올랐다.

"흐윽!"

마사가 등을 획 돌려 도망치려 했다.

보지 않아도 알 수 있었다. 지금 마사의 볼에는 눈물이 흘러내릴 것이다.

그래도 나는 마사를 붙잡을 마음이 없었다. 내 머릿속은 가르시아 가문과 백화문에 대한 생각으로 가득 차 있어 마사가 눈에 들어오지 않았다.

'어서 세르히오 가르시아를 붙잡아야지. 그에게는 빼앗아 먹을 것이 많아.'

세르히오는 샤피로 세상의 사람이나 물건을 이쪽 세상으로 옮겨올 수 있는 능력자였다. 나는 그 능력이 탐났다.

물론 백화문도 먹음직스러운 먹잇감이었다.

그렇게 맛좋은 먹이가 둘이나 있으니 마사가 눈에 들어오지 않았다. 나는 마사가 도망치건 말건 내버려 두었다.

그때 내 뇌리에 지구 반대편의 영상이 보였다.

마사의 법적인 아버지인 코라 디 리엔조가 친아버지인 에르쿨 가르시아와 함께 있는 장면이었다. 영상 속에선 에르쿨이 코라에게 버럭버럭 소리를 지르는 중이었다. 나는 빠르게 머리를 굴렸다.

'어라? 에르쿨은 스페인의 메노르카 섬에서 포로로 붙잡혔잖아? 지금 그는 반 데어 뤄슨의 지하 감옥에 갇혀 있는데, 그럼 내가 읽은 영상 속의 남자는 누구지? 혹시 에르쿨의 쌍둥이 동생 에몰 가르시아인가?'

혹은 지금 감옥에 가둬 놓은 자가 에르쿨이 아니라 에몰일 가능성도 전혀 배제할 수 없었다. 나는 에르쿨과 에몰이 바뀌었을 가능성도 염두에 두었다. 둘 중 누가 에르쿨이고 누가 에몰인지는 알 수 없었다. 하지만 지금 영상에 등장한 남자가 손가락이 여섯 개인 것은 분명한 사실이었다.

'저자가 아프리카에서 만났던 바로 그 사자가면이다.'

나는 이렇게 확신했다.

에르쿨 옆에는 유진 가르시아가 보였다.

유진은 에르쿨의 친딸이자 마사의 배 다른 자매였다. 유진과 마사는 닮은 구석이 많았다.

'내가 여기서 마사를 내치면 그녀가 어디로 튈지 몰라. 어쩌면 내 계획에 방해가 될 수도 있겠어.'

물론 마사가 방해를 해 봤자 나를 막을 수는 없었다. 하지만 그렇게 일이 꼬이면 알렉산드라가 마음 아파할 것이다.

나는 일단 마사를 붙잡기로 마음먹었다.

"알렉산드라는 내 약혼녀요."

나는 마사의 뒤통수에 대고 이렇게 말했다.

알렉산드라의 이름이 나오자 도망치던 마사가 잠시 걸음을 멈췄다.

"……그건 나도 알아요."

마사는 한참 뜸을 들였다가 대답했다. 여전히 내게 등을 돌린 채였다.

내가 말을 이었다.

"나는 알렉산드라를 속이지 않소."

"그 마음도 알겠어요. 한스 이사님이 얼마나 반듯한 사람인지 충분히 깨달았으니 이제 그만 하세요."

마사의 목소리엔 살짝 가시가 돋쳤다. 내게 거절당해 자존심이 무척 상한 모양이었다. 지금 마사의 마음속에는 '역시 내겐 한스 이사처럼 반듯한 남자가 어울리지 않아.'라는 생각이 자리할 지도 몰랐다.

한데 나는 마사가 생각하는 것처럼 모범생이 아니었다. 나는 세상의 모든 제약과 도덕적 규범을 벗어난 규격 외의 존재! 세상 그 무엇이든 마음 내키는 대로 취하고 마음 내키는 대로 파괴하는 폭군 중의 폭군! 한 손에 태양을 들고, 다른 손에 어둠을 쥐고, 생명의 권능까지 장악한 탐욕의 군주!

그런 내게 이 세상의 도덕이나 규범이 장애물이 될 리 없었다. 그런 내가 누군가의 눈치를 보면서 양다리를 걸칠 리 없었다.

"그러니 나를 유혹하고 싶으면 알렉산드라가 보는 앞에서 하시오."

"네에?"

마사가 휘둥그레진 눈으로 나를 돌아보았다. 그녀가 예상 했던 말은 "나는 알렉산드라의 약혼자요. 그러니 알렉산드 라의 친구인 당신이 나를 유혹하는 것은 부도덕한 일이오. 반성하시오."라는 훈계였다.

그런데 내 말은 마사의 예상을 한참 벗어났다.

"나더러 알렉산드라가 보는 앞에서 당신을 유혹하라고 요?"

"그렇소."

나는 고개를 끄덕였다.

마사가 어이없다는 듯이 반문했다.

"한스 이사님, 지금 미쳤어요?"

"미치지 않았소."

내가 당당하게 대답하자 마사는 멍한 얼굴이 되었다.

내가 되물었다.

"거꾸로 묻겠소. 예전에 그대는 부르몽이라는 전 남자친 구와 함께 알렉산드라를 유혹한 적이 있소. 셋이서 함께 밤 을 보내자고, 그렇게 유혹했었지. 내가 보는 앞에서 당당하 게."

"그건!"

마사가 당황했다.

당시 이탈리아에서 마사는 분명히 그런 말을 했었다. 모범생인 나를 비웃기 위해서 한 행동이었다.

"당시 나와 알렉산드라는 정혼을 한 사이였소. 정혼자인 내 앞에서 알렉산드라를 유혹하는 것은 가능하고, 알렉산드라 앞에서 나를 유혹하는 것은 불가능하다는 거요?"

"그, 그건!"

마사가 쩔쩔 맸다.

"그 당시에 나를 모욕했던 것은 괜찮고, 오늘 알렉산드라에게 상처를 주기는 싫다는 거요?"

나는 마사를 강하게 윽박질렀다.

마사가 비척비척 뒷걸음질 쳤다.

나는 유령처럼 다가가 한 손으로 마사의 목을 콱 움켜쥐었다.

"컥! 이사님!"

마사의 다리가 땅에서 떨어져 대롱대롱 들렸다.

나는 마사가 생각하는 모범생이 아니었다. 마사도 그 사실을 잘 알면서 자꾸 잊어버리는 모양이었다.

"마사 디 리엔조! 나를 유혹하는 것은 좋아. 나는 네가 생각하는 것처럼 반듯한 사람이 아니니까 얼마든지 그 유혹에 넘어가 줄 수도 있어. 하지만 굳이 알렉산드라와 줄리아를 속이면서까지 너를 품을 생각은 없어. 내게 안기고 싶으면 알렉산드라가 보는 앞에서 당당하게 나를 유혹해. 로마에서 하던 것처럼 당당하게!"

요구사항을 퍼부은 뒤, 나는 마사의 목을 와락 끌어당겨 그녀의 입술을 덮쳤다.

"으흡!"

마사는 비 맞은 참새처럼 바르르 몸을 떨었다. 하지만 조금 시간이 지나자 적극적으로 혀를 놀려 내게 부딪쳐왔다. 마사의 눈이 스르륵 감겼다.

마사 디 리엔조.

이제는 내가 어떤 남자인지 깨달았을 것이다. 나는 그동안 마사가 사귀었던 불량스러운 마초들보다 더 나쁜 남자다.

〈다음 권에 계속〉

작가 팬 카페
http://cafe.daum.net/PoisonNecromancer